中国现当代文学研究文库

主编 韩春燕

味觉诗学

敬文东 著

北方联合出版传媒(集团)股份有限公司
春风文艺出版社
·沈 阳·

图书在版编目（CIP）数据

味觉诗学 / 敬文东著．—沈阳：春风文艺出版社，2021．12

（中国现当代文学研究文库 / 韩春燕主编）

ISBN 978-7-5313-6093-3

Ⅰ．①味…　Ⅱ．①敬…　Ⅲ．①诗歌研究—中国—当代

Ⅳ．①I207.22

中国版本图书馆 CIP 数据核字（2021）第 270853 号

北方联合出版传媒（集团）股份有限公司

春风文艺出版社出版发行

http://www.chunfengwenyi.com

沈阳市和平区十一纬路 25 号　邮编：110003

辽宁新华印务有限公司印刷

责任编辑：姚宏越	助理编辑：周珊伊
责任校对：于文慧	封面设计：马寄萍
印制统筹：刘　成	幅面尺寸：155mm × 230mm
字　　数：240 千字	印　　张：16.5
版　　次：2021 年 12 月第 1 版	印　　次：2021 年 12 月第 1 次
书　　号：ISBN 978-7-5313-6093-3	
定　　价：50.00 元	

目录

味与诗

味乃万物之魂

有诸多或隐或显的证据足以表明：华夏先民重视味觉，远甚于重视其他感觉[①]。也有诸多或硬或软的迹象可以证明：这等有趣局面之得来，实有赖于鼓鼓囊囊的宿命性，需有求于饱满厚重的神秘性[②]，却从来不存在到底何以至此的终极谜底，甚或仅仅是堪称圆满的答案。中国古代的西南夷被认为“习惯以眼代表太阳，说太阳是

---

① 比如儒家对视听就持不信任的态度，所谓“从耳目之欲，以为父母戮”（《孟子·离娄下》），所谓“耳目之官不思而蔽于物”（《孟子·告子上》）。道家则认为，耳目之欲不仅无法达到对道的认识，反而有损于道。所谓“五色乱目，使目不明”，“五声乱耳，使耳不聪”（《庄子·天地》），所以，要么“塞其兑，闭其门”（《老子》第五十二章），要么“以道观之，物无贵贱”（《庄子·秋水》）。贡华南在检讨汉语早期思想时，非常雄辩和有说服力地论证道：目、耳、舌（口）在漫长的争执中，最后舌（口）胜出，导致华夏思想最终以味觉优先（参阅贡华南：《中国早期思想史中的感官与认知》，《中国社会科学》2016年第3期）。

② 参阅贡华南：《味与味道》，广西师范大学出版社，2015年，第37–58页。

他们可信仰的大神的眼睛……大神之眼是能看见一切的（the all-seeing eye）”[①]。但西南夷终究算不得“大神之眼”真正的或唯一的主人。因此，他们仍然和自称“爱智慧”（philo-sophia）、爱眼睛的古希腊人刚好相反[②]，也跟推重听觉的希伯来人迥然有别[③]：华夏先民为宠幸舌头，不惜贬低眼睛；为抬高口腔，不惜将耳朵打入冷

---

① 饶宗颐：《西南文化创世纪》，上海古籍出版社，2010年，第208页。此处之所以拿西南夷说事，并非将之与说汉语的诸夏相混淆，实在是因为西南夷和诸夏有说不清道不明的关系，他们彼此间也许真的你中有我我中有你（参阅冯时：《山东丁公龙山时代文字解读》，《考古》1994年第1期）。

② 关于希腊人重视耳目的重要论述请参阅柏拉图：《蒂迈欧篇》，谢文郁译，上海人民出版社，2003年，第41-43页。

③ 马丁·布伯（Martin Buber）看得很清楚，早期的犹太人“与其说是一个视觉的人，还不如说是一个听觉的人……犹太文字作品中最栩栩如生的描写，就其性质而言，是听觉的；经文采纳了声响和音乐，是暂存的和动态的，它不关注色彩和形体。”（转引自杰拉尔德·克雷夫茨：《犹太人和钱——神话与现实》，顾骏译，上海三联书店，1992年，第166页）沃尔夫冈·韦尔施（Wolfgang Welsch）则区分了视觉和听觉：“可见和可闻，其存在的模式有根本不同，可见的东西在时间中持续存在，可闻的声音却在时间中消失。视觉关注持续的、持久的存在。相反听觉关注飞掠的、转瞬即逝的、偶然事件式的存在。”（沃尔夫冈·韦尔施：《重构美学》，陆扬等译，上海世纪出版集团，2006年，第183页）沃尔夫冈·韦尔施可谓“德不孤，必有邻”（《论语·里仁篇》），中国人钱穆也注意到了耳闻目视之差异：“目视由我及外，耳闻由外及我，论其自主之分量，微有区别。又目视偏于形物，耳听深入心意。目见近而耳闻远，即古人前言往行，亦可归入耳闻一类。故举耳可以概目。……明其所以然则耳顺。”（钱穆：《论语新解》，生活·读书·新知三联书店，2002年，第28页）

宫[①]。但又似乎未曾阴阳互补或者采阴补阳那般，出现过《长门赋》一类“体物而浏亮”[②]的文献，用以为耳朵鸣冤、给眼睛叫屈。

因此，东洋人武田雅哉有理由如是放言：“中国博物学的方法论基础，就在于‘吃’。……当我们遇见未知的东西时，先应该送进嘴里吃吃看。这是中国神话教给我们的道理。”[③]武田之言，并不是“非我族类其心必异”[④]者们的偏见，或曰无知妄断[⑤]。作为如假包换的本族人，西汉经生陆贾早就有言在先：“神农以为行虫走兽难以养民，

---

① 西方宗教倾向于惩罚贪吃，因为贪吃意味着对上帝不恭（参阅龚刚、保尔·阿利耶斯［Paul Aries］：《味》，郭强等译，上海文化出版社，2000年，第19页），因为宗教要求其信众“忍受混乱不堪的今生，以便赢得安详宁静的来世”（雅克·巴尔赞［Jacques Barzun］：《艺术的用途和滥用》，严忠志译，浙江大学出版社，2009年，第94页）。宗教在本质上是对诱惑的拒绝。柏拉图把烹调术看作一门伪装的技艺，因为烹饪术不知道哪些食物对人真正有益，只倾向于盲目追求美味（参阅Plato，Gorgia，*The Dialogues of Plato*，translated by B. Jewett，Oxford: The Clarendon Press，1982，pp.464-465）。这跟中国古人——比如伊尹——对吃喝的看法完全相反。柏拉图认为，饮食文化越发达的民族，其国民性格很有可能就越懦弱（参阅柏拉图：《理想国》，郭斌和等译，商务印书馆，1986年，第112-113页）。伊壁鸠鲁（Epicurus）则认为，无尽的饮食、肉类，以及新颖的烹调、精巧的配制等等，都是非自然的欲望的展现；人们渴慕钱财声名、垂涎奢华美食既意味着人的病态，也意味着社会的病态（参阅努斯鲍姆：《伊壁鸠鲁的诊疗：论证与虚妄的欲望》，载《菜园哲人伊壁鸠鲁》，罗晓颖等编译，华夏出版社，2010年，第46-47页）。中国文化对贪吃的担忧仅在于影响身体的健康，基本上没有道德和神学层面上的意义。华夏文明对烹饪看得很重，孙中山那段不断被征引的话是这样的：“烹调之术本于文明而生，非深孕乎文明之种族，则辨味不精；辨味不精，则烹调之术不妙。中国烹调之妙，亦足表文明进化之深也。”（孙中山：《建国方略》，中华书局，2011年，第6页）

② 陆机：《文赋》。

③ 武田雅哉：《构造另一个宇宙：中国人的传统时空思维》，任钧华译，中华书局，2017年，第107页。

④《左传·成公四年》。

⑤ 武田雅哉的同胞笠原仲二也有相类的看法，他甚至极端地将味觉摆在美学的首位：“中国人的审美意识在初期阶段上，最初根源于‘甘’这一官能性的味觉美，然后是与味觉美的悦乐感关系最密切的嗅觉美，以及视觉/触觉美，最后是听觉美。”（笠原仲二：《古代中国人的美意识》，杨若薇译，生活·读书·新知三联书店，1988年，第42页）武田堪称道“不孤”而“有邻”。

乃求可食之物，尝百草之食，察酸苦之味，教民食五谷。”[①]在陆贾之后，传说中发明豆腐的淮南王，还有他富有想象力的诸多臣下，也有大体相若的看法：神农“尝百草之滋味，水泉之甘苦，令民知所避就”[②]；黄帝则“使岐伯尝味草木”，以知药理[③]。看起来，既简单又满是本能性和动作性相交织的“尝”，就这样成为“先应该送进嘴里吃吃看”的本质、重心或曰归宿；最终，达致“教民食五谷”的目的，直至进入“令民知所避就”的安全之境，甚至“合世人疾病所宜”以求救人于肉体之苦痛[④]。吃的优先性和优越性在传说（而非信史）的时代，就已经不动声色地得到了近乎本能性的强调，却又绝不仅是为了果腹、温饱或减轻肉体之苦痛——实在是大有深意存焉[⑤]。

叔重先生的论断来得真是巧极了：所谓“尝”，乃“口味之也，从旨，尚声”[⑥]。段玉裁注云：寄存于“口味之也”当中那个动词性的“味”字，满可以引申为“凡经过者为尝，未经过者为未尝”。将“尝”同义反复那般释义为跟身体有关，并且绝对及肉性的“经过”[⑦]，首先意味着零距离地肌肤相亲；但也更有可能意味着唯有亲历（或曰身体力行），方有真知，诚所谓“知者，接也”[⑧]。其间的“深意”，大有可能正存于此：从古远的年代开始，“经过”，亦即

---

① 陆贾：《新语·道基》。

②《淮南子·修务训》。

③ 李昉《太平御览》卷七百二十一引《帝王世纪》。

④ 李时珍：《本草纲目·序例第一卷上》。

⑤ 小说家李洱对此有十分会心的描写：“据说孩子是靠鼻子而不是靠眼睛来确定和某人的亲疏关系的，他一定在我身上闻到了一种难以亲近的气息。即使我给他捎了许多他平时爱吃的果冻布丁，他也不感兴趣。”（李洱：《导师死了》，上海文艺出版社，2013年，第230页）

⑥《说文解字》卷五。

⑦ 很显然，“及肉性”在构词法上模仿了“及物性”。

⑧《庄子·庚桑楚》。此外，尝（或吃）在古代还可成为计时方式，这当然也是认知方式之一：“死丧无日，无几相见，乐酒今夕，君子维宴。”（《诗经·頍弁》）《诗经·七月》：“六月食郁及薁，七月亨葵及菽，八月剥枣，十月获稻，为此春酒，以介眉寿。七月食瓜，八月断壶，九月叔苴，采荼薪樗，食我农夫。”

"尝"就被华夏先民视作格物的不二选择[①]，被内定为致知的根本大法[②]，恰如龚鹏程所说："吃不只是吃，更是几乎可以延伸到一切事物上去的活动。"[③]"经过"最终使得格物、致知的终端产品——境界高迈的治国、平天下——都充满了"尝"的意味，拥有了或优雅从容或粗俗野蛮的吃相，以及各种食物的味道[④]。有鉴于此，贡华南才颇为机智地将之称作味觉思维（或曰味觉思想）。以贡华南之见，所谓味觉思维，就是"以味觉活动结构作为展开之基本方式的思想活动、思想方法"。贡氏以此为基础，紧接着辨析出了味觉思维的三个

---

① 陶礼天认为，以味为中心组建的词例繁多，在《佩文韵府》中多达230余条（参阅陶礼天：《艺味说》，百花洲文艺出版社，2017年，第6页）。由此可见，以尝的方式认识世界，也许真的堪称汉语思想的核心。

② 实际上，一贯轻视味觉的西方人也未能完全放弃用"尝"的方式认识事物（参阅亚历山德拉·W.洛格［Alexandra W. Logue］：《吃与喝的心理学》，曾迪译，华东师范大学出版社，2010年，第47页）。

③ 龚鹏程：《中国传统文化十五讲》，北京大学出版社，2006年，第25页。

④《礼记·礼运》："夫礼之初，始诸饮食。"据《礼记·王制》记载，司徒的职能是修六礼、明七教、齐八政、一道德、养耆老、恤孤独。这些职能中饮食占据着极高的地位，八政甚至以饮食居首。上述跟统治和政治有关的方面所看重的，都是肠胃的现实主义（关于肠胃现实主义请参阅敬文东：《失败的偶像》，花城出版社，2003年，第275—280页）。从《礼记·内则》所列天子众多的饮食品名，可知饮食与礼有至关重要的关系。饮食本身就是礼的体现。龚鹏程因此议论说："所谓礼教或王道，基本上乃是甘饮美食以养民。这样一套政治哲学，不是西方政治学的范畴及概念所能理解或掌握的。也非仅从道德实践、心性修养方面论儒学者所能知。"（龚鹏程：《饮馔丛谈》，东方出版社，2015年，第183页）钱穆恰好从心性的角度谈得更加精彩："人同有此形，人同有此心，尽心践形，应该人人能知亦能行。如人饿了想吃，便须吃，此是践形。但吃多吃少，吃快吃慢，身体觉得不舒服，便知须饮食有节，这便由践形转进到尽心工夫了。婴孩因知吃奶，遂知爱其母，幼知孝，长而知弟，孝弟之心，似乎已超越出身与形之外，但推原本始，何尝不从此身此形之最初需要来。只因人心有灵，才能径从饮食直进到孝弟，于是由饮食之道一转却转进到孝弟之道上去。这一步迈开来，人和禽兽相殊得远了。也有些禽兽，有时像近于孝弟，但人心之灵又一转，却从修身转到齐家，转到治国平天下，那就愈转进愈远，与禽兽之道，相差不知其几千万里了。但最先则还从饮食之道起，哪有人不知饮食之道的呢？"（钱穆：《中国思想通俗讲话》，生活·读书·新知三联书店，2002年，第29—30页）

基本特征，正全方位等价于叔重先生的精彩论断，也完美地重叠于段玉裁对许慎所做的诠释：“第一，味觉活动中人与对象之间始终保持无距离状态；第二，对象不是以‘形式’呈现，而是以形式被打碎、内在与外在融二为一的方式呈现；第三，对象所呈现的性质与人的感受相互融和。”[①]总而言之，零距离接近认识对象，乃味觉思维的根本之所在；“主体融入客体，客体融入主体，坚持根本同一，泯除一切显著差别，从而达到个人与宇宙不二的状态，”[②]则不容分说地成为“尝”的本训，成为“经过”的根本内涵，也更应该成为“尝”即“经过”的最佳释义[③]。

吃的本质在“尝”，正所谓“口之情欲滋味”[④]。所谓滋味，更有可能是“尝”的派生物：它源于对所“欲”之物的零距离接触和无缝对接，私密、甜腻而畅快。但滋味更有可能是“尝”的目的：对滋味的品评，亦即“品味”原本就如龟壳之于神龟那般，出源于“尝”随身携带的欲望，强劲、不屈而缠绵。《尚书》大智大慧，对此早有先见之明：所谓“五行”，不过是“一曰水，二曰火，三曰木，四曰金，五曰土”。有趣的是，“水曰润下，火曰炎上，木曰曲直，金曰从革，土爰稼穑”。更令人备感神奇的是：“润下作咸，炎上作苦，曲直作酸，从革作辛，稼穑作甘。”[⑤]作为天下万物相生相克的基本元素或原型，五行之性落实于味，五行之用依然一一对应落实于味。有众多证据表明，这种样态的味看之弗能见，听之弗能闻，触之弗能感，唯有“口味之也”能让其本旨自现：人通过零距离的“尝”，以“品”咂万物之本“味”——这就是“经过”。真是

① 贡华南：《味觉思想与中国味道》，《河北学刊》2017年第6期。

② 金岳霖：《道、自然与人》，生活·读书·新知三联书店，2005年，第54–55页。

③ 中国古人的所谓“知”首先是指零距离的接触：“知，接也。”（《墨子·经上》）强调的就是亲身经历。

④《吕氏春秋·适音》。

⑤《尚书·洪范》。

碰巧得紧啦！在华夏先民心目中，虽然“水火有气而无生，草木有生而无知，禽兽有知而无义”[①]，但天下万物尽皆“争”相有味，却是不“争”之事实：“未，味也。六月，滋味也。”[②]段玉裁的注释来得既精辟，又特别善解人意：“《律书》曰：未者，言万物皆成，有滋味也。”贡华南大量征引不同学科、不同学派，乃至不同时代的古代汉语文献，极为成功地证明：在华夏先民执拗而性情特殊的观念里，正如段玉裁所说，有“滋味也”不仅是“成”熟之“物”的重大标志，也是处于“成”长过程当中的“物”的地标与象征。贡华南说得干净、利落：“‘味’是事物最重要的特征，或可称‘味’为事物的‘本质’。”“‘味’是物的本质属性。”“有形万物皆由气味生成，皆由‘味’，皆有‘味’。”[③]正是有鉴于此[④]，大医家刘完素才敢笃定地放言：“寒热温凉四气者，生乎天；酸苦辛咸甘淡六味者，成乎地。气味生成，而阴阳造化之机存焉。是以一物之中，气味兼有；一药之内，理性不无。故有形者谓之味，无形者谓之气。”[⑤]

---

①《荀子·王制》。

② 许慎：《说文解字》卷十四。

③ 参阅贡华南：《味与味道》，前揭，第22、23、25页。

④ 在味觉化思维看来，一切都是味觉性的，比如声音，比如颜色。先说声音：“声者何谓？声，鸣也，闻其声即知其所生。音者，饮也，言其刚柔清浊，和而相饮也。”（《白虎通德论·礼乐》）再说颜色：“因为色彩具有能使个体产生多样化味觉联想的属性，通常情况下红色代表热情，象征着节日沸腾喜庆的氛围，所以在中秋节、春节等传统节日中，月饼以及年货等食品包装盒的色彩多数以红色为主，而火锅底料包装一般采用的是鲜红色，其代表着火辣，能够激起消费者采购欲望，诱惑力是相当大的；黄色是丰收的象征体，其让人联想到金灿灿的美食，垂涎欲滴，所以黄色在食品包装设计中的应用，能表现出食品的可口美味，橙黄色让人产生酸中融甜的感受；绿色一般传递着环保健康、清爽怡人理念，这一色彩通常在饮品包装设计环节中应用。”“不同的图形隐喻着不同的味觉信息，例如弧形较为圆润，让人萌生舒适感；线段简洁明快，体现出爽快与脆感。”（张玉玉：《食品包装设计中的味觉表达方式探索》，《文艺生活·中旬刊》2017年第2期）

⑤ 刘完素：《素问病机气宜保命集·本草论第九》。

唯有面对秉性如斯的天地万物，张枣方有胆量写出如此面相怪异，却又如此善解“物”意的诗句：“抽屉打开如舌头”（张枣：《护身符》）；也才能写出如此善解“物”意，却又如此面相怪异的诗句：“睁着好吃的眼睛”（张枣：《死亡的比喻》），亦即美食家沈宏非所谓的“眼睛吃冰激凌”、耳朵“听瓜子”[①]。模仿《圣经》的超验口吻，乃有如下结论或表述：一个懂得“品”物之“味”的诗人有福了；一个乐于践行“尝”——“坚持根本同一，泯除一切显著差别”——的诗人有福了；一个乐于亲身“经过”——“主体融入客体，客体融入主体”——的诗人有福了[②]。

汉语，一种拥有舔舐能力的语言

高罗佩（Robert Hans van Gulik）的观察角度来得准确无比：“天与地是在暴风雨中交媾。从荒古时代以来中国人就认为云是地的卵子，它靠雨即天的精子而受孕。”[③]如此这般被神秘而诗意成就的万物在自“成”其“味”即“成味”的过程中，华夏先民认为他们拥有无法退让的义务、无从躲避的责任：为万物赋味（endow the taste或者 etastation）[④]。此乃荀子认定人于万物当中“最为天下贵”的缘由之一[⑤]。在此，《中庸》之言不仅来得精辟至极，而且仁爱之至：“诚者物之始终，不诚无物。……诚者非自成己而已也，所以成物也。”人之“成己”，顶多算得上“诚”的起始，或者“诚”的初级阶段；人协助万物“成”其为万“物”，亦即“成物”，才算得上“诚”之

① 转引自李友云：《饮馔之美——二十世纪中国饮食文学研究》，浙江大学博士学位论文，2014年，第146页。

② 此等语气可参阅《圣经·马太福音》5：3−10。

③ 高罗佩：《中国古代房内考》，李零等译，商务印书馆，2007年，第23页。

④ 很显然，“赋味”的构词法模仿了“赋值（evaluation）”的构词法。

⑤《荀子·王制》。

本旨，但更应该当作“诚”的最终目的。没有“成物”，“成己”没有任何意义，因为没有物，人就是不可想象、不可思议的存在，类似于孤魂野鬼——坊间的口头禅一直是：“孤独的人是可耻的。”所谓“成物”，就是物在自“成”其“味”的某个当口，也被人善意地赋味，但更是人义务性地授予万物以味道[1]，这就是管子所谓的“化育万物谓之德”[2]。对于这个极为关键并且重大的问题，《中庸》忍不住以其谨慎的雄辩，给予了极为优质的回应：“唯天下至诚，为能尽其性；能尽其性，则能尽人之性；能尽人之性，则能尽物之性；能尽物之性，则可以赞天地之化育；可以赞天地之化育，则可以与天地参矣。”这不免显而易见地意味着：在儒家眼中，人与天地必得相互渗透、互相进入；人必须以其“至诚”之心为依傍、为底气，参与天地之运行，始而责无旁贷，继而心无旁骛，最终，达致甘之如饴的境地。准乎此，天地于人乃为有味之物[3]。所谓“成物”，就是人必须义务性地加诸万物成长、发育和生成的过程。所谓“成己”以“成物”，就是人不仅要加诸万物生长和成长的过程，还要帮助万物自成其味；但更重要的，是在帮助万物自成其味时，锦上添花又恰如其分地为之赋味，使其“有滋味也”——既不多这一分，也不少那一毫。这等人物交融的情景，这种物我一体、物我两忘的情形，恰如王夫之所言：“色声味之授我也以道，吾之受之也以性；吾授色声味也以性，色声味之受我也各以其道。”[4]在这里，味作为万物的本质属性意味着：华夏先民之所以有资格对物采取“经过”的姿势、实施“尝”的心理态势，是因为他们早在“经过”和

---

① 此处的成物之“成”当然是动词，其实，如果用成年之人即“成人”中的形容词“成”置换动词“成”，则成物意味着“成”熟之“物”，那段玉裁所谓“万物皆成，有滋味也”的“滋味”乃是成熟之物的标志，不成熟的物意味着“滋味”也处于不成熟状态，如此看来，成味是一个生长的过程。

②《管子·心术上》。

③ 参阅庞朴：《一分为三》，海天出版社，1995年，第5页。

④ 王夫之：《尚书引义·顾命》。

"尝"之前，已经事先参与了成物以成味的过程，融入了成味以成物的旅途——与恰切的时间相伴，与玄妙的时机相随。

宋琳说，作为一个体物、应物甚深的诗人，"张枣不表现暧昧，而是表现微妙"[①]。但诗之表现是否微妙、究竟如何微妙或者到底何为微妙，这在视"措辞跟做菜没有什么本质区别"[②]的张枣看来，得靠舌头来判断，得让舌头"点"头称"赞"（另一种性质的"点赞"），方可作数。还是据宋琳介绍，张枣，这个终其一生更愿意写分行文字、更看重分行文字的奇特之人，最后留给这个世界的，竟然是不分行的文字。这些文字数量不多，却饱含深意："真实的痛并不痛，它只有痛的万种姿态，比如雪花，水，某物的或你濡嫩的舌头。"[③]不用说，能写出"睁着好吃的眼睛"的极端"好吃"之人，张枣懂得舌头的妙用与大用；他临死时大彻大悟，觉察到万物皆有其舌，连肉体的真实之"痛"都不例外，并且万物之舌永远濡嫩似初。这样的大彻大悟，可能既称得上用"心"于"舌"，也说得上有"心"于"舌"，还肯定是会"心"于"舌"。对此，睿智并始终直观着的华夏先民早有心得和体会："心气通于舌，心和则舌能知五味矣"[④]；"心忧恐，则口衔刍豢而不知其味"[⑤]；"口之情欲滋味，心弗乐，五味在前弗食"[⑥]。而"耳也、鼻也、口也，魄之外庭也；目也、舌也，魂之别舍也"[⑦]……正因为"舌"如此这般被神秘地理解为与"心"或"魂""魄"至为神秘地两情相悦、私相授受，所以，

---

① 宋琳：《精灵张枣》，宋琳、柏桦编：《亲爱的张枣》，中信出版社，2015年，第159页。

② 钟鸣：《诗人的着魔与谶》，宋琳、柏桦编：《亲爱的张枣》，前揭，第149页。

③ 宋琳：《〈亲爱的张枣〉·初版序：缘起》，宋琳、柏桦编：《亲爱的张枣》，前揭，第Ⅶ页。

④《黄帝内经·灵枢·脉度篇》。

⑤《荀子·正名》。

⑥《吕氏春秋·适音》。

⑦ 庄元臣：《叔苴子》内篇卷四。

“味是一种价值”[1]，不再停留于物的本质属性这个较为表浅、较为本分的层次；面对有价值的味，华夏先民向来不会恝然相向，他们必将报之以欣欣之色，示之以陶然、沉醉之态。在此，贡华南的观点显得既迅疾敏捷，又颇富想象力：“舌为心之窍、为心之官，这些说法无疑都是为了强调舌与心的一体性。心开窍于舌。唯其有窍，故能授受万物；唯其根柢于心，故能辨百味。”[2]只消稍加直观，便会发现一个简单的事实：舌不仅知味，还能发声，正所谓“舌者，音声之机也”[3]；舌不仅能辨味，还能辨世（“辨别世界”的简称）。还是贡华南能够在直观中一语破的：“音声以及语言都由舌的活动产生，语言对世界的辨别、呈现都通过舌来实现，其道出的东西又与心相关。而在实质层面，‘舌’又承担着辨味的功能。”[4]很显然，许慎说的正是同一个意思，竟至于分毫不差：“口，人所以言、食也。”[5]段玉裁的确算得上叔重先生肚皮里的蛔虫：“言语、饮食者，口之两大耑。舌下亦曰口，所以言、别味也。”造物主的心思凡人真的难以窥测，或叵测：它不仅以最经济的方式创世，不仅予万物以最简洁的形式，亦即“用决不多出一口的果实保护他们”（敬文东：《老家的朋友们·秋天：给L》），还让同一个器官神秘地担负着截然不同的任务。中国之舌集辨味、发声和辨世于一体；这个包含过多奥秘的事实更有可能意味着：人类之舌不仅亲身“经过”万物，还得亲自遍“尝”各种语言，并且必须是也必然是自带音响形象的语言，汉语很可能就是其中最受宠幸的一员。这个不可变更的事实导致的后果更有可能是：它让汉语顿时沾染了中国之舌从“万物”那里感染的

① 张利群：《辨味批评论》，广西师范大学出版社，2000年，第46页。
② 贡华南：《味与味道》，前揭，第37页。
③《灵枢·忧恚无言》。
④ 贡华南：《味与味道》，前揭，第36页。
⑤ 许慎：《说文解字》卷二。

“万味”[1]。

贾谊之所以教人品味汉语（他使用的术语是“味言”）[2]，是因为汉语——或者至少是汉语——原本自有其味。贾生终究是正确的：作为一种面相奇特之物，尤其是作为万物中的精华部分，语言——至少是汉语——不仅自有其味，还自有其特殊和出位之处。在中国，万物有味却被认为味型单一，并且其疆域有限，其疆界自明：花椒麻，辣椒辣，陈醋酸，苦瓜苦，蜂蜜甜；唯有语言（比如汉语）除自身之味外，尚有舌头从万物处感染而至的“万味”。这不免令语言——比如汉语——味上加味。叔重先生说得很“机巧”，但也十分“讥诮”：“谓，报也。从言，胃声。”[3]作为舌头的延伸物、下属单位或曰“接盘侠”，大俗大雅的肠胃之“胃”在叔重先生那里自带想象力，被认为是这样的：“胃者，谷府也”[4]。段玉裁为此做出的解说格外值得重视：“《白虎通》曰：胃者，脾之府也。脾主禀气。胃者，谷之委也。故脾禀气于胃也。《素问》：脾胃者，仓廪之官，五味出焉。”贡华南为段玉裁的解释给出的解释也很有想象力，与华夏文明的本旨若合符

---

① 麦克卢汉（Marshall McLuhan）认为：“言语是人最早的技术，借此技术人可以用欲擒故纵的办法来把握环境。语词是一种信息检索系统，它可以用高速度覆盖整个环境和经验。语词是复杂的比喻系统和符号系统，它们把经验转化成言语说明的、外化的感觉。它们是一种明白显豁的技术。借助语词把直接的感觉经验转换成有声的语言符号，我们可以在任何时刻召唤和找回整个世界。”（麦克卢汉：《理解媒介》，何道宽译，译林出版社，2011年，第77页）作为古希腊文化的当代传人，麦氏对语言的认知是听觉中心主义的，不可能跟味觉联系在一起。因此，他强调语言让人与世界在割裂中相联系，不可能是无距离的品味世界：“语言之于智能犹如轮子之于脚和人体。轮子使人的肢体更轻盈、快速地在事物之间移动，使肢体的卷入越来越少。语言使人延伸和拓展，却又使人的官能割裂。人的集体意识或直觉，由于言语这种意识的技术延伸而被削弱了。”（麦克卢汉：《理解媒介》，前揭，第100页）

② 贾谊《新书·修政语上》：“故药食尝于卑，然后至于贵，教也；药言献于贵，然后闻于卑，道也。故使人味食，然后食者，其得味也多；若使人味言，然后闻言者，其得言也少。”

③ 许慎：《说文解字》卷三。

④ 许慎：《说文解字》卷四。

契，同样值得重视："'谓'是一种'言'，一种与'胃'相关的'言'……脾胃收纳所食之物，消化之，使之为己所有。脾胃之所出即是五脏可以接受之'五味'。'谓'之为'言'亦如是，即是经过自身接收、消化之'有味之言'。"[①]这势必再一次令语言——比如汉语——味上加味；两次味上加味的结果，更有可能意味着一个惊人的秘密：亘古相传不竭的汉语是一种拥有舔舐能力的语言[②]。

艾略特（Thomas Stearns Eliot）只是说，诗人之于诗，有类于皮条客之于嫖客那般，仅仅是桥梁或"催化剂"，剩下的一切，得看语言如何行动与劳作[③]。海德格尔（Martin Heidegger）更上层楼，显得不依不饶：语言的本质无他，不过是"语言说"（die sprache spricht）。此人甚至不无极端地指出："语言既不表达，也不是人的一种活动。语言说。"[④]海氏的言下之意无非是：语言自动呈现自身于世界，语言向万物主动敞开自己；它在主动敞开和自动呈现之际，展示或者抓取海德格尔心心念念的存在问题。作为《圣经》以及围绕《圣经》组建起来的文明养育出来的思想家，海德格尔抱持一整套"语言自主说"的观念，不仅无须丝毫奇怪，反倒事出必然，因为世

① 贡华南：《味与味道》，前揭，第17页。武田雅哉对此有很仔细认真的观察："《本草纲目》中万物的价值，未必仅限于'药用'的狭窄用途，而是依据'此物应如何处理才最适合食用'之标准来测定。这是本草学的方法论。《本草纲目》不只记载植物、矿物和动物，连尿桶、木屐带子、上吊用的绳子，在书中也被中国人拿来料理，最后进到他们胃里。"（武田雅哉：《构造另一个宇宙：中国人的传统时空思维》，前揭，第110页）

② 比如，"有首无身，食人未咽"（《吕氏春秋·先识览》）的饕餮被认定为"贪吃的怪物"（武田雅哉：《构造另一个宇宙：中国人的传统时空思维》，前揭，第110页），但它的大嘴又被认作通往另一个世界的通道，而这个通道是语言性的，具体说是咒语性的（参阅艾兰［Sarah Allan］：《饕餮纹及其含义》，《中国史研究》1990年第1期）。由此可以推断，华夏古人宗教祭祀时使用的语言本身就具有味觉特征，可以对被祭祀的对象进行舔舐。

③ 参阅盛宁：《二十世纪美国文论》，北京大学出版社，1994年，第73页。

④ 海德格尔：《在通向语言的途中》，孙周兴译，商务印书馆，1997年，第2、8页。

界被认为是上帝用语言创造的[①]。汉语却绝对不拥有离开人就自动言说的能力：没有中国人的舌头搅拌中国人的口腔，没有如此这般质地的舌头管束声音、调教声音，或者刻意为声音文身，汉语根本就没有出场的机会，更遑论有味还是无味。作为一种过于古老而又未曾断裂过的语言，汉语既肉感（它更器重直观，远离抽象）[②]，又世俗（它更宠幸人间烟火气，疏远超验性）[③]。但无论肉感，还是世俗，都得建基于汉语随身携带的舔舐能力。对此，张枣体会匪浅："汉语是世界上最'甜美'的语言，它不是二元对立的。在西方语言中有明显的'我'和自然之间的命名与被命名的关系。汉语最大的特征，是在它运用最充足的时候，非常甜美、圆润和流转。"[④]此处所谓的"甜美"，指的是汉语不仅原本有味，还能得味，亦即感染"万味"；所谓"不是二元对立的"，说的是汉语能零距离进入汉语意欲针对的任何对象，亦即舔舐。舔舐意味着汉语有能力品"尝"万物、"经过"万物：它之所欲，正在于同万物无缝交融，有如夫妻敦伦；更意味着汉语在"尝"或"经过"万物时，必须辨味于万物[⑤]：

---

① 参阅奥古斯汀（A. Augustinus）：《忏悔录》，周士良译，商务印书馆，1996年，第235–236页。

② 参阅敬文东：《词语：百年新诗的基本问题——以欧阳江河为中心》，《中国现代文学研究丛刊》2017年第10期。

③ 参阅敬文东：《从超验语气到与诗无关》，《中国现代文学研究丛刊》2018年第10期。

④ 张枣、白倩：《绿色意识：环保的同情，诗歌的赞美——张枣、白倩对话录》，《绿叶》2008年第5期。

⑤《孟子·尽心下》有云："由尧舜至于汤，五百有余岁，若禹、皋陶，则见而知之；若汤，则闻而知之。由汤至于文王，五百有余岁，若伊尹、莱朱则见而知之；若文王，则闻而知之。由文王至于孔子，五百有余岁，若太公望、散宜生，则见而知之；若孔子，则闻而知之。由孔子而来至于今，百有余岁，去圣人之世，若此其未远也。"孟子似乎在认识论上强调视觉（见）和听觉（闻）。但贡华南令人信服地证明，"见而知之"和"闻而知之"最终在汉语思想中被味而知之所取代（参阅贡华南：《从见、闻到味：中国思想史演变的感觉逻辑》，《四川大学学报》2018年第6期）。

它之所欲不在物，而在物之味与物之性，恰如同滁州的醉翁之意[①]，也正合袁子才所言："使一物各献一性，一碗各成一味。"[②]

跟人类有史以来的诸种语言遭遇的情形完全相同，汉语也存于舌尖，跳跃、欢腾于舌尖，像微风中的花朵，像按完美比例微缩的浪里白条，但更像沉睡于灯草中的和尚，在等待夜色降临伺机而起。和可以想见的其他所有语言迥然相异，普天之下唯有汉语才会承认："心者，舌之官也。"[③] "心之官则思。"[④]以上两项相加，更有可能意味着，在华夏古人的观念中，舌具有特殊的思考能力，或者在中国，心而非脑通过舌进行思考[⑤]。这正是华夏先民心目中舔舐的真正含义：汉语对万物总是倾向于实施零距离之思，实施无限贴近式的思考，并在此基础上，乐于贡献汉语的世俗性和肉体性。肉体性和世俗性有足够的能力，保证中华之"道"从不远人[⑥]；也有足够的能力，担保中国之"道"始终停留于"百姓日用而不知"[⑦]的层面（潜意识层面）。此外，汉语的肉体特性和世俗特性还愿意强强联手，以至于导致了另一个性质更加严重的结果，引发了另一个成色更为辉煌的结局："在中国传统思想世界中，不仅有'形'之物有'味'，事有'味'，而且无形之道、理、意、性、情、象（范畴）亦皆有'味'。它们不仅'有味'，更重要的是，'味'构成了思想世界

① 东坡有言："味摩诘之诗，诗中有画；味摩诘之画，画中有诗。"（苏轼《东坡题跋》卷五《书摩诘〈南田烟雨图〉》）一说"观摩诘之画"，但"观"字没有"味"字来得更符合汉语的舔舐特征。

② 袁枚：《随园食单》。

③《黄帝内经·素问·阴阳应象大论》张隐庵注。

④《孟子·告子上》。

⑤《国语·周语下》说："夫耳目，心之枢机也。"这与心通过舌而思并不矛盾，因为在汉语中，耳目或视听是被味觉化的（参阅贡华南：《味与味道》，前揭，第99-144页）。

⑥《中庸》第十三章。

⑦《周易·系辞上》。

的基本特征。”[①]一言以蔽之曰：古老的汉语传统思想既要“味道守真”[②]，又必须“心存道味”[③]。连一向被认作至高之物的“道”都终究有“味”，试问何物敢于无味，何物胆敢自绝于味呢？

诗乃有味之物

《孟子》云：“万物皆备于我。”[④]赵岐注：“物，事也。”在华夏先民看来，物、事何须见外分家？又有什么必要和理由见外分家呢？最好万物即为万事；万事、万物顶好感染于味，并相通于味。在中国古人看来，连某种或某些人处于无能状态时的那个“无能”都可能“有味”，并且必须“有味”（杜牧《将赴吴兴登乐游原一绝》：“清时有味是无能，闲爱孤云静爱僧。”）。即使是乐于贬低味觉的西方人，对此也不能全然免俗，至少他们在小觑某些事物的意义时，会故意指认它们很不幸地拥有某种不洁之味，以达到小觑该事物的目的——看起来，味道有时候反而更可以被当作更为称手的武器。据赫塔·米勒（Herta Müller）揭发，在社会主义时期的罗马尼亚，新年燃放的爆竹被称作“犹太屁”（Judenfuerze）[⑤]。爆竹炸裂时不仅外形酷似屁，味道也被认为相当于屁——一种和屁一样不幸“死在诞生之时的事物”[⑥]。此处更为重要的是：物、事一体是汉语具有舔舐能力的又一个重要证据，只不过因为人们忘记了赵岐的教诲，致

① 贡华南：《味与味道》，前揭，第81页。

②《后汉书·申屠蟠传》。

③ 僧佑：《弘明集》卷十一。

④《孟子·尽心上》。

⑤ 参阅赫塔·米勒：《国王鞠躬，国王杀人》，李贻琼译，江苏人民出版社，2010年，第27–28页。

⑥ 此乃法国人科坦（Cotin）神甫之名言，参阅罗歇–亨利·盖朗（Roger-Henri Guerrand）：《何处解急：厕所的历史》，黄艳红译，中国人民大学出版社，2015年，第26页。

使该证据被长期隐藏了起来：汉语之舌行经之处，无所谓事、物之别；物、事一体，正是对汉语之舌君临天下却一“视”同仁于它全部所“视”的绝佳体现。

汉语以舔舐为方式，同万物（万事）相与以和；而跟汉语的肉体性相对称，舔舐的结果无他，仅为“象”耳：事象或物象[①]。这是经过汉语精心处理（舔舐）过后方可得到的象，仅仅是语言之中的象，决非实象。如此性质的物象与事象，甚至可以追溯于汉字的创制方式。廖季平说得非常精彩：“造字之序，始形、次事、次意、次声，四门而止。最初造字，只如作画，象形在先；象形皆实字。有物即有事，故于象形外，别出象事一门……象事在半虚半实之间……至象意则全为虚字，但有其意，并无形事之可言……故象意皆虚字。一实一虚，半虚半实：可造之字，尽此三门。”[②]总之，事象或物象尽皆出源于典型的中国思维，亦即汉语思维。庞朴先生令人信服地论证过，在“形而上者谓之道，形而下者谓之器”之间，或者之外，更有一个形而中者谓之“象”。由此，华夏文明的传统思维是有别于“一分为二”之西方思维的“一分为三”。庞朴说得很清楚：“象不是道本身，而是道之见（现）。象也还不是器，尽管是成器的灵感……道、象、器三者间，呈现为这样的梯形关系：道无象无形，但可以悬象或垂象；象有象无形，但可以示形；器无象有形，但形中寓象寓道。”[③]道和器都向象聚拢，最终交汇于象：唯有通过象，道、器方可彼此理解。正是以这种独有的方式，汉语得以将万物以及围绕万物组建起来的万事纳于自身。舔舐的结果，亦即“象”对于纯粹的逻辑推理而言，意味着逻辑推理获取了可以进行推

---

① 参阅韩少功：《暗示》，人民文学出版社，2002年，第8页。

② 廖平：《六书旧义》。

③ 庞朴：《一分为三》，前揭，第227-231页。

理的前提——经验事实[①]。比如，从作为经验事实的“夕阳来临”展开推导活动，其结果仅仅是夜晚将至这个朴素、直观的结论性命题，无须任何情感投入，只需考虑是否“切中”外物。对于古老的诗或歌来说，汉语舔舐万事、万物的结果（亦即“象”），则大体上相当于“赋、比、兴”在连读层面上的那个“兴”，亦即商承祚暗自称道的“兴起之”[②]，全身心地专注于滋生与创化。比如在李商隐那里，作为起兴之物的“夕阳来临”创化与滋生出来的，不再是关于现实世界的结论性命题，而是对人生苦短、佳时不再所做的深沉慨叹，是对老之将至、行将就木所做的无尽的感喟。经验事实无所谓有味还是无味，因为在现代性严格管辖的场域内，逻辑推理的目的很单纯、很紧迫，它仅在于“切中”事物，以获取关于现实世界的结论性命题，用以指导实践，有效甚于有味，成真甚于成物，但味仍然存乎其间，只是看起来不那么重要，不那么急迫。无论是古典汉语诗歌，还是作为古典汉语诗歌在新的历史语境中的转世灵童，汉语新诗的核心依然在诗之兴[③]；作为连接古典汉语诗歌与新诗的桥梁与中介，诗之兴的核心仍然落实于味，或依然在于是否有味。

有确凿的证据表明：兴之源起与古老的宗教相连，同原始的祭祀活动有染[④]；尾随其后的，才是被至圣先师辨认出来的诗之兴，拥

---

① 我曾经详细地论证过：没有被语言浸染的事情是纯粹的事情，也可称作原始事实；进入语言的事情整体或事情片段则只能被称作经验事实。没有被语言浸染的事情自在自为，和人没有关系。（参阅敬文东：《随“贝格尔号”出游》，河南大学出版社，2010年，第49－56页。）

② 商承祚：《殷契佚存》，金陵大学中国文学研究所，1933年，第62页。

③ 参阅敬文东：《感叹诗学》，作家出版社，2017年，第12－33页。

④ 参阅陈世骧：《中国文学的抒情传统：陈世骧古典文学论文集》，生活·读书·新知三联书店，2015年，第101－140页；周策纵：《古巫医与六诗考》，上海古籍出版社，2009年，第132－143页；赵沛霖：《兴的源起》，中国社会科学出版社，1987年，第5页。

有一副纯正的无神论面孔，既亲切、平易，又诚恳、慈祥[①]。而“诗之兴的目的，就是要在一个‘瞬态化’之间，在没有任何神秘性撑腰、鼓劲和呐喊的情况下，迅速沟通人、物、事，从中滋生或创化某种特定的心理性力量，以取消（或部分取消）人、事、物之间的界限，以达至情景交融的境地”[②]。这等交融境地之得来，实有赖于华夏思想中长期存在的物我交感理论，正所谓“喜怒通四时”[③]。“四时”各有其个性：“春，喜气也，故生；秋，怒气也，故杀；夏，乐气也，故养；冬，哀气也，故藏。四者，天人同有之，有其理而一用之，与天同者大治，与天异者大乱。”[④]箕子对周武王论天道，核心要点在于顺物之性才能成就事功，逆物之性则会令上天震怒[⑤]。因此，感“四时”之气以顺命，是一种高级的生存策略，与消极无关，与苟且绝缘；而唯有顺物之性，在华夏先民看来，才更有可能成就诗情与诗意。叶嘉莹说得非常干脆：诗之兴是在物我交感理论管辖下、控制下“由物及心”导致的重大后果[⑥]。可以入侵人心的外物（事）当然品类繁多，“由物及心”的行进模式，倒是令人吃惊地有类于极简主义：“气之动物，物之感人，故摇荡性情，形诸舞咏”[⑦]——由“气”至“物”，再由“物”而及“人”。此处所谓“人”，不过是区区方寸唯有“心”成就“人”，或者唯有区区方寸能够代表“人”、暗喻“人”。外物入侵导致方寸凌乱；方寸凌乱，则催促与“心”私相授受之“舌”启用它特殊并且独有的思考能力，亦即用汉语舔舐入侵之物（事），并以“象”为展现方式，将万物（万事）纳入世俗性和肉体性并在的汉语之中。纳入侵之物（事）于

---

① 傅道彬：《诗可以观》，中华书局，2010年，第161页。
② 敬文东：《兴与感叹》，《首都师范大学学报》2016年第3期。
③《庄子·大宗师》。
④《春秋繁露·阴阳义》。
⑤ 参阅《尚书·洪范》。
⑥ 叶嘉莹：《叶嘉莹说诗讲稿》，中华书局，2008年，第21页。
⑦ 钟嵘：《诗品·序》。

汉语，终究是表面现象；纳入侵之物（事）感染而来的味入汉语，才是实质之所在。诗之兴因纳万物（万事）之味而有万味。吴乔给出的譬喻实在是好极了："意喻之米，饭与酒所同出，文喻之炊而为饭，诗喻之酿而为酒。文之措辞，必副乎意，犹饭之不变米形，啖之则饱也；诗之措辞，不必副乎意，犹酒之变尽米形，饮之则醉也。"①

美术史家卜寿珊（Susan Bush）恰如其分地认为："中国画一贯追求诗的境界，而不是科学的形态。"②高尔太恰正可谓英雄所见略同：绘画和诗虽然分别属于不同的领域，但中国古人更倾向于将"画的本质，归结为诗的本质"③。夏可君似乎更进一步窥见了其间的奥秘：中国传统绘画不以透视为枢纽，而是以触觉化的味觉或味觉化的触觉为圭臬④。以此反推，可以很清楚地获知：建基于舔舐并倾心于诗之兴的古典汉语诗歌，必将以味觉为其根基⑤，以触觉为其王佐或辅助，只因为味才是万物的本质。江弱水很风趣地论证过："味觉是一把神秘的钥匙，一不小心就开启了一扇通往过去的门。回味

---

① 吴乔：《围炉诗话》卷一。

② 卜寿珊：《心画——中国文人画五百年》，皮佳佳译，北京大学出版社，2017年，第41页。

③ 高尔太：《论美》，甘肃人民出版社，1982年，第301页。

④ 参阅夏可君：《平淡的哲学》，中国社会出版社，2009年，第53页。关于中国水墨画的奥秘，夏氏在另一处有更为会心的论述，可以在此同参：中国古典水墨画"是对时间流逝的感时伤怀，并且以烟云的瞬间变灭来表现时间的流逝，却又逆转而形成了烟云供养的艺术养生论，中国文化最为彻底地面对了世事的无常，但同时也肯定这变化的丰富性与不可测的机会，在变灭的烟云上体现出变化的契机或者气机，在随生随灭的瞬间体悟中，文人水墨山水画家们找到了赋予这变幻的烟云以气韵生动的形式语言，即氤氲的化生，这最为富有柔韧性的活化的形式（vivid metamorphosis），连接了自然与人性，并且滋养了生命"（夏可君：《虚薄：杜尚与庄子》，江苏美术出版社，2012年，第303页）。

⑤ 品味古典诗歌，仍然建立在有味的基础上，正如杨慎之言："盖颐中有物，乃可言咀嚼而出真味，若空肠做雷鸣，而强为戛齿之状，但垂饥涎耳，真味何由出哉！"（杨慎：《升庵诗话》卷十一）但说"古典汉语诗歌必将以味觉为根基"并非说是古诗就一定有味。

就是回忆。”[①]而此刻，华兹华斯（William Wordsworth）的经典言论就在耳畔：诗“起源于在平静中回忆起来的感情。诗人沉思这种情感直到一种反应使平静逐渐消逝，就有一种与诗人所沉思的情感相似的情感逐渐发生”[②]。有人早已按捺不住地指出：在中国，“兴，本是古老诗歌的一种类型”[③]；有人甚至直接将“诗言志”的实质独裁性地认作“诗言兴”[④]，最终，使“诗=抒情=感叹（即诗之兴）”[⑤]的公式得以成立。种种肯定性的表述或许意味着：在中国，诗必定、必然是有味之物；不仅诗之兴有味，感叹亦有味，抒情甚至等同于有味，只不过更是特殊之味，亦即味上加味。《国语》说得好：“口内味而耳内声，声、味生气。气在口为言，在目为明。言以信名，明以时动；名以成政，动以殖生，政成生殖，乐之至也。若视听不和，而有震眩，则味入不精，不精则气佚，气佚则不和，于是乎有狂悖之言。”[⑥]有人在解释、铺陈这段话时，表述得相当清楚：“‘声味’在此已经被视为人体的自然、原初的生命质素，决定了生命和生命的表现。在思维上‘声味’之和不仅仅是类比的关系，它们是对等的、同一的互文关系。说音乐的和，不能脱离‘味和’；说‘味和’，形影相随的是乐‘和’。与此同时，‘声味’之和与气的联系，使声味与个体生命缔结了牢不可分的血脉关系，也就顺理成章地衍化为‘味以行气，气以实志，志以定言，言以出令’的‘味’与语言的逻辑顺序，为‘味’进入文学批评，生发为中国美学最重要的

---

① 江弱水：《诗的八堂课》，商务印书馆，2017年，第40页。

② 华兹华斯：《〈抒情歌谣集〉一八〇〇年版序言》，曹葆华译，伍蠡甫主编：《西方文论选》，上海译文出版社，1979年，第17页。

③ 刘传新：《兴：中国诗歌之本》，《东岳论丛》1989年第2期。

④ 参阅王一川：《从古典诗学中活移——兼谈诗言兴的现代性意义》，《文化与诗学》（第一辑），上海人民出版社，2004年，第223页。

⑤ 敬文东：《感叹诗学》，前揭，第52页。

⑥《国语·周语下》。

观念提供了可能。”[①]这段论味之言堪称精辟、准确，却似乎有意忘记了诗之兴，不能不说是一件憾事；唯有将诗之兴置诸“和”与“味”中，才称得上算无遗策、野无遗贤，《国语》的本义方才释放殆尽。

有人认为“中国古典美学用得最多的概念是‘味’”，而将“诗”与“味”连言合称为“诗味”的情形，又恰是其间的重中之重[②]。还有人认为：“辨味批评是以味作为诗论标准，以味作为评论对象，以辨味、寻味、体味、品味、知味、玩味等作为评论过程和评论方法；而且也使批评本身因其辨味而成为辨味批评。”[③]话虽如此，但千百年来，辨味批评始终在比喻的层面上进行[④]。恰如王世贞评王履吉之诗时说过的那样：“似扬州大宴，虽鲑珍水陆，而时有宿

---

① 张家梅：《味“和”之内涵及“味”论之美学意蕴》，《南昌大学学报》2005年第2期。

② 陈望衡等：《味觉与中国传统美学》，《武汉大学学报》2004年第1期。陈应鸾认为，“诗味”论大致产生于世道倾覆的齐梁之际，这正是放纵言说之口被腾出来浇灌吞吃之口的原因（参阅陈应鸾：《诗味论》，巴蜀书社，1996年，第266页）。王瑶的观点能给上述论说以佐证：“为什么饮酒之风到汉末特别盛起来了呢？……是在于对于生命的强烈的留恋，和对于死亡会突然来临的恐惧。这和《古诗十九首》以及建安以来的许多诗篇中所表现的时光飘忽和人生短促的思想，是一致的。”（王瑶：《王瑶全集》第一卷，河北教育出版社，2000年，第185页）

③ 张利群：《辨味批评论》，前揭，第1页。

④ 即使以味论诗学著称的印度文明事实上也是在比喻的意义上进行的，“文本中含有一个成熟（艺术化）了的常情（人类基本情感或情感概念），就是味。”（倪培耕：《印度味论诗学》，漓江出版社，1997年，第4页）这跟可以用于舌头品尝的味是完全不一样的。刘勰说：“若统绪失宗，辞味必乱；义脉不流，则偏枯文体。”（刘勰：《文心雕龙·附会》）刘氏虽然在以味论诗文，但他实际上强调的是“统绪”和“义脉”；“义脉”和“统绪”的真实意思相当于陈世骧总结出的柯勒律治（Samuel Taylor Coleridge）的诗歌观：诗=用最佳的秩序安置最佳的词（poetry=the best words in their best order），然后在此基础上，去措置内心的经验（to order his inner experience）（转引自陈国球：《结构中国文学传统》，华中师范大学出版社，2011年，第90−91页）。

味。"[①]陆机则曰："阙大羹之遗味，同朱弦之清泛。"[②]刘勰也如是放言："若统绪失宗，辞味必乱；义脉不流，则偏枯文体。"[③]事实上，在天下万物当中，诗仅仅是万物之一种；就物的角度看过去，诗得向诗人打开自身，让后者进入自己，以便最终成就自己。在此，贡华南的看法尤其值得重视：中国古典思想始终"强调物的开放性，可入性。人可以插入物，使人立置起来（成己），也使物立置起来（成物）……物即指人所契入的东西，通过人的契入而使人与物共同立置于世界"[④]。成己是成物的先决条件。而所谓成物，就是成味；因此，所谓成诗，亦即成"兴"或生发感叹就是让其"有滋味也"。司空图因之有言："辨于味，而后可以言诗也。"[⑤]但在天下万物之中，诗又是至为特殊之物。从特殊之物的角度看过去，诗只能是语言的产物，是语言在舔舐天下万物和万事的过程中使之成味，或者为之赋味；因此，比语言更上层楼，诗必将是味上加味再加味，是为三重有味。同万物之中的其他所有物相比，诗绝不仅是"人所契入的东西"，更是人通过语言的舔舐功能进行创世的结果：成诗（成"兴"或兴发感叹）即为成世[⑥]。成己因此不再是成物的前提；在它们之间，只可能是同步关系：诗人成己之时，即是成诗、成世和味上加味再加味之际。海德格尔的语言本质论（"语言说"），不是汉语的真面目；艾略特的"催化剂"之喻，跟汉语诗歌的真实情形大相径庭，甚至南辕北辙。在此，《论语》乐于锦上添花般认为："兴于

---

① 王世贞：《艺苑卮言》卷五。

② 陆机：《文赋》。

③ 刘勰：《文心雕龙·附会》。

④ 贡华南：《味与味道》，前揭，第66页。

⑤ 司空图：《与李生论诗书》。

⑥ 赵汀阳认为，所有形式的艺术都"不是思考的对象，而是像神一样的另一个世界，当然艺术不是让我们去相信的，而是让我们去经验那种本来不可能经验到的世界的完整性"，文学、艺术世界很完美地描绘出了一个"世界所可能有的那种完整性"（赵汀阳：《二十二个方案》，辽宁大学出版社，1999年，第260页）。这就是此处所谓的"创世"或"成世"。

诗，立于礼，成于乐。”[①]包咸注：“兴，气也。言修身当先学诗。礼者，所以立身。乐所以成性。”抛开其中成色较为浓厚的道德教谕，此处不妨说：成己不仅意味着成诗、成世和味上加味再加味，不仅意味着诗之兴或生发感叹，还意味着“成于乐”，亦即诗性中有“乐”“味”。钱锺书说得十分精辟：“夫‘赋、比、兴’之‘兴’谓诗之作法也；而‘兴、观、群、怨’之‘兴’谓诗之功用，即《泰伯》：‘兴于诗，立于礼，成于乐’之‘兴’。诗具‘兴’之功用者，其作法不必出于‘兴’。”[②]早在《诗经》中，就有大量表征感叹的叠词存在：“我心惨惨”（《大雅·抑》）、“忧心怲怲”（《小雅·頍弁》）、“忧心殷殷”（《小雅·正月》）、“忧心烈烈”（《小雅·采薇》）、“劳心慱慱兮”（《桧风·素冠》）、“中心悁悁”（《陈风·泽陂》）、“忧心钦钦”（《秦风·晨风》）、“劳心怛怛”（《齐风·甫田》）……抒情是诗的本质[③]；感叹（诗之兴）则是抒情的具体化，或落地之物[④]；叹词仅仅是感叹的记号形式（sign），负责纳叹息之声于其躯壳之内[⑤]。不用说，感叹跟“心”相连，却仍然是汉语舌尖上的花朵，只得起舞于舌尖。关于叠字暗藏的感叹功能，也许要数叶舒宪最为清楚：“叠字的运用往往同诗人即兴发挥时的特有感情状态密切相关，就像歌中常用的感叹词那样。”[⑥]因此，在汉语传统思维中，诗有味，感叹当然也有味。有味——而且是味上加味再加味——必须充当诗的本质，出任感叹的前提，抒情必须理所当然地以之为根本：这就是味觉思维赋予汉语诗歌的本质特征。且看杨政的“会心”和“慧心”所在：

---

① 《论语·泰伯》。

② 钱锺书：《管锥编》，生活·读书·新知三联书店，2007年，第110页。

③ 参阅陈世骧：《中国文学的抒情传统》，前揭，第16页。

④ 参阅敬文东：《感叹与诗》，《诗刊》2017年第4期。

⑤ 参阅敬文东：《兴与感叹》，《首都师范大学学报》2016年第3期。

⑥ 叶舒宪：《诗经的文化阐释》，湖北人民出版社，1994年，第368页。

……舌尖上

嗜睡的祖国，迟日里吸紧欲滴的翠色……

（杨政：《1911年，春天记事》）

失 味

眼睛取代其他感知器官（比如鼻子、耳朵等）以独领主角之风骚，堪称现代性的标配，更称得上现代性的标志之一。乔治·斯坦纳（George Steiner）的描述来得相当及时："大量鲜艳夺目、即刻展示影像的手段，如照片、海报、电影、漫画，让我们变懒，使我们逐渐成为观众，而不是听众。"[①]麦克卢汉的看法或许更加干脆：以看取代听，乃现代社会最根本、最深刻的转变[②]，因此，"艺术从外在的匹配转向内在的构拟（art move inner from outer matching to inner making）"[③]。许慎在解释跟听觉——而非视觉——紧密相连的圣人之"圣"（其繁体字的写法为"聖"）时，也讲得相当果决："圣，通也，从耳。"[④]李泽厚对此有毫不含糊的看法："所谓'从耳'即'闻天道'。"[⑤]"闻"在此意味着：听觉（"从耳"）总是跟舌尖上舞蹈着的"成文"之"声"[⑥]不离不弃，"天道"则因它被可"闻"之音舔舐而有味[⑦]。视觉像公开露面的密探那般，在悄无声息地行事，看也

---

① 乔治·斯坦纳：《语言与沉默》，李小均译，上海人民出版社，2013年，第308页。

② 参阅埃里克·麦克卢汉等编：《麦克卢汉精粹》，何道宽等译，南京大学出版社，2000年，第267页。

③ 麦克卢汉：《理解媒介》，前揭，第223页。

④ 许慎：《说文解字》卷十二。

⑤ 李泽厚：《己卯五说》，中国电影出版社，1999年，第58页。

⑥《礼记·乐记》："声成文，谓之音。"

⑦ 参阅敬文东：《牲人盈天下》，广西师范大学出版社，2011年，第20-22页。

在漫无边际地四下游走，主动疏离和疏远了自带音响形象的汉语。因此之故，味道消失了。没有哪双眼睛真的能品评万物之味。所谓“好吃的眼睛”，所谓能“吃冰激凌”的眼睛，只针对有味的世界；而相对于世界之有味，眼睛就是张开的嘴巴，瞳仁就是可以舔舐的舌头。被“内在构拟”的艺术却倾向于同失味的现代性相关，跟有味的“天道”无染。同无声的看相比，听更有可能是对深度的体现，也更是对深度的热切渴望：“以耳听者，学在皮肤；以心听者，学在肌肉；以神听者，学在骨髓。”[①]“让我们变懒”意味着：无须品味万物的内里，只消大而化之地浏览事物的表面。本乎此，后现代主义倡导的“平面化”正逢其时，“去深度”就显得更加理所当然，也更为理直气壮。

马克斯·韦伯（Max Weber）有一个观点颇负盛名，即便在汉语学界也似乎无须注明其出处：所谓现代性，就是“祛”除万物身上自带的“魅”力，也就是被地球人口耳相传的“祛魅”（deenchanted）。假如让汉语传统思想描述同样的遭遇、谈论相同的问题，它一定会说：所谓现代性，不过是令万物失味——失去味道——而已，最起码也是大大地变味了，以至于成为令人掩鼻而过的“馊物”[②]，或者无法施之以舌尖的腐物。变味与失味到底孰优孰劣、孰重孰轻？汉语传统思想却并不准备就此明确表态。但除此之外，它没准还会有更进一步的申说：所谓万物身上自带的魅力，不过是万味的组成部分；或者，那顶多是万味的另一种名称，另一种较为机智的说法[③]。莫里斯·梅洛-庞蒂（Maurice Merleau-Ponty）有一个足够著名的观点，在汉语学界似乎也无须注明其出处：语词是世界的血

① 《文子·道德》。

② “馊物”一词在构词上模仿了“馊主意”的构词法。

③ 不同于中国传统思想对“祛魅”的置换性阐释，让·波德里亚（Jean Baudrilltard）会认为，所谓“祛魅”，就是社会行为领域里象征功能消失（让·波德里亚：《象征交换与死亡》，车槿山译，译林出版社，2006年，第4-6页）。

肉。这个颇具肉感，并且性感十足的比喻意味着：对人——至少对法国人比如梅洛-庞蒂——来说，所谓世界，不过是语词；没有语词，则无所谓世界或者不世界[①]，亦即海德格尔所说："无词便无物存在。"[②]自带舔舐能力的汉语对这个比喻应当另有新解，更有新见：在暂时还不忙于考虑失味或变味的前提下，所谓世界，就是汉语语词用以舔舐的肉体，活生生、白嫩嫩，有品类繁多品相也繁多的滋味，亦即"万味"。

马歇尔·麦克卢汉的观察很细致，其判断也很大胆："17世纪传教士东去和时钟输入之前，中国和日本人用香火的刻度来计算时间已实行了数千年。不光是时辰和日子，而且连季节和黄道十二宫都同时用仔细排列的气味来表示，嗅觉长期被认为是记忆的根基和个性统一的基础……嗅觉不仅是人最美妙的感官，而且也是最形象化的感官，因为和其他任何感官相比，它能更加完整地调动人的整个感官系统。因此，读写文化高度发达的社会采取步骤去减弱或消除环境中的气味，就不足为奇了。"[③]或许，这能很好，至少能部分性地解释事物失味的原因；似乎文明程度愈高，便愈排斥原本就被古希腊人贬低的末等器官：这是器官等级制度早已设定的戒律，只是在现代性横行的时代，被再度和过度强化罢了[④]。而多米尼克·拉波特（Dominique Laporte），也就是那个恰如"海内有逐臭之夫"般研

---

① 梅洛-庞蒂认为，"意识最初并不是'我思'（我认为［je pense que］），而是'我能'（je peux）"。梅洛-庞蒂的中国阐释者莫伟民据此认为："我通过我的身体，此时此地处于此世，而与他人发生关联，这个事实却并不是反省所能充分证明的，而只能由知觉来感知。"（莫伟民：《"我能"：从梅洛-庞蒂到福柯》，杜小真等主编：《理解梅洛-庞蒂：梅洛-庞蒂在当代》，北京大学出版社，2011年，第104页）莫伟民的言下之意有可能是：梅洛-庞蒂似乎已经暗示了语言的及肉性。

② 海德格尔：《在通向语言的途中》，前揭，第198页。

③ 麦克卢汉：《理解媒介》，前揭，第169页。

④ 关于器官等级制度的有趣论述，请参阅卡罗琳·考斯梅尔（Carolyn Korsmeyer）：《味觉：食物与哲学》，吴琼等译，中国友谊出版公司，2001年，第2-6页。

究人类粪便史的短命鬼，对麦克卢汉的大胆之见早有应和："历史学家们并非不了解感官的历史在此发生转折：人们从群居性过渡到有羞耻感，这一变化的发生伴随着嗅觉的精细化，从前不觉得难闻的东西似乎也觉得味道不好了。在审美领域，可见性的优先地位基本上只能在后厨的基础上构成。有臭味的东西扰乱视觉。然而，被嗅到的与可见的截然分离，必定要属于被遮掩的、要摆脱的麻烦这一类，却并非简单地消失、消除，而是被召唤去积极地加入可见性的系统。压抑促成被压抑的东西回归。"[1]在此，多米尼克·拉波特再次加固了万物失味的理由；作为一个似乎不可变更的事实，失味看上去更加坚不可摧。因此，以失味（或祛魅）为标志的现代性不可能弄明白：中国古人为什么爱说"最难消遣是昏黄"（许瑶光：《再读〈诗经〉四十二首》第十四首）这样的怪话；更搞不清楚古代中国人为什么会在"愁"与暮色四合之间，建立起如此亲密，以至于肌肤相接的因果关系："愁因薄暮起"（孟浩然：《秋登兰山寄张五》）。将看视为理所当然而忘记舌头存在的现代人，实在难以想象黄昏居然有味，并且还真的可以被品味："恶滋味，最是黄昏。"（晏幾道：《两同心·楚乡春晚》）[2]——这是汉语新诗遭受的困境，也是它遇到的隐秘的难题。

正是从味觉思维出发，贡华南乃有如是高论："万物失味-失性与人失味-失性乃是同一过程，确切说，人失味-失性乃是万物失味-失性的前提和原因。士人失去士人品味，成为纯粹的'智人'、辩士；世人不断败坏、失去几希的品味（本待培养），成为'忙人'。'忙'是失味的前提与表现，'不忙'则是人有味，也是万物有味的

① 多米尼克·拉波特：《屎的历史》，周莽译，商务印书馆，2016年，第37页。

② 即使在承认味与抒情相连的学者那里，也认为那仅仅是"以味喻诗"而已，并不真的与食物和味发生实质性的联系（参阅王文生：《中国美学史：情味论的历史发展》上卷，上海文艺出版社，2008年，第6-7页）；将看当作根本的现代性摈除味觉，就更是理所当然。

保证。”[①]忙以及由之而来的快，还有不可抗拒更兼不可描述的剧烈之动（当然不再是“智者”之“动”），就是现代经验诞生于现代中国的前提。因此，帝制中国永远失去了它全部的合法性，以及全部的合理性[②]；失味则是现代经验在当下中国为自己赢取的本质内涵。它面相怪异，行为乖张，神经质十足。和缓慢、稳定、平静以及可以被直观的农耕经验相比，现代经验伴随着强烈的颤音转瞬即逝，甚至听不见消逝自身发出的细微呻吟。如此这般迅捷的现代经验在时间模式上，热衷于神学家邓斯·司各脱（Duns Scotus）发明的“特此性”（thisness），亦即唯有此时此刻，并且唯余此时此刻。由此，与现代经验恰相匹配的时间模式失去了它的纵深感，不得不转而将自身有可能存在的饱满视为天敌，唯余平面和表层[③]，但又不是保罗·瓦莱里（Paul Valéry）所谓的“最深的是皮肤”[④]，也不是臧棣所谓的“生活的表面”[⑤]。而这些皮肤，这些珍贵的表面，真的“值得我们为之倾注如潮的心血”[⑥]。作为一个去国多年重返祖国的人，张枣屡屡哀叹自己“痛失中国”[⑦]。作为一个深通滋味的“好吃嘴”，张枣当然知道他失去的，不是物理学意义上的中国，只能是有味之中国，但似乎更应该说成中国之味。转瞬即逝乃“有滋味也”的死敌，更是舔舐无法展开自身的主要原因；猪八戒偷吃人参果因速度过快导致不知其味，转而求“食”于大师兄的故事，其部分寓意正

---

① 贡华南：《汉语思想中的忙与闲》，生活·读书·新知三联书店，2016年，第32页。

② 参阅敬文东：《论垃圾》，《西部》2015年第4期。

③ 参阅詹姆斯·伍德（James Wood）：《小说机杼》，黄远帆译，河南大学出版社，2015年，第48页。

④ 转引自吉尔·德勒兹（Gille Deleuze）：《哲学与权力的谈判》，刘汉全译，译林出版社，2012年，第94页。

⑤ 臧棣：《假如我们真的不知道我们在写些什么》，《中国诗歌评论》第二辑，人民文学出版社，2000年，第267页。

⑥ 敬文东：《诗歌在解构的日子里》，北京大学出版社，2008年，第23页。

⑦ 参阅陈东东：《张枣：“我要衔接过去一个人的梦”》，《收获》2015年第3期。

可以从这个角度得到理解。此情此景，有类于柏桦的感叹："真快呀，一出生就消失。"（柏桦：《夏天还很远》）完全不必怀疑，有味乃万物的深度之所在，需要慢镜头般零距离的"经过"和"尝"。傅维笔下的张枣是这样的："我没有见过一个人会把青椒皮蛋送进嘴前，无比温柔说，让我好好记住了这细腻丝滑还有清香，我们再说话，可好？"[1]张枣的如此这般的动作/行为隐喻的是：唯有因慢速地"尝"和"经过"而来的"记住"，方能升腾起"一种与诗人所沉思的情感相似的情感"[2]；唯有如此特质的"情感"，才是"痛失中国"一语暗示的所失之物：所谓"痛失中国"，即是失味。

米什莱（Jules Michelet）说："历史会给大自然带来伤害。"[3]背靠神学立场的马克斯·舍勒（Max Scheler）显得心情更为凝重：科学充满了对大自然的仇恨，因为科学乃视觉中心主义的产物，西方的历史更是被视觉反复定义过的历史。视觉中心主义强调的，永远是征服、征服，以及征服[4]。古希腊思想打一开始，就以"人为自然立法的视觉思想"为主导[5]。视觉中心主义让人与外部世界结成了一种典型的我-他关系，这种关系深刻地意味着：人必须视万物为对象，人作为主体必须降伏作为客体的万物。这是因为唯有眼睛导致的看被认为具有客观、纯粹、公正和不带偏见的品格[6]；而以看为桥梁获

---

① 傅维：《美丽如一个智慧——忆枣哥》，宋琳、柏桦编：《亲爱的张枣》，前揭，第114页。

② 华兹华斯：《〈抒情歌谣集〉一八〇〇年版序言》，曹葆华译，伍蠡甫主编：《西方文论选》，前揭，第17页。

③ 米什莱：《山》，李玉民译，上海人民出版社，2011年，第46页。

④ 参阅马克斯·舍勒：《舍勒选集》，刘小枫选编，上海三联书店，1999年，第31页。

⑤ 贡华南：《味觉思想与中国味道》，《河北学刊》2017年第6期。

⑥ 在西方，虽然偶尔有人强调眼睛也可以"入身"，亦即"身体处于视觉中（in Sehen），没有被看到，而是被感觉到，因为这视觉（Sehen）就是入身"（赫尔曼·施密茨［Hermann Schmitz］：《身体与情感》，庞学铨等译，浙江大学出版社，2012年，第36页），但这是偶尔的例外，属于"有一般就有例外"的规律之列。

取的纯粹知识被认为不掺杂任何情感，因而更有“利”于，也更有“力”于征服自然，最终，达致“为自然立法”的目的——柏拉图（Plato）因此将眼睛视作最为高贵的“哲学器官”[①]。虽然有人颇为笃定地认为，“只有让你看见和摸到，才能让你得到理解”[②]，但“摸到”只具有表面上的重要性，“看见”才是实质，“看见”是“理解”最重要的前提——假如还不说唯一前提的话。视觉中心主义视野下的真正之看向来都是这样的：“以观看者的目光为中心，统摄万物……一切都向眼睛聚拢，直到视点在远处消失。”[③]重视味觉的传统汉语思维与大自然结成的，是一种典型的我-你关系。自打一开始，我-你关系不仅对所有的人、事、物实施怀柔政策，而且鼓励人、事、物相互品味，相互“经过”、相互“尝”，为的是让人、事、物能够深度地相与以和，最终，进入人之味和物之味“味味相长”[④]的境地，或者达致人之味和物之味味味杂融的程度，正所谓“春三月山林不登斧，以成草木之长；夏三月川泽不入网罟，以成鱼鳖之长”[⑤]。我-你关系即使强调看（毕竟眼睛是人体最重要的器官之一，不可能被废置），也以不得妨害万物为最低标准，并在此基础上，不仅要特别强调看的鲜活，还得感受万物本身之鲜活[⑥]。

现代性的源头可以追溯到古希腊，视觉结构是其基本原型；为充分完成现代性这个迫不及待的目标，以舌与味充任其核心的汉语

① 参阅柏拉图：《蒂迈欧篇》，前揭，第32页。

② 参阅George Lakoff and Mark Turner, *More than Cool Reason: A Field Guide to Poetic Metaphor*, University of Chicago Press, 1989, p.2.

③ 约翰·伯格（John Berger）：《观看之道》，戴行钺译，广西师范大学出版社，2005年，第11页。

④ 此处的“味味相长”在构词法上模仿了“教学相长”。

⑤《逸周书·大聚》。

⑥ 关于我-他关系与我-你关系的详细内涵以及两者间的区别，请参阅敬文东：《皈依天下》，天地出版社，2017年，第22-27页。

必将得到改造：这就是白话文运动的目的之一[①]。对此，张枣的看法显得既缺乏常识，也非常荒谬："我们的母语是失去了暗喻的母语，我们的民族是没有暗喻的民族。没有暗喻就不可能有真正的纯文学。'五四'白话文运动的最深层动机是寻找暗喻。"[②]张枣很可能没有弄明白：为过于肉感的汉语输入分析性能，以便使之尽可能匹配跟现代性恰相匹配的视觉原则，才是白话文运动的目的之所在，跟他钟爱的暗喻没有关系，更何况想象一种没有暗喻的语言该是多么不可思议。通过不乏激进的白话文运动，汉语的视觉性能——以分析性为根本——得到了前所未有的强化[③]；其舔舐能力——肉感性——则遭到了前所未有的抑制。这是现代性导致万物失味之后进而导致的语言结局，其影响堪称普遍而深远，绝不限于区区新诗一隅。

从味觉思维或味觉思想的角度看过去，作为现代性的对称物，汉语新诗的最低任务极有可能是：重新展开成己以同时成物（成诗）的过程。新一轮的成己以成物（成诗），乃汉语新诗在新的历史语境中被迫认领的新任务：它有必要在失味甚至变味的时代，在遍地"馊物"的世界上，恢复汉语新诗的赋味能力，重新让世界变得有"滋"有"味"。在此，赋味并不必然意味着诗歌民族主义；恰恰相反，赋味的目的是：在诗歌"拿来主义"过于强劲的时代，抹去"拿来主义"自身的盲点，纠正其失误，批评其偏执，湿润其干枯，然后以此为起点，在"拿来主义"的基础上扩大汉语新诗的写作疆界；在过于强劲的分析性（视觉中心主义或看）的外围，施以舌头独有的思维能力与方式，以成就一种特别之诗，亦即真正的中西合璧之诗。张枣似乎已经替这种崭新做派的现代汉语诗歌表明了心

---

① 参阅李春阳：《白话文运动的危机》，生活·读书·新知三联书店，2017年，第9–52页。

② 张枣：《张枣随笔选》，人民文学出版社，2012年，第57页。

③ 关于这个问题，本书接下来有详细的论述。

迹，甚至给出了线路，描摹出了这种诗歌应有的体型：“感性是我的母语固有的特点，所以我特别想写出一种非常感官，又非常沉思的诗。沉思而不枯燥，真的就像苹果的汁，带着它的死亡和想法一样，但它又永远是个苹果。”①

重新味化还有可能吗

黑格尔继承古希腊以来突出视、听的传统，毫不犹豫地认为：“美只能在形象中见出”；“艺术的感性事物只涉及视听两个认识性的感觉，至于嗅觉，味觉和触觉则完全与艺术欣赏无关”②。至晚自尼采开始，西方思想史上发生了既意义重大，也规模浩大的“身体转向”（body turn）运动③。鲁迅笔下自诩太阳的人大大咧咧地说：“我完完全全是肉体，此外无有，灵魂不过是肉体上某物的称呼……所谓‘心灵’者，也是你肉体的一种工具。”④多米尼克·拉波特对建基于视听的美学也颇多微词：“美丽没有味道。彼此的排斥是绝对的，当句中的两个词对调位置，‘美丽没有味道’等同‘没有美丽的味道’，这是在审美活动中对粪便属性的压抑所采用的公式：确切地说是康德的美学。”⑤和尼采高亢、激越的语气相比，莫里斯·梅洛-庞蒂显得十分冷静，但也许更见力量：“在原初知觉中，触觉和视觉的区分是未知的，正是关于人体的科学后来教会我们区别我们的感官。实际经验到的事物不是从感官材料出发被找到或者构造出来的，而是作为这些材料得以辐射出来的中心一下子就被提供出来

---

① 张枣：《张枣随笔选》，前揭，第211页。
② 黑格尔：《美学》第1卷，朱光潜译，商务印书馆，1979年，第161、48页。
③ 参阅汪民安等：《身体转向》，《外国文学》2004年第1期。
④ 尼采：《苏鲁支语录》，徐梵澄译，商务印书馆，2002年，第27-28页。
⑤ 多米尼克·拉波特：《屎的历史》，前揭，第82页。

的。我们看见了物品的深度、滑腻、柔软、坚硬——塞尚甚至说，它们的味道。”为此，梅洛-庞蒂忍不住再次引用塞尚（Paul Cézanne）的名言，来为自己的观点张目和壮胆：“塞尚说，一幅画在它自身中甚至包含了风景的味道。”[①]因此，顾随才能放言：“李长吉之幻想颇有与西洋唯美派相通处，有感官的交错感。看见好的东西想吞下去，即视味觉之错感。”[②]

仿佛是呼应尼采、拉波特、梅洛-庞蒂和塞尚一般，钱锺书报告过一条很有意味的信息：早在尼采等人发动“身体转向”之前，自17世纪的西班牙批评家以来，在西洋各国的语言里，文艺鉴赏力和“口味（taste）”一直就是同一个单词[③]。现在，似乎该轮到艾略特来呼应钱锺书了：

黄色的雾在窗玻璃上挠着背，
黄色的烟在窗玻璃上擦着嘴，
把它的舌头舔进黄昏的角落。
（艾略特：《普鲁弗洛克的情歌》，江弱水译）

事情看上去很是令人震惊，在被认为失味更早的北美、祛魅更加普遍的欧洲，竟然潜藏着一个让人难以置信的事实：“身体转向”竟然使得欧美之物亦如古代中国之物一般，沾染了味道——塞尚和

---

① 转引自杨大春：《眼与心·中译者序言》，莫里斯·梅洛-庞蒂：《眼与心》，杨大春译，商务印书馆，2007年，第10–11页。

② 顾随：《驼庵诗话》，生活·读书·新知三联书店，2018年，第139页。

③ 参阅钱锺书：《写在人生边上》，生活·读书·新知三联书店，2002年，第305页。

梅洛-庞蒂颇为明确地申说了这一点[①]。看来，小玛德莱娜甜点的美妙味道与普鲁斯特（Marcel Proust）、与《追忆逝水年华》的关系，并非孤例；比如说，讲西班牙语的加西亚·马尔克斯（Gabriel García Márquez）的小说叙事人就十分明确地认为，“苦杏仁的气味总是让他想起爱情受阻后的命运”[②]。T.S.艾略特甚至要人“像闻到玫瑰花香一样”感觉到思想[③]。“身体转向”让西方人的所有感觉器官全部打开，几乎以同等程度的重要性投放于万物，并被万物所选择，给足了万物以民主；从前被严重抑制的味觉，尤其是曾经被彻底否定的味觉思维，有机会暗中抬头，西方世界因此得以味觉化——最起码不能完全排除这种可能性。奥登（Wystan Hugh Auden）因之而有诗：“死亡那不堪形容的气味/冒犯了这个九月的夜晚。”（奥登：《1939年9月1日》，王佐良译）文艺鉴赏力和“口味”共享同一个词，似乎可被视作味觉化的先声，尽管体型娇小，却又并非完全微不足道，否则，艾略特的那些诗句就难以成立。作为一个货真价实的实用主义者，约翰·杜威（John Dewey）显然察觉到了这一点。在他那里，至少眼睛被率先味觉化了：“道德家知道，感觉和情感、冲动与口味是联系在一起的。因此，他谴责眼睛的欲望是

---

① 依贡华南之见：“20世纪西方哲学演进的另一重要脉络也值得注意：胡塞尔崇尚视觉，以‘Eidos’（相）为其追求目标；海德格尔自觉批判视觉中心主义，推崇听觉；海德格尔的弟子伽达默尔进而对味觉—判断力做了进一步考察，以此作为诠释学展开的一个基础。同为海德格尔弟子的阿伦特亦试图从思维、意志推进至味觉—判断力。可惜的是，味觉思想在西方无根基，阿伦特最终也没能写出《精神生活·判断力》。西方思想最终还是与味觉思想失之交臂，这一方面彰显出古希腊以来视觉思想传统之强大与稳定，另一方面也可以看出人类感觉逻辑之丰富与神奇。”（贡华南：《从见、闻到味：中国思想史演变的感觉逻辑》，《四川大学学报》2018年第6期）这兴许不是夸张之词。

② 马尔克斯：《霍乱时期的爱情》，杨玲译，南海出版公司，2012年，第1页。

③ 艾略特：《艾略特文学论文集》，李赋宁译，百花洲文艺出版社，1994年，第66页。

灵魂向肉体投降的一部分。他将感官的与肉欲的等同起来，将肉欲的与淫荡的等同起来。"[①]艾略特眼中的现代西方世界，乃如假包换的"荒原（waste land）"；"荒原"原本是失味或祛魅的代名词。确实是"身体转向"而非其他因素，有限度地改变了"荒原"的性质："黄色的烟（the yellow smoke）"仍然长了一张虽不可人，却能够"在窗玻璃上擦着"的"嘴"（rubs its muzzle on the window-panes）；黄色之烟仍然长了一条舌头，还能"舔进黄昏的角落（licked its tongue into the corners of the evening）"。如果世界或者"荒原"没有被潜在地味觉化，如果"荒原"或者世界仍然是纯粹视觉中心主义的天下，那么，跟"擦"相连的"嘴"、跟"舔进"生死相依的"舌头"，就只有修辞学上的来历，显得过于浅薄；也会令人难以置信：艾略特仅仅是个修辞主义者，伟大诗人的杰出成就不过是得之于"修辞的胜利"[②]。

张枣在分析艾略特的这几行诗时，发现了"身体转向"导致的上佳结果；他甚至颇为笃定地认为："黄色（yellow）""给人一种不大干净的感觉，硫黄的味道充斥在空气中"[③]。这与艾略特精心给出的"荒原"之喻恰相吻合，一派地狱的景象，味道刺鼻，还额外暗藏着一个面色狰狞的撒旦。而哈着硫黄气味的那张"嘴"，伙同其"舌头"，又能从作为"馊物"的窗玻璃——尤其是从黄昏——那里，尝（或舔舐）到何种怪味呢？对此，艾略特心知肚明，却似乎没有必要专门申说，更有可能是他不忍心申说。但是很显然，在被认为普遍失味（或者变味）的年月与疆域，一个西洋人居然有机会舔到、尝到黄昏之味（哪怕是酸腐甚至腐臭之味），直追他寄身异国、并相隔千年的唐宋同行，不能不说是一宗让人吃惊的诗学事

① 约翰·杜威：《艺术即经验》，高建平译，商务印书馆，2010年，第25页。

② 参阅孙文波：《修辞的胜利》，民刊《现代汉诗》第13、14合卷（1994年，北京）。

③ 张枣：《张枣随笔选》，前揭，第82-83页。

件。是“身体转向”解放了曾经被监禁的味觉，才让说英语的艾略特突变性地获得了局部性的舔舐能力。

据江弱水猜测，张枣很可能受启（而非受洗）于《普鲁弗洛克的情歌》，因此才有如下诗句[①]：

厨师推门，看见黄昏像一个小女孩，
正用舌尖四处摸找着灯的开关。
（张枣：《厨师》）

如果考虑到张枣一贯秉持的“元诗（metapoetry）”观念[②]，考虑到他临终时所说的“某物的或你濡嫩的舌头”，此处就有理由认为：与其说张枣以小女孩隐喻黄昏，进而有意识地让黄昏沾染阴性气质、认领娇嫩的形象，不如说他在用小女孩暗喻汉语。是汉语的阴性气质让张枣自然而然将黄昏视作小姑娘[③]，娇小却并不感伤，还以

① 参阅江弱水：《张枣〈厨师〉：放进鼓掌的油锅煎成金黄的双面（上）》，搜狐网 http://www.sohu.com/a/232231426_119350，2018年5月20日10：48访问。

② 参阅张枣：《危险旅行——当代中国诗歌的元诗结构和写者姿态》，《上海文学》2001年第1期。

③ 用阴性气质界定汉语并非否定其阳刚的一面。事实上，汉语的阳刚气质也许并不下于其阴性气质。英国传教士艾约瑟（Joseph Edkins）写于1880年的《中国电线考》有言：“当斯时也，多人以中华语言借得律风传问，口声之传入耳者，较他国倍清亮，亦以中国吐词声气尖硬于他国，故用得律风，尤便于今中国士子。”（转引自武田雅哉：《构造另一个宇宙：中国人的传统时空思维》，前揭，第198页）但此处的关键是：经历过革命话语的浸润后，汉语的阳刚、硬性质地甚至暴力令人反感。所以，许多诗人更倾向于、倾心于汉语的阴性气质。张枣说得很清楚：“由于我们这一代人（我虽然是这代人的末尾）对于暴力不陌生，所以在我们的创作中，还是有某种很霸道的东西。它可能就表现为某种极端，哪怕是一个温柔，也是一种极端的温柔，下定决心的温柔。你知道，这就是Paradox。还有，我觉得我们这代人的诗歌特别坚强，在能够写出的诗歌中，表现得特别坚强，所以它也被遗弃得特别坚强，好像‘砰’的一下就出来了。这也是一种极端吧。”（张枣：《张枣随笔选》，前揭，第201–202页）

此去除了孟浩然和晏幾道的古典性黄昏之愁，以及古典意义上的“恶滋味”，从而让其坐拥诗学上的现代性①。是汉语以它特有的舔舐功能，在帮助身处异国他乡的厨师试探着寻找开关。张枣说得非常明确：“中国当代诗歌……缺乏丰盈的汉语性，或曰：它缺乏诗。”②张枣深谙汉语的精髓：所谓“丰盈的汉语性”，端在于寄居其间的舔舐能力，虽历经白话文运动却至少在张枣那里鲜活如初；所谓“诗”，正在于汉语绸缎般光滑的阴性，恰如海德格尔所言：“纯粹所说乃是诗歌。”③当汉语依其本性充分而又完全地打开自己，及至与心相通、跟舌相连，就配得上张枣对它的赞颂与期待：“我认为现代汉语已经可以说出整个世界，包括西方世界，可以说出历史和现代，当然，这还只是它作为一门现代语言表面上的成熟，它更深的成熟应该跟那些说不出的事物勾联起来。”④在这里，“开关”决不想让作为运动器官的手去打开自己，它甚至不能被黄昏念想中的光明所打开。“开关”只可能被“已经可以说出整个世界”的汉语，但尤其是被汉语的本性去打开；或者说，开关只能被“舔”开，不是被“打”开，因为开关在张枣那里被认定有味：它早就在暗中等待已经充分视觉化的汉语伸出舌头。

---

① 1991年3月25日张枣在致柏桦的信中说：“有一天我看到一个庞德的纪念片（电影），他说：‘我发誓，一辈子也不写一句感伤的诗。’我听了热泪盈眶。”（柏桦：《张枣》，宋琳、柏桦编：《亲爱的张枣》，前揭，第21页）而早在1988年7月27日张枣在致柏桦的信中已经表达了断绝诗中感伤的决心：“中国文人有一个大缺点，就是爱把写作与个人幸福连在一起……这是十分原始的心理，谁相信人间有什么幸福可言，谁就是原始人。……什么时候把痛苦当成家常便饭，当成睡眠、起居一类东西，那么一个人就算有福了。”（柏桦：《张枣》，宋琳、柏桦编：《亲爱的张枣》，前揭，第29页）

② 张枣：《危险旅行——当代中国诗歌的元诗结构和写者姿态》，《上海文学》2001年第1期。

③ 海德格尔：《在通向语言的途中》，前揭，第6页。

④ 张枣、白倩：《绿色意识：环保的同情，诗歌的赞美——张枣、白倩对话录》，《绿叶》2008年第5期。

白话文运动最终的结果之一是强化了汉语的分析性能，也就相应地抑制了汉语的肉体特性，致使汉语的舔舐能力大幅度丧失其领地，以对称和匹配中国人心心念念的现代性。舔舐大幅度丧失其领地意味着：相对于写作《诗经》和《离骚》的汉语、陶渊明的汉语，现代汉语大幅度地失味了。就是在这个异常紧要的当口，张枣以其天性（天性不可解释），也以其对母语的热爱（热爱来自天性，也不可测度），尽可能固守汉语的舔舐功能，也因此尽可能地维护了汉语的圆润、婉转和肉体特性，以至于能够“至情流溢，直写衷曲”[①]。在此基础上，张枣拿他拼命挽留的舔舐——被其招魂的舔舐——与“拿来主义”层面上的分析性与视觉性相混合，方有机会写出集舔舐与观看相杂陈的诗句：不管怎么说，“厨师推门”之后，首先“看见”的是“黄昏”，紧接着，才“看见”味觉性的“舌尖四处摸找着灯的开关”。对于现代汉语诗歌而言，舔舐与观看相杂陈实在意义重大：它确保了看似无味的现代中国仍然有味，也确保了原本一头倒向视觉中心主义而失味的汉语依旧有味，现代性中国的感叹（新诗）也不离不弃于味。这是张枣区别于绝大多数中国当代诗人的隐秘原因，也是他为饱受诟病的汉语新诗带来的新风尚。对于这个问题，张枣在他开始诗歌写作的当口，就有明确的认识：“传统从来就不尽然是那些家喻户晓的东西，一个民族所遗忘了的，或者那些它至今为之缄默的，很可能是构成一个传统的最优秀的成分。……如何进入传统，是对每个人的考验。总之，任何方式的进入和接近传统，都会使我们变得成熟，正派和大度。只有这样，我们的语言才能代表周围每个人的环境、纠葛、表情和饮食起居。”[②]

现代性的重要内容之一，被认为是看大规模取代了听。但更重

---

① 程树德：《论语集释》“子曰：‘诗三百，一言以蔽之曰：思无邪’”条。

② 张枣：《作者的话》，唐晓渡、王家新编选：《中国当代实验诗选》，春风文艺出版社，1987年，第108-109页。

要的真相或许是听与看双双遭到了现代性的高度榨取，或严重绑架：听不仅听见了声音（有所听），还听见了听者自身的听（听-听）；看不仅看见了人、事、物（有所看），还看见了看者自身的看（看-看）。内含于汉语新诗的任务之一，或许正在于让听-听和看-看被味觉化，成为真正意义上的中西合璧之作，既具有现代性，又具有古典性或曰民族做派，堪称有味极了，正所谓“言下忘言一时了，梦中说梦两重虚。”（白居易：《读禅经》）“身体转向”致使西方世界开始重视味觉，直至世界居然被潜在地味觉化；与此方向截然相反，张枣是在汉语世界追逐现代性而普遍失味时，固守汉语的舔舐能力，致使新诗与世界依然有味，至少有幸免于全然无味。张枣给出的启示是：现代汉语被普遍视觉化后，并不必然决绝地绞杀汉语固有的舔舐功能，或者全面摈弃汉语的肉体特性（世俗特性反倒得到了加强）[①]；眼不仅可以观物，还可以观物之意味；现代汉语诗人不仅观物之意味，还观观自身的意味（简称观-观或看-看）；不仅观外物的观被味觉化，观-观（或看-看）自身也被味觉化。张枣和他特意发明的舔舐与观看相杂陈能够很好地证明：这种特有的观，乃物我的相互玩味和回味，万味自然存乎其间。在现代性横行无忌的时代，舔舐与观看相杂陈既是可能的，也是值得的。“可能的”无须多言，因为张枣已经很好地做到了；“值得的”格外“值得”一说：视觉中心主义诱导下的朗朗乾坤显得无比坚硬，看勾勒出来的无死角可言的世界则显得过于乏味。前者需要舔舐去湿润、去软化，后者急需要被重新赋味，只因为“一个准确的发音乃意味着舌头的拯救”[②]。且看张枣在如何展开行动吧：

---

① 曾经有一段时间，比如在1949年以后的很长一段时间（其下限可以延伸至1978年）内，至少汉语新诗完全抛弃了舔舐功能，眼睛被推到了无以复加的地步。

② 宋琳：《精灵张枣》，宋琳、柏桦编：《亲爱的张枣》，前揭，第172页。

船长呵你的坏女人
还没有打开水之窗。而我开始舔了
我舔着空气中明净的衣裳

我舔着被书页两脚夹紧的锦缎的
小飘带；直到舔交换成被舔
我宁愿终身被舔而不愿去生活。
(张枣：《祖国丛书》)

但无论“舔”还是“被舔”，不可否认的是：那恰好是深受现代性之害的某些敏感之人心目中真正的“生活”。这种质地与面相的生活既现代，又传统：它触目之处，尽皆乡愁之味，令人惆怅和感叹。

味，汉语与诗

视觉，味觉，语言

虽然从费诺罗萨（Ernest Fenollosa）到本雅明（Walter Benjamin）都在试图寻找所谓的“原初语言（adamic language）”[①]，但以海德格尔之见：在古希腊的词典中，向来没有表示“语言”的词汇。古希腊人更愿意赋予逻各斯（logos）以“话语”的含义，进而促使它成为“语言”的代用品。海德格尔认为：早在苏格拉底于街头讲学、布道之前，作为语词的逻各斯就被赋予了多重意义，正所谓“理性、判断、概念、定义、根据、关系”等等，但在更多的时候被直接认作理性[②]。这在有关西方文明的诸多论述中，似乎早已成为共

① 参阅石江山（Jonathan Stalling）：《虚无诗学》，姚本标译，中国社会科学出版社，2013年，第43页。

② 海德格尔：《存在与时间》，陈嘉映、王庆节译，生活·读书·新知三联书店，1999年，第38页。

识，成为不刊之论[①]。海德格尔为其哲学进路考虑，也为其念兹在兹的“存在”问题精打细算，既倾向于并且乐于突出逻各斯的原始意义，也就是跟语言位居同一层面之上的话语（rede）和言说。海德格尔对此有过抱怨：逻各斯的本义是把言语所指涉之物展现给人看，却在拉丁语里被转译成理性、逻辑或定义。由此，人类从言谈的动物“进化”为理性的动物，逻各斯则被贬值为——或变质为——一种现成事物的逻辑[②]。“在他（海德格尔——引者注）看来，logos之所以在亚里士多德那里被看作人的基本规定性，首先是因为人有说话的能力……人的话语在本质上被理解为命题和判断，只有命题和判断才是最恰当的话语。”[③]命题、判断作为话语（或语言）的本质，语言（或话语）始终不离理性，并乐于充任理性的马前卒，直至被理性宠幸，被判断和命题垂爱……这传自亘古的一切，似乎都跟源远流长的视觉中心主义（ocularcentric或ocularcentrism）关系甚深。而“主义”这个后缀（-ism）“意味着非理性地坚持某种狂热崇拜的

---

① 贯穿罗素（Bertrand A.W.Russell）之大著《西方的智慧》（马家驹等译，世界知识出版社，1992年）一书的主线，就是对logos以“理性”为释义。金岳霖先生也愿意拿中国之“道”对比西方的逻各斯：“从情感方面说，我觉得印度思想中的‘如如’（引用张申府先生底名词）最‘本然’，最没有天人底界限。我们既可以随所之而无不如如，在情感方面当然最舒服。中国思想中的‘道’似乎不同。我觉得它有由是而之焉的情形。有‘是’有‘由’，就不十分如如。可是‘道’不必太直，不必太窄，它底界限不必十分分明；在它那里徘徊徘徊，还是可以怡然自得。希腊底logos似乎非常之尊严；或者因为它尊严，我们愈觉得它底温度有点使我们在知识方面紧张：我们在这一方面紧张，在情感方面难免有点不舒服。”（金岳霖：《论道》，商务印书馆，2015年，第20页）金先生在这一点上可谓罗素的同行。

② 海德格尔：《存在与时间》，前揭，第38页。在另一处，海氏说得更加直接：“表示道说的同一个词语逻各斯，也就是表示存在即在场者之在场的词语。道说与存在，词与物，以一种隐蔽的、几乎未曾被思考的、并且终究不可思议的方式相互归属。”（海德格尔：《在通向语言的途中》，前揭，第236页）

③ 朱清华：《海德格尔早期对logos的存在论诠释》，《江淮论坛》2009年第6期。

各项原则”[1]。要知道，上帝首先创造的是天地，紧接着创造的就是光[2]。但也有人很执拗地认为：从根本上说，唯有光才算得上“造物主所创造的第一种存在”[3]。人因光照而有视觉[4]，伊曼努尔·列维纳斯（Emmanuel Lévinas）因之有言：“由于光的存在，世界才被给予我们，才能够被领会。”[5]有鉴于此，深受西方现代文学影响的中国诗人才更愿意写出如下诗句：

黑夜给了我黑色的眼睛，
我却用它寻找光明。
（顾城：《一代人》）

当然，也满可以去“寻找”尤其是“目睹”另一种更肉感而非更“光明”的东西，亦即另一类更形而下（或曰下流）的事体——

翌日她起身，开门见山，她将目睹……
北方闪烁，太阳带着远在长白山头的积雪

---

① 马泰·卡林内斯库（Matei Calinescu）：《现代性的五副面孔》，顾爱彬等译，商务印书馆，2002年，第77页。

② 参阅《圣经·创世记》1：1-5。

③ 高秉江：《现象学视域下的视觉中心主义》，华中师范大学出版社，2013年，第4页。也许正因为如此，光在神学语义中总是跟赞美连在一起，与此同时也用于谴责罪恶和罪人：“那光是真光，照亮一切生在世上的人。”（《圣经·约翰福音》1：9）“信他的人，不被定罪；不信的人，罪已经定了……光来到世间，世人因自己的行为是恶的，不爱光倒爱黑暗，定他们的罪就是在此。”（《圣经·约翰福音》3：18-19）

④ 当苏格拉底问美诺“你知道‘视觉’这个术语吗”获得肯定答案后，苏格拉底代替美诺并以美诺习惯的思维方式说：“所谓颜色就是从那些与视觉相对应的并可用于视觉来察觉的形状中发射出来的流射。”（《柏拉图全集》第一卷，王晓朝译，人民出版社，2002年，第500页）

⑤ 列维纳斯：《从存在到存在者》，吴蕙仪译，江苏教育出版社，2006年，第47页。

照亮了一个四川嫖客苍翠的面目。

（宋炜：《燕歌行》）

以“目睹”为中心的视觉中心主义一向被认作整个西方文明的基石，被视为全部西方智慧的建筑基址[①]，甚至在《巴黎圣母院》看来，“有时耳朵似乎也有视觉”[②]。（而非味觉化的觉得或感到）所谓视觉中心主义，“即视觉既是理性的载体，也是理性认知的工具，还是认知活动达成理性真理的必经之途”[③]。柏拉图特意将人的眼睛区分为心灵之眼（对应和作用于纯粹的理念世界）和肉体之眼（对应和作用于凡俗的现象界）[④]，实在是大有深意存焉。就这样，三度出入叙拉古（Syracuse）的准哲人王（philosopher king）给西方文明指定了行进的方向，准确而简捷：“要探求任何事物的真相，我们得甩掉肉体，全靠灵魂用心眼儿去观看。”“如果我用眼睛去看世间万物，用感官去捉摸事物的真相，恐怕我的灵魂也会瞎的。所以我想，我得依靠概念，从概念里追究事物的真相。”[⑤]据开了“天眼”的柏拉图保证说，肉体之眼和心灵之眼将以“鸡犬之声相闻，老死不相往来”为准则，悉绝交通，互不干扰。在此基础上，柏氏才颇为

---

① 参阅马丁·贝尔纳（Martin Bernal）：《黑色雅典娜》，郝田虎等译，吉林出版集团有限责任公司，2011年，第30-50页。

② 维克多·雨果（Victor Hugo）：《巴黎圣母院》，潘丽珍译，浙江文艺出版社，1994年，第132页。

③ 高燕：《论海德格尔对视觉中心主义的消解》，《上海大学学报》2010年第4期。

④ 参阅柏拉图：《理想国》，商务印书馆，郭斌和、张竹明译，1986年，第277页。佛家也有“慧眼”说，似乎有类于心灵之眼：“智慧者，其明第一，名为‘慧眼’。若无慧眼，虽有肉眼，犹故是盲；虽云有眼，与畜生无异。”（《大智度论》卷三十）受到佛学影响的理学也有相似的看法。邵雍说：“夫所以谓之观物者，非以目观之也，非观之以目而观之以心也，非观之以心而观之以理也。”（邵雍：《观物内篇》）

⑤ 柏拉图：《斐多》，杨绛译，辽宁人民出版社，2000年，第16-17、72页。

笃定地认为：心灵之眼必将以理性、本质和真理为其根本内涵，甚至干脆就是它们不可更替的代名词[①]。柏拉图对视觉之崇高地位的认定影响至为深远，并且无比坚固，称得上一锤定音：它强化（而非开启）了西方思想史上二元对立的思维模式，绵延数千载至今未曾真正止歇；它突出了西方智慧中理性至上的观念，根深蒂固，至今难以被撼动[②]。这一切，终将落实于既可被释义为“理性”，又可被释义为“语言”的逻各斯身上[③]。

和其他生命形式迥然有别，唯有人类以符号化的语言为工具认识世界：语言将万事、万物纳于自身，使之凝结为语言空间中的事与物。它们浑身上下打满了符号的烙印，全身心浸染于符号的溶液，以至于乐不思蜀；物与事则失去了它们在语言侵扰之前各自认领的自在性、各自拥有的自治性和自明性，但尤其是自足性。而唯有以吸纳万事、万物为方式，语言方有能力让人类获取关于外部世界的知识（无论正确与否）。在所有感官中笃信视觉、推崇眼睛的西方文明，更倾向于语言——逻各斯——对万事万物进行视觉性的吸纳、视觉性的凝结。这种凝结和吸纳的态度既无比严肃，又格外果敢、坚定和决绝：“对进入它视野的一切事物，包括烟云、山水、始祖鸟和世道人心，进行自称一视同仁的焦点透视，而不是兼具美学与伦理学色彩的散点透视，却拥有‘推理的缜密和巧妙’，就像法语

① 参阅柏拉图：《蒂迈欧篇》，前揭，第32页。

② 高燕：《论海德格尔对视觉中心主义的消解》，《上海大学学报》2010年第4期。

③ 海德格尔曾引用过神学家哈曼（J.G.Hamman）的话：“倘若我像德莫提尼斯那样口若悬河，那么，我顶多也只能把一个唯一的词语重复三遍：理性就是语言，就是逻各斯。”（转引自《海德格尔选集》下，孙周兴选编，上海三联书店，1996年，第983页）这就是说，理性、语言、逻各斯是同一个词。

里所说的‘优美’（élégance）。”[①]对此，早在18世纪，意大利人维柯（Giovanni B.Vico）就给出了十分形象化的论证，做出了极为具象性的说明：“用‘头’来指‘人’在拉丁俗语中很普通，是因为在森林中只有人的头才能从远处望到。‘人’这个词本身就是抽象的，因为作为一个哲学的类概念，‘人’包含人体其他各部分，人心及其他一切功能，精神及其一切状态。”[②]此处至少有三点特别值得注意：第一，是视觉（眼睛）而非其他感觉器官，将具象的“头”抽象为观念的“人”；第二，凡被视觉经验到、被眼睛扫视过的所有细节，比如“头”以及衬托和修饰“头”的树木、森林、云雾，甚或其他可视的东西，都将被维柯称颂的拉丁俗语纳入自身，并且无所遗漏——看见多少，拉丁俗语就得纳入多少，也必将纳入多少；第三，无论是作为动词，还是作为形容词或名词，“抽象”都是视觉的派生物，是眼睛的战利品，但它归根结底不过是逻各斯胸前的勋章，骄傲并且醒目。不用说，“抽象”之物首先得是逻各斯层面——而非舔舐层面——上的东西。

所有形式的“语言当然都是为了‘切中’世界、把握世界而被创造出来的”[③]，但以逻各斯——命题和判断——为要义的语言，自有其特殊性和特异性：它认领了一种独有的“切中（treffen）”[④]方式。陈嘉

---

① 敬文东：《艺术与垃圾》，作家出版社，2016年，第3页。鲁道夫·阿恩海姆（Rudolf Arnheim）说得更为清楚：“（视觉的）这种远距离感受，不仅使自己的认识领域更加宽广，而且使得感知者不再与他探索的事件直接冲撞。这种使感知者避开感知对象对他自己以及他的所作所为产生影响的能力，使得他能够更加客观地把握周围的存在物及其行为。换言之，使得他能够直接研究这些客观存在物是什么，而不是这些存在物对他的作用和他自己正在做什么。……在这方面表现最突出的乃是视觉，它是一切公正的观看或观照活动——的本原。”（鲁道夫·阿恩海姆：《视觉思维》，滕守尧译，光明日报出版社，1986年，第61页）

② 维柯：《新科学》，朱光潜译，人民文学出版社，1986年，第182页。

③ 敬文东：《随“贝格尔号”出游》，前揭，第67页。

④ 参阅胡塞尔（Edmund Husserl）：《现象学的观念》，倪梁康译，上海译文出版社，1986年，第8页。

映对此的观察尤其值得重视：语词“不是造出来和自然界里已经一一排列妥当的实体、属性、活动和关系一一对应的，它们是功能各异而又联合配套的设施，我们依赖这些设施而能够把各个相异的整体事境分解为一些固定因素的组合，作为因素的组合来看待来述说来处理”。在此，说“眼睛看见万事万物或视觉经验万事万物”，和说“语言纳万事万物于自身”是同一个意思。源自古希腊的逻各斯（语言或者理性），就如此这般，必得建立在视觉（眼睛）的基础之上。有鉴于此，陈嘉映才愿意紧接着上文继续申说：这种性质和这种样态的“语言在本质上是分析性的，特定的整体的情景被分析成了由元素组合结合而成的整体，事件被分析成了物体、形式、举止行为、关系等等。这些类别当然反映在语法范畴中，但它们首先是哲学范畴。事境被分解成物与物、物与属性的、物与动作的关系。这就是说，通过语言，事境被看作这些单元的联系。并非先有主体才有行动，而是我们把事件分解为、理解为主体和他的行为举止”[①]。丝毫不用怀疑：在视觉的精心观照下，整体的世界必将以“物体、形式、举止行为、关系”为基本要素，而原形毕露；它们的每一个细节，都必将在语言的“条‘分’”和“缕‘析’”中，被语言耐心地吸纳，直至被语言完全、彻底地凝结，无所遁形于眼睛借助太阳放射的光芒。视觉中心主义对此深信不疑：和视觉自身的主体身份相对照，万物顶多是客体，万事最多是对象；对象或客体之所以得以存在，尤其是居然能够存在，端在主体的扫视功能急需用于被扫视的目标或靶子，宿命而无可脱逃。由此，逻各斯从其起始处，就是一种被视觉中心主义高度定义过、首肯过的语言；或者说，逻各斯干脆就是一种视觉中心主义的

① 陈嘉映：《思远道》，福建教育出版社，2000年，第51页。

语言[1]。对于它来说，语言即面对，即远距离地看见[2]；足够远但又堪称恰如其分的距离，始终是看的要害之所在。正是恰到好处的距离，导致逻各斯拥有“条‘分’”的能力，促使它接管“缕‘析’”的功用。这种能力和功用坚挺、霸道，无孔不入，始而缜密异常，继而精细无比，有着近乎无坚不摧的能量，甚至——

> 万物都是一种语言的词汇。
> 某人或某物用它们夜以继日地
> 写下那无尽的谵言呓语
> 这就是世界的历史。
> （博尔赫斯：《罗盘》，陈东飙译）

与视觉中心主义坚决支持的逻各斯形成鲜明对照的，是配备了舔舐性能的汉语[3]。张枣对此说得既精辟，又实在：“我们的思考本来不是二元对立的思考，汉语对世界的思考也不是二十世纪所说的辩证法的思考，而是一种既形而上又形而下、既唯物主义又唯心主义的思考。严格讲，就是拿现在的名词很难解释的诗意思考。”[4]摆在

---

① 逻各斯甚至蛮霸到强行进入无意识的世界：“梦的内容之所以如此费解，是因为梦使用了无意识的语言。我们在意识状态要想理解梦的意义时，就会觉得无意识的语言似乎不合逻辑。无意识的语言具有象征性，因此释梦的目标就是解译梦的象征意义，从而弄清它的真正意义。”（梅芙·恩尼斯［Maeve Ennis］等，《梦》，李长山译，生活·读书·新知三联书店，2003年，第76页）

② 欧阳江河在其名诗《汉英之间》中的名句可为此做证：“一片响声之后，汉字变得简单。/掉下了一些胳膊，腿，眼睛，/但语言依然在行走，伸出，以及看见。”

③ 张隆溪曾精辟地比较过西方的logos与中国之“道”的异同，但他只将logos的“语言”释义当作较为次要的方面（参阅张隆溪：《道与逻各斯》，冯川译，江苏教育出版社，2006年，第32-47页），这是此处不同于张先生的地方，但应该无损张先生的贡献。

④ 张枣、白倩：《绿色意识：环保的同情，诗歌的赞美》，《绿叶》2008年第5期。

古老的汉语面前的，打一开始就不是对象，也不是客体[①]。和逻各斯倡导绝对之“看”迥然有别，汉语强调遍“尝”万事万物，它们必须被其“口味之也”[②]：汉语舔舐万事万物，必然与之不离不弃；万事万物之味则被汉语品尝，被汉语存贮，饱含良善之意，满是悲悯之情。万物以味为存在方式，味则上升为万物之魂、万物之本质。此情此景，既是汉语之如许特性的正宗出源地，也是汉语导致的普遍后果：正因为万物有味，所以才能被汉语品尝；正因为汉语具有舔舐能力，所以才能赋予万物以万味。就这样，万物和汉语天造地设般，相互被造就；在汉语和万物之间，根本不存在逻各斯念想与渴望中的距离。而汉语丰盈、膏腴和满是包浆感的肉体性，正大半出源于此。这种中国式的阐释学循环道尽了汉语认知世界的方式，也揭示出世界在中国人心目中既古老，却又面色硬朗的存在姿势。以（或依）其本义（或本意），这种认知方式拒斥视觉中心主义，世界的这种存在姿势唯有在零距离的被舔舐中，才会自动呈现。中国的先“贤”因此而有层层递进之“哲”言：“真人者，不视而明，不听而聪，不行而从，不言而公。故圣人所以动天下者，真人未尝过焉；贤人所以矫世俗者，圣人未尝观焉。”[③]

逻各斯自信能够道明一切，并进而认为：世界对它是充分敞开

---

① 早在1935年，张东荪就从中西语言差异的角度指出过汉语中主客体区分模糊甚至缺乏的情况：“中国言语上没有语尾变化，以致主语与谓语不能十分分别，这件事在思想上产生了很大的影响。现在以我所见可举出四点：第一点是因为主语不分明，遂致中国人没有‘主体’（subject）的观念；第二点是因为主语不分明，遂致谓语亦不成立；第三点是因没有语尾，遂致没有 tens 与 mood 等语格；第四点是因此遂没有逻辑上的‘辞句’（proposition）。”（张汝伦编选：《理性与良知——张东荪文选》，上海远东出版社，1995年，第337页）

②《说文解字》卷五。此处的“味”显然是动词。

③《文子·微明》。

的，没有任何秘密可言[①]。从理论和逻辑的角度上说，眼睛确实有能力坦然目睹万物的一切细节，包括阴影，甚至包括灵魂，只因为居然有针对灵魂的“第二视力”[②]存在。视觉中心主义高度定义过的语言不允许出现言说上的死角，因此，祛魅是这种语言导致的必然结果，虽然顾维诺（Evenus）2000多年前早就揭示过，“凡必然之物，都令人痛苦”[③]；维特根斯坦则算得上这种语言的最佳知己，其精辟之言也称得上逻各斯的不二知己：“凡是能够说的事情，都能够说清楚，而凡是不能说的事情，就应该沉默。”[④]海德格尔说：“朴实无华的物最为顽强地躲避思想。”[⑤]要知道，这等局面的到来恰好是在海氏阻击视觉中心主义的结果。与逻各斯不无骄横、蛮霸的态度相比，自带舔舐能力的汉语就显得谦逊有加：“道可道，非常道；名可名，非常名。”[⑥]言说如此艰难，“意味着”语言之“意（meaning）”实在难尽万物之“味（taste）”[⑦]。梅尧臣非常勇敢：“必能状难写之景如在目

---

① 孙周兴对此给出了很好的解释：“欧洲–西方哲学的‘超越性’最典型地表现在前述的亚里士多德的形式范畴体系中，它当然建立在欧洲语言（希腊语）的基础之上。我们可以说，希腊语的形式语法是希腊哲学和科学的形式化思维的基础，希腊语法发生在希腊哲学之前；当然也可以说，希腊哲学和形式科学的思维的形成和发展，进一步促成了希腊语法走向成熟。但这只是大体上的说法，而且这种发生学的描述根本上只可能是一种猜度。不过无论如何，希腊哲学、希腊语法、希腊形式科学（几何学和逻辑学）之间究竟是何种关系？这无疑更是一个思想的课题。”（孙周兴：《我们可以通过汉语做何种哲学》，《学术月刊》2018年第7期）

② 参阅舍斯托夫（Lev Shestov）：《在约伯的天平上》，董友等译，生活·读书·新知三联书店，1989年，第52页。

③ 参阅舍斯托夫：《雅典与耶路撒冷：宗教哲学论》，张冰译，云南人民出版社，2000年，第3页。

④ 维特根斯坦：《逻辑哲学论》，郭英译，商务印书馆，1985年，第20页。

⑤ 海德格尔：《林中路》，孙周兴译，上海译文出版社，1997年，第15页。

⑥《老子》第一章。

⑦ 赵汀阳认为第二个“道”不能释为“言说”，而应释为“可遵循之道”（参阅赵汀阳：《继续生长，经典才能不死》，《中华读书报》2015年1月21日第9版）。虽然这是一个很有诱惑力的解释，但此处不采此说。

前，含不尽之意见于言外，然后为至矣。”[①]话虽如此，孔圣人对言说之难早就唏嘘感慨不已：“书不尽言，言不尽意。”中国的古贤哲对孔子的疑问给出的疑问是：“然则圣人之意，其不可见乎？”还是万世师表对自己的疑问以及对自己的疑问的疑问，一锤定音般给出了标准答案，其影响遍及如今：“圣人立象以尽意。”[②]依照庞朴的既有思路，孔子对言说之难的解决方案大致是这样的：“意”无“象”无形，但可以悬“象”或垂“象”；“象”有“象”无形，但可以示形；“言”无“象”有形，但形中寓“象”寓“意”[③]。王弼给出的解说或许更加明确：“夫象者出意者也，言者明象者也。尽意莫若象，尽象莫若言。言生于象，故可寻言以观象。象生于意，故可寻象以观意。意以象尽，象以言著。故言者所以明象，得象而忘言；象者所以存意，得意而忘象。”[④]言与意乐于从左右两边汇集于象[⑤]；象左手挽言右手挽意，如此风度不仅让言意相符而“尽意”，还泯灭视觉中心主义鼓吹的对象于无形之间，消解它倡导的客体于弹指之际。

费诺洛萨相信，作为典型的表意文字，汉字“是自然运动的一种生动速记图画”[⑥]。费氏此处所指，按照张隆溪一向算无遗策的理解，应该是汉字的“图画价值”[⑦]。但假如当真如此，费诺洛萨就很

---

① 欧阳修《六一诗话》引梅尧臣语。

②《周易·系辞上》。

③ 参阅庞朴：《一分为三》，前揭，第227–231页。

④ 王弼：《周易略例·明象》。

⑤ 王小盾在解释《周易·系辞上》“天垂象，见吉凶，圣人象之”时认为，“天垂象”是“圣人看到的大自然所显示的法则和预兆”；“圣人象之”是指圣人为其看到的法则和预兆指定的符号。“圣人则之”而来的符号是神圣符号，常人使用的符号是神圣符号指导下的符号。前者主要以标志符号为手段，后者则以规约符号为手段（参阅王小盾：《经典之前的中国智慧》，北京大学出版社，2016年，第236、238页）。

⑥ 费诺洛萨：《作为诗歌手段的中国文字》，赵毅衡译，庞德：《庞德诗选：比萨诗章》，黄运特译，漓江出版社，1998年，第234页。

⑦ 参阅张隆溪：《道与逻各斯》，前揭，第35页。

有可能忽略了一个更加重要的事实：汉字打一开始，就不是记音而是记事的符号[①]。在过于古老的汉语空间当中，物、事向来扭成一“团”，难分彼此于是干脆不分彼此，有如朱熹眼中的那“团”天理[②]：诚所谓“物，事也”[③]。而在过于古老的汉语思想当中，万物万事尽皆自有其味，是为万味。因此，汉字隐藏起来的，打一开始就不应该是其表面上的“图画价值”；或者从来就不仅是所谓的“图画价值”，而是对万味的符号化。这才是汉字的本质属性之所在：它终归是记味的符号[④]。清人陈澧对此有上好的陈述：“盖天下事物之象，人目见之，则心有意；意欲达之，则口有声。意者象乎事物而构之者也，声者象乎意而宣之者也。声不能传于异地，留于异时，于是乎书之于文字。文字者，所以为意与声之迹也。”[⑤]当然，姜亮夫说得也不错：“整个汉字的精神，是从人（更确切一点说，是人的身

① 参阅吕叔湘：《文言和白话》，《国文杂志》1944年第三卷第1号；王继洪：《汉字文化学概论》，学林出版社，2006年，第28-31页。而梁漱溟说得分外明白：“中文却径取图像符号为主，文字孳衍乃在形体。语言文字浸浸然分别并行，初不以文字依附语言，而语言转可收摄于文字。二者恒得维系不甚相远，今古之间即不甚难通。时间距离恍若为之缩短。而字义寄于字形，异族异地不碍相袭……其结果，遂使宗族隔阂为之洞穿，语言限制为之超越，久而久之，一切同化浑忘，三四万万之众，明明由东西南北多族之所合，却竟共一历史记忆，莫不自以为黄帝子孙。”（梁漱溟：《中国文化要义》，学林出版社，1987年，第312-313页）

② 朱熹说天理时说得很好玩：“圣人则表里精粗无不昭彻，其形骸虽是人，其实只是一团天理。”（《朱子语类》卷二十九）

③ 参阅《孟子·尽心上》赵岐注。

④ 金岳霖对此有天才的发现，他辨析了“思”和“想”的区别，“思”指向“意义”而“想”指向“意味”，紧接着他指出：“字不只有意义而已，它还有我们在这里叫作蕴藏的种种等等。就字说，字有蕴藏，就用字者说，我们也许要说，我们有情感上的寄托。”（金岳霖：《金岳霖全集》第三卷［下］，人民出版社，2013年，第871页）刘梁剑很正确地指出：“蕴藏或情感上的寄托可以笼统地称为‘意味’。”（刘梁剑：《有“思”有“想”的语言——金岳霖的语言哲学及其当代意义》，《哲学动态》2018年第4期）

⑤ 陈澧：《东塾读书记·小学》。

体全部）出发的。一切物质的存在，是从人的眼所见、耳所闻、手所触、鼻所嗅、舌所尝的（而尤以‘见’为重要）。”[①]有上述人等的上佳言说从旁助拳、掠阵，美食作家沈宏非才可以颇解风情地写道：“中文当然是好吃的，是天底下最美味的文字……只有在追忆中，汉字才有慢慢滋生出来美味的可能，而且是极其缥缈的，属于‘色香味’之外的另一个感受系统。”[②]而记录逻各斯之音的文字，不用说，只能是对视觉的符号化。钱牧斋文中转述的一句话非常有意思：“观诗之法，用目视，不若用鼻观。”[③]这是因为嗅觉乃味觉的偏师，或王佐。鼻子能解放被汉字囚禁的诗味。贺贻孙也说得委实不赖：对李杜诗歌“反复朗诵至数十百过，口颔涎流，滋味无穷，咀嚼不尽”[④]。傅庚生对贺氏则有上好的应和：“创作者固尽瘁于其作品，欣赏之者，亦宜细细咀嚼，然后乃可得也。”[⑤]这是因为“细细咀嚼”之下，“尽瘁于”文字的“无穷”之“滋味”纷纷溢出，像榨花生油，令人“口颔涎流”。一位年轻的中国诗人对此心有灵犀——

海滨的守火人食字，也偶尔饮海

…………

你站在里面捕捞辞藻，用直觉的斧子砍柴……

（康苏埃拉：《尽管火并不忠诚》）

在漫长和悠远的农耕中国，万物依照时令的安排栉风沐雨，它

---

① 姜亮夫：《古文字学》，浙江人民出版社，1984年，第69页。

② 沈宏非：《食相报告》，四川人民出版社，2003年，第376页。

③ 钱谦益：《牧斋有学集》卷四十八。

④ 贺贻孙：《诗筏》。

⑤ 傅庚生：《中国文学欣赏举隅》，生活·读书·新知三联书店，2018年，第21页。

们不慌不忙、自然而然地生长，因此万古不变其味，汉字因之千百年来万变不离其宗；在被逻各斯掌控的西方世界，视觉所感不仅日新月异，也纷纷追新逐异，“觉今是而昨非”乃其常态，所以，区区200年前的英文今人已难获其义。除此之外，费诺洛萨还倾向于相信：“读中文时，我们不像在掷弄精神的筹码，而是在眼观事物显示自己的命运。”[①]真是遗憾得紧：这位间接革新过英语现代诗歌的汉学家大有可能再次错了，因为自带舔舐性能的语言向来不信任对万物的纯粹之“看”（但并不是没有能力去“看”），诚所谓“五色乱目，使目不明”也[②]；它更加信任对万物的“品”和“尝”。依其本性，汉语倾向于也乐于在“尝”和“品”的欢快之旅中，与万物打成一片，最终，与万物同呼吸、“共命运”，而不仅站在旁观者立场“眼观事物显示自己的命运”——这等自私之举，古老的汉语向来不屑为之。

诚与真，或语言自身的伦理

出于神秘莫解的天意，逻各斯宿命性地建基于视觉，因而倾向于倡导纯粹、客观的看，拒绝将观看者的个人意志带入其间——马克斯·韦伯的“价值中立”说（value free）委实导源于此，它暗中的线索也正在于此。更有甚者，克拉底鲁（Cratylus）因为观察到万物变动不居，只愿意用手指示物，却拒绝用口为物命名[③]。即使是关于看的现象学，也不过是对看的本质和看本身进行实事求是的描述，超出这个范围一步，就是僭越[④]。跟其他所有人、事、情、物获

---

① 费诺洛萨：《作为诗歌手段的中国文字》，赵毅衡译，庞德：《庞德诗选：比萨诗章》，前揭，第235页。

②《庄子·天地》。

③ 参阅亚里士多德：《形而上学》，吴寿彭译，商务印书馆，1995年，第74页。

④ 参阅彭锋：《诗可以兴》，安徽教育出版社，2003年，第5页。

取的待遇完全相同，“城市同样被交付视觉：它必须能够被视线浏览，不刺目也不污染眼睛，甚至构成画面——教导、表明秩序的画面”[①]。凡此等等，更有可能意味着：逻各斯自身的伦理重心必定落实于真，因为看的本性恰在于弄清事物的真面目，其目的也号称“看到真相”（to see the truth）。对万物在如其所是（as it is）的层面上进行不带任何倾向性的“观照”（而不是用心去“关照”），则是它应尽的责任和本分，但更是它必须倾尽全力去完成的任务[②]。因此，以命题与外部世界两相吻合为核心的符合论（correspondence theory），才是逻各斯的关键所在，尽管符合论在逻辑上自有其难以被堵住的天然漏洞[③]；而所谓真，也许永远都是虚妄不实之物，正如行吟诗人色诺芬尼（Xenophanes）所唱：

> 至于确实的真理，无人知晓，
> 将来也不会知晓；既不知道神的真理，
> 也不知道我们谈论的一切事物的真理。
> 即使偶然他会说出
> 最终真理，他自己也不会知道：
> 因为一切不过是种种猜测所编制的网。
> （范景中译）

---

① 多米尼克·拉波特：《屎的历史》，前揭，第37页。

② 有人认为，理性（rationality）一词源自拉丁文ratio，原本有算计或计算（reckoning）之意，与希腊文的logos粗略相当（参阅李泽厚：《实用理性与乐感文化》，生活·读书·新知三联书店，2005年，第4页）。虽然logos在希腊语中的确切意思是语言或话语，但说它具有计算上的精确和真实性则是有道理的。

③ 陈嘉映指出过符合论无法隐去的漏洞：“第一，它似乎没有包括分析性的真理；第二，它似乎不能解释否定性命题如何为真；第三，符合论包含一个循环，要拿所说的和实际情况相比较，我们必须已经知道所说的是什么意思了，于是意义或意思似乎必须独立于实际情况就成确定，于是意义就变成了一个和现实脱离的自治的系统。”（陈嘉映：《语言哲学》，北京大学出版社，2003年，第60页）

但即便如此，求真依然是逻各斯无从摆脱的伦理宿命，因为按照齐泽克（Slavoj Žižek）的理解，所谓伦理，就是必须处理“我和我自己的一致性”，并且“我”必须“忠实于我自己的欲望”①，亦即无所遁形于有如必然性一般质地坚硬、态度强硬的里比多——尽管导源于弗洛伊德（Sigmund Freud）之脑海的里比多充满了液态特性。与逻各斯遭遇的伦理情形大异其趣，同样出于神秘莫解的天意，汉语建基于跟心私相感通的舔舐（舌头），正所谓“舌者，音声之机也”②，具有无法抑制的主观色彩。客观、纯粹的看很容易得到理解，很容易观察其颜值，但什么才叫作纯粹、客观的尝呢？从同一个方向观看同一个事物，所见相同；不同时间品尝相同的食物，其味则很可能迥然有别，虽然有时候也不过是失之毫厘而已。圣哲有言：“调合之事，必以甘酸苦辛咸，先后多少，其齐甚微，皆有自起。鼎中之变，精妙微纤，口弗能言，志不能喻。”③味道之幽微，尽在意会之中，甚至因人而定、因人而异，也会因时而异、因时而定。在此，尚未被视觉中心主义打扰的汉语自有它需要忠实的欲望：汉语必须付出最大的热诚（《中庸》所谓的“至诚”），才能通晓万物之性而后“情顺万物”④，才可以介入万物的发育、生长和成熟并终止于成物，因为“诚者物之终始，不诚无物”⑤，而成物即成味。因此，汉语的伦理重心，必须落实于主观之诚；也必须在含义等同的层面上，落实于跟诚比邻而居的善。更加重要的是，“按照儒家的说法，真正的‘言’或出于自己真实的德性（‘有德之言’），或出于自己真实的理解（‘造道之言’）”⑥，汉语因此必然以“诚”为自

---

① 斯拉沃热·齐泽克：《弗洛伊德—拉康》，何伊译，张一兵主编：《社会批判理论纪事》第三辑，江苏人民出版社，2009年，第8页。

②《灵枢·忧恚无言》。

③《吕氏春秋·本味》。

④ 程颢：《定性书》。

⑤《中庸》。

⑥ 贡华南：《味觉思想》，生活·读书·新知三联书店，2018年，第208页。

身之伦理。拥有这等伦理的语言自然而然地倾向于“宰相无多述，而独表遗民；公卿不见采，而特尊独行”[①]；它更乐于支持“传圣道者不北面，有盛德者无臣礼”[②]。正是出于这样的原因，苏轼才说：“（文）与可之文，其德之糟粕也；与可之诗，其文之毫末也；诗不能尽，溢而为书，变而为画，皆诗之余。其诗与文好者益寡，有好其德如好其画者乎？悲乎！”[③]

有人很是仔细地统计过，在薄薄的《论语》中，“言”居然出现过128次，“德”出现过39次，被孔子认作道德标准的“仁”则出现过105次，并且“‘言’与‘德’‘仁’在一个句子或一个章节中同时都出现的情况也不少见”[④]。看起来，孔夫子和以他为代表的原始儒家打一开始，就非常清楚汉语自身的伦理秉性，并十分自觉地忠实于这种秉性，以此充当“情顺万物”的具体表现；对此，《周易》有更为“直撇”[⑤]却又极为谨慎的教导：“修辞立其诚。”[⑥]作为一种异常古老的语言，汉语的基底非诚与善莫属[⑦]，但这并不意味着凡是用汉语说出来的，尽皆良善和诚恳。因此，深谙理想与现实之关系的钱

---

① 王鸣盛：《十七史商榷》卷六十一。

② 张说：《荆州玉泉寺大通禅师碑》。

③ 苏轼：《文与可画墨竹屏风赞》。

④ 彭小球：《从〈论语〉看孔子的语言伦理思想》，《现代语文（语言研究）》2013年第8期。

⑤ 蜀语，意为干脆、直接。

⑥《乾·文言》。但周策纵、蔡英俊等人不承认“修辞立其诚”是修辞的原则。即便如此，周策纵先生还是承认，秦汉以后，“立其诚”成为汉语“修辞”之原则还是与《乾·文言》有渊源关系（参阅周策纵：《经典训诂》，世界图书出版公司，2014年，第4–20页；蔡英俊：《语言与意义》，华中师范大学出版社，2011年，第50–54页）。

⑦ 中国古典艺术精神落实于真、善、美的一体性，但以善为核心。在前孔子时代，“‘美’与‘善’两字在不少情况下是同义词，所谓‘美’实际上就是‘善’。”（李泽厚、刘纲纪：《中国美学史》第一卷，中国社会科学出版社，1984年，第78页）孔子较为严格地区分了善与美，但在他和原始儒家那里，善不仅大于美，还是美的主要出源地，比如《论语·八佾》有云：“子谓《韶》，‘尽美矣，又尽善也’。谓《武》，‘尽美矣，未尽善也’。”

锺书才更愿意说：“言辞可以饰伪违心。”[①]五代人谭峭也才表达了基本相同的看法：“言语可文。”[②]而“文”者，“饰伪”“违心”之谓也。蜀人扬雄因之更有铿锵之语：“故言，心声也；书，心画也。声画形，君子小人见矣。”[③]诚与善固然是汉语自打娘胎处就认领的伦理属性，使用汉语的人却可以冒犯它，也似乎有能力和足够充分的理由冒犯它。与此相对应，虽然逻各斯以求真为第一要务，但并非不能表达诚和善[④]，就像汉语自古以来，都能很好地提供和陈述真值命题（truth value of proposition）[⑤]。

詹启华（Lionel Jensen）认为，孔子“用睿智的眼光注视我们日常生活中所看重的东西——善良、友谊、家庭、智慧——所有这些都以简洁的语句提炼出来并构建了《论语》”[⑥]。但詹氏所谓的“睿智的目光”，在此一定是味化的，所谓“味道守真”[⑦]。儒家颇为热心地强调，人必须进入万物的内里，在万物自我成就（自成其味）的过程中，以协助万物成就其自身：这是古老的汉语思想中人对万物应尽的责任与义务。华夏先民从不似逻各斯乐于强调的那样，必须外

---

① 钱锺书：《管锥编》，前揭，第108页。

② 谭峭：《化书·德化》。

③ 扬雄：《法言·问神》。

④ 参阅特里林（Lionel Trilling）：《诚与真》，刘佳林译，江苏教育出版社，2006年，第1–26页。

⑤ 不独汉语有自己的伦理，就是跟声音性的汉语没有逻辑必然关系的汉字也具有自身的神秘性。比如，东汉末有一首歌谣：“千里草，何青青；十日卜，不得生。”（《献帝初京都童谣》，《古谣谚》卷六）这首声音性的歌谣预言了董卓之死。《后汉书》则从文字的角度，解释这个声音性的歌谣说：“案千里草为董，十日卜为卓，凡别字之体，皆从上起，左右离合，无有从下发端者也。今二字如此者，天意若曰，卓自下摩上，以臣陵君也。青青者，暴盛之貌也。不得生者，亦旋破亡。”（《后汉书·五行志》）文字内含的神秘性也许正相当于汉语随身自带的伦理诚，诚本身就是一种巨大的谶。

⑥ 詹启华：《孔子：野生的圣人，感孕而生的神话典型》，夏含夷（Edward L.Shaughnessy）主编：《远方的时习：〈古代中国〉精选集》，朱大国等译，上海古籍出版社，2011年，第89页。

⑦ 范晔：《后汉书·申屠蟠传》。

在于物，或者应该自外于物，反倒必须达致“万物皆备于我”[①]的状态，才算功德圆满。虽然庄子崇尚自然，反对人为的雕凿与装饰，提倡混沌原本就应当保持它的混沌状态和姿势[②]，却并不反对人于物性的完善必须担当其责任，所谓“与物委蛇而同其波”[③]。深谙汉语之伦理秉性的张枣则如是写道：

你记得——
曾经为那些新页的气味激动不已
它曾带着许多声音和眼睛进入你……
（张枣：《那使人忧伤的是什么？》）

颜之推在告诫儿孙辈时说过：“至于陶冶性情，从容讽谏，入其滋味，亦乐事也。”[④]颜氏所见甚明（尽管其“明”仅在隐喻层面）：味取决于“入”；既要“入”物以成味，也需“入”物以品味。在这里，张枣特意选定的“进入”无疑是上佳之词：它既完好地表达了彼时张枣想要表达的情感，又能很好地隐喻汉语的舔舐性能究竟在如何工作、在如何展开自己。但更重要的，还是这种工作姿势和展开自己的方式导致的色情意识，它欲遮还露、欲盖弥彰，却又色泽浓厚，诱人流连和低吟浅酌于毛茸茸的色欲，以及色欲自身的毛茸茸。古老的汉语通过舔舐万物以品尝万味；祖传的汉语直接“插入”[⑤]万物，进而与万物酣畅淋漓地欢爱，继而享用万味慷慨给予的销魂感，再继而在“销魂不自持”的境地中哆嗦、颤抖和低吟。这

① 《孟子·尽心上》。
② 参阅《庄子·应帝王》。
③ 《庄子·庚桑楚》。
④ 颜之推：《颜氏家训·文章》。
⑤ 对物实施“插入”这个更为色情化的用法来自贡华南（参阅贡华南：《味与味道》，前揭，第66页）。

两者之间，当真会有质的区别吗？至少从表面看，巴勃罗·聂鲁达（Pablo Neruda）在他的某首名诗的用词上，好像与张枣的“进入”有异曲同工之妙——

女人的肉体，雪白的山丘，雪白的大腿，
你献身的姿态像这个世界。
我粗鲁农民的肉体挖掘着你。
进而使儿子从大地的深处跳出。
（聂鲁达：《二十首情诗和一首绝望的歌》第1首，黄灿然译）

“挖掘”（digs）当然首先得“进入”（in you），但又决不止于“进入”。它浑身上下满是功利特性，因为它太想“挖”出和“掘”属于自己的战利品（比如“儿子”）。在此，“挖掘”虽不乏善意，却跟简单、素朴的“口味之也”没啥关系。张枣的“进入”却仅止于“进入”，其目的仅仅落实于味，只因为味的素朴需求仅仅是“进入”。“进入”固然是被味吸引而生产的动作/行为，性状奇特，充满渴望，甚至还有些猴急的神色。但在古老的汉语思想中，味如果离开“进入”，根本无法独立存在，因为人之“诚”乃物之“成”的前提，或先决条件；“进入”则是人之“诚”的具体化和动作化。很容易分辨：“挖掘”注定是视觉性的，“进入”则是味觉性的。其间的道理，早已被现代生理学所证明；汉语的天才直觉、汉语的先知先觉，尽在现代生理学的意料和预料之中：“嘴唇、舌头，与生殖器内全部都有相同的神经感受器，称作克劳泽氏终球（Krause’s end bull），使这些器官超级敏感，而产生相同的反应。”[①]因此，沈宏非用描写男女色情的笔法描写进食，就显得富有理论依据和靠山：“于喉

① 黛安·艾克曼（Diane Ackerman）：《感官之旅》，庄安祺译，时报文化出版事业有限公司，1993年，第126–127页。

部酝酿已久的那一声呻吟，终于一释而出，在鼻腔里绕梁三日——呻吟，只有呻吟，我认为这才是吃冰雪糕时唯一应该并且被允许发出的声音。”[①]在未经视觉中心主义打扰或者侵蚀之前，汉语不仅能舔舐，还能进入，却反对挖掘；它不仅仅是舌头，还有可能是令人惊讶甚至骄傲的生殖器官[②]。黑格尔认为，在印度，“男女生殖器是看作最神圣的东西”[③]。但黑氏不清楚，在他特别瞧不起的古代中国，情形甚或有过于此[④]；华夏先民连风都分雄雌公母与阴阳[⑤]，又何况饮食男女？汉语在同万物的一体交融中，感受彼此的爱意和柔情蜜意，处于随时潮湿濡嫩的状态。“正如蜜蜂是植物界的生殖器官，使其生儿育女，不断衍化出新的形式一样”[⑥]，汉语的如许特性能帮助张枣这类深谙汉语之习性者，繁衍一批又一批诗歌杰作，饱满、古典而又不失现代。这些作品更有可能“不在乎字句，而在乎臭味”，只因为古人早已有言在先：“字句魄也，可记诵而得，臭味魂也，不可以言宣。”[⑦]

以诚与善为自身伦理秉性的汉语致使每个感官都能品味万物：它进入万物，它对万物有说不尽的情话，并以此激发万味；最终，视万味为奖励性的销魂品（却不是“儿子”一类的战利品）。在此，

① 沈宏非：《食相报告》，前揭，第256页。

② 齐泽克认为，“‘性感区域’并不是由生理决定的，而是对躯体予以符指化包装（signifying parceling）的结果。躯体的某些部分在色情方面被赋予特权，被人视为性感区域，不是因为它们在解剖学上具有什么优势，而是因为它们以某种方式陷入了符号网络之中。”（齐泽克：《斜目而视》，季广茂译，浙江大学出版社，2011年，第34页）由此可以看出，在视觉中心主义看来，连生殖器官都是符号化而非肉体性的。

③ 黑格尔：《美学》第2卷，朱光潜译，商务印书馆，1981年，第49页。

④ 荷兰人高罗佩（Robert Hans Gulik）用了整整一部书《中国古代房内考》（李零等译，商务印书馆，2007年）来论证这个结论。

⑤ 宋玉《风赋》：“大王之雄风”“庶人之雌风”。

⑥ 麦克卢汉：《理解媒介》，前揭，第63页。

⑦ 黄子云：《野鸿诗的》。

每个感官都能品味万物意味着：汉语浑身上下都长有嘴巴，满身都是舌头。列子早已有言在先："眼如耳，耳如鼻，鼻如口，无不同也。"[①]这等样态与神色的言说，既非道家的诡辩和故意大言欺人，而是深谙汉语习性的得道之言；也非后世修辞学家称颂的通感（它诚然可以是通感），而是对各种感官如舌头那般纷纷朝万物打开自己进行的礼赞。张湛对列子之言所做的注释更有说服力："夫眼耳鼻口，各有攸思，今神凝形废，无待于外，则视听不资眼耳，嗅味不赖鼻口。"就这样，被汉语掌控的华夏先民得以与万物肌肤相接、灵肉交融；顺应汉语自身的伦理秉性，使他们有能力侦听到万物的每一声叹息，每一个拔节声，每一丝味道自带的那根微微颤抖而缓缓向上倾斜的沁凉……

因为忠实于也受制于各自的伦理秉性，逻各斯和汉语自有其各不相同的结局或未来。已经有学者指出："视觉不仅占据西方形而上学传统的核心，而且随着科技进步还对近代以来的社会生活产生重要影响。由视觉特征决定的思维指向正好契合以对外探求为己任的自然科学的内在理路，当笛卡尔将视觉对物的支配功能演化成'我思故我在'的理性全能，使思维着的自我意识的确定性成为存在和哲学演绎的基础时，自然科学便获得思想资源，它代替宗教占据人类精神文化的中心。自然科学对视觉中心主义所预设的外在世界一味探求，导致以目的论为基本思维指向的工具理性恶性膨胀，把人与世界、他人、自我的分裂和对立推向极端。人被割断与世界的亲缘关系，被阻隔与他人的必然联系，甚至被抽去自身的丰富生动性，成了蜗居于理性和意识之中的不及物动词的囚徒。"[②]这等样态的言说堪称精准，却不免稍嫌冗长。更简洁的表述在这里："人是万物的尺

---

① 《列子·黄帝篇》。

② 高燕：《论海德格尔对视觉中心主义的消解》，《上海大学学报》2010年第4期。

度，是存在的事物存在的尺度，也是不存在的事物不存在的尺度。”[①]一句话：以真为伦理要务的视觉中心主义的终极目标，必将落实于“人为自然立法”[②]。依照胡适的理解，培根（Francis Bacon）对此只给出了三个单词（汉语译文为四个字）：戡天主义（Conquest of Nature）[③]。在看与被看的行为或关系中，人视万物为对象，为客体；所谓客体或对象，就是始而被认识继而被征服的客观之物，其落脚之处向来在征服，认识不过是必不可少的前戏而已。数千年来，但尤其是最近数百年来，逻各斯享受并沉醉于自身的伦理属性，面对万物高歌猛进，逢山开路遇水架桥，迫使整个物理世界纷纷吐露自己的秘密，直至把没有机会享用逻各斯的人当作征服的对象，血腥而凶残。很显然，祛魅需要的逻辑或胚胎，早就暗藏于逻各斯的内在纹理，只是需要时间去酝酿，需要机会来展现。如今，则早已恰逢其时。

荀子说：“大天而思之，孰与物畜而制之？从天而颂之，孰与制天命而用之？”[④]话虽如此，此等中国版的戡天主义在汉语思想中向来身份低微，谈不上实质性的影响[⑤]。遵循着汉语自身的伦理属性，华夏先贤不仅倾向于以“天下至诚”之心“赞天地之化育”，还必须在此基础上“与天地参”[⑥]。牟宗三解说得很好：作为与“诚”比邻而

---

① 普罗泰戈拉（Protagoras）语，转引自《柏拉图全集》第二卷，王晓朝译，人民出版社，2003年，第664页。

② 贡华南：《味觉思想与中国味道》，《河北学刊》2017年第6期。

③ 参阅弗兰西斯·培根：《培根随笔》，中国华侨出版社，2013年，第184页；胡适：《中国哲学史大纲》，中华书局，2013年，第233页；周策纵：《文史杂谈》，世界图书出版公司，2014年，第11页。

④《荀子·天论》。

⑤ 未经视觉中心主义打扰的汉语强调与物和平共处，即使是荀子，也得受制于汉语自身的伦理秉性，他不得不如此写道：“圣王之制也：草木荣华滋硕之时，则斧斤不入山林，不夭其生，不绝其长也；鼋鼍、鱼鳖、蝤鳝孕别之时，罔罟毒药不入泽，不夭其生，不绝其长也。”（《荀子·王制》）

⑥《中庸》。

居的另一种崇高的德行，“仁以感通为性，以润物为用”[①]。贡华南对牟氏的解说也解说得很到位：“‘感通’是指我以‘感’的方式进入他人、进入世界万物。‘润物’则是我在‘感’的过程中，由物我相互进入、相互摄取而给予万物以价值、意义、精神生命等人性内容。”[②]很容易设想，如果没有作为落脚点为“润物”，“感通”就没有意义；如果没有作为前提的“感通”，“润物”就失去了全部可能性。与此性质相似，人之“至诚”乃“与天地参”的先决条件，“与天地参”则是人之“至诚”的落脚点。在人类文明的诸种样态中，唯有华夏文明给予人以至高地位：参与到天地运行当中的人，最终居然与天地构成“三才”，亦即人与天地相等同，意味着顶天立地[③]。因此，“与天地参”的准确意思是：人应该分担天地之责，协助天地成就万物之性。张载说得再好不过：“乾称父，坤称母；予兹藐焉，乃混然中处。故天地之塞，吾其体；天地之帅，吾其性。民，吾同胞；物，吾与也。”[④]因此，“与天地参”既不能以外部世界为对象、为客体，也不能对物理世界秉持征服和奴役的态度。“民胞物与”和“与天地参”足以保证世界之有味，进而保证汉语的舔舐性能自有其取之不竭的用武之地。

很可能是因为对汉语自身的伦理属性有所体认，哪怕是极为模糊的体认，费诺洛萨才更愿意暗示：汉语是最宜于写诗的语言，因为其伦理秉性“使中国生活的土壤看来缠满了语言的根须”[⑤]。费氏

---

① 牟宗三：《中国哲学的特质》，上海古籍出版社，1997年，第31页。

② 贡华南：《味与味道》，前揭，第8–9页。

③ 荀子给出了人能与天地参以另外的理由：“天有其时，地有其财，人有其治，夫是之谓能参……万物各得其和以生，各得其养以成。”（《荀子·天论》）这里有两点值得注意：第一，人参与天地运转的条件是能治；第二，万物能生的条件是和。

④ 张载：《正蒙·乾称篇》。

⑤ 费诺洛萨：《作为诗歌手段的中国文字》，赵毅衡译，庞德：《庞德诗选：比萨诗章》，前揭，第249页。

的后继者庞德（Ezra Pound）虽然不懂汉语，却仅仅通过可以被目击的汉字，这记味的符号，天才地窥见汉语秉持的伦理属性，以及它插入万物的舔舐能力，还有隐喻层面上的强劲的性欲[①]。更重要的是：庞德以其远超常人的直觉，敏感地捕捉到汉语自身的伦理禀赋对于急需变革的现代英语诗歌究竟意义何在。庞德将他翻译的中国古典诗歌直接命名为《神州集》（Cathay）。此书甫一出版，就备受追捧："《神州集》中的诗是至高无上的美。它们就是诗的严格的范例。要是意象和技法的新鲜气息能帮助我们的诗，那么就是这些诗带来了我们需要的新鲜气息。"[②]所谓"意象和技法的新鲜气息"，无非是汉语与物无间的舔舐性能导致的美好结局，也无非是汉语拥有的"民胞物与"特性——而非逻各斯的征服特性——制造的上佳效果。汉语的如许禀赋，冲击了英语在视觉上绝无死角的怪癖，也部分地抑制了英语乐于同外物拉开距离的执拗之念，抵消了一部分因

---

① 被logos掌控的西方人当然不可能不重视味，更不可能忽略味，他们甚至也承认万物各有其味，比如在1775年的法国，赛奥菲勒·德博尔德（Theophile de Bordeu）就认为，"气味可以是一种标识符，若被清洗就会去除个人气味。医生对患者身上的气味很了解，通过嗅闻他们的体液可以辅助医学诊断。"因此德氏反对洗澡（格雷琴·亨德森［Gretchen E.Henderson］:《美妙的丑陋》，白鸽译，中信出版集团，2018年，第164页）。多米尼克·拉波特说："对于黑种人而言，白种人有着尸体的气味。对于白种人而言，黑种人有着粪便的颜色和气味。这一共同的识别奠定他们相互的仇恨，一方恨另一方是因为对方唤起他对自身所隐藏的东西的形象，另一方则从这种想要摆脱土地的执拗中，看出那种不知自己必然要死去的人的盲目傲慢。带来文明的一方不可能不去相信自己是不朽的：正因为如此他才有着尸体的气味，这气味是由他所压抑的东西的回归来构成的，这东西涉及他作为凡人的境遇，凡人必须像其他人一样从他痛苦的'俗世臭皮囊'中去除自己的污秽。"（多米尼克·拉波特：《屎的历史》，前揭，第56页）但很显然，这情形既和汉语思想中的味乃万物之魂不同，也跟语言自身有味相异。

② 参阅赵毅衡：《诗神远游——中国如何改变了美国现代诗》，前揭，第19页。

视觉中心主义而导致的“逻辑暴政”[1]。诗不是知识，死角不必全部消失，有未知和朦胧才更有可能促使美的诞生，哪怕是“一种可怕的美”（叶芝：《一九一六年复活节》，查良铮译）；诗不是战争，也不是对事物的占有，正如米沃什（Czesław Miłosz）所说：“这世上没有一样东西我想占有”（米沃什：《礼物》，西川译），因此距离更有必要缩短，如果不可能被消灭的话[2]。也许，正是借助舔舐性能有限度地打扰了视觉中心主义，才让庞德在歪打正着中，成功地革新了英语诗歌。对英语诗歌史稍有了解的人不难理解：庞德区区两行的《地铁车站》一诗为何产生了如此巨大的影响；它甚至骇人听闻地扭转了现代英语诗歌的整体走向[3]——

The apparition of these faces in the crowd;
Petals on a wet, black bough.
（Ezra Pound, In a Station of the Metro）
人群中这些面庞的闪现；
湿漉的黑树干上的花瓣。
（庞德：《地铁车站》，赵毅衡译）

对汉语的视觉化

马丁·布伯（Martin Buber）关于言说的言说颇具悲悯之心：“人以多种口舌言说：语言之舌、艺术之舌、行动之舌，但精神始终如一。精神即语言。言说首先言说于人心，继而振响于人的喉舌，

① 费诺洛萨：《作为诗歌手段的中国文字》，赵毅衡译，庞德：《庞德诗选：比萨诗章》，前揭，第249页。

② 参阅敬文东：《诗歌：在生活和虚构之间》，《文艺评论》2000年第2期。

③ 参阅吴其尧：《庞德与中国文化——兼论外国文学在中国文化现代化中的作用》，上海外语教育出版社，2006年，第38-60页。

然则此两者皆属本真进程的折射。因为，并非语言寓于人，而是人栖居于语言，人站在语言当中向外言说。每一种语言皆是如此，每一种精神皆是如此。”[①]理想可能很丰满，很云端；现实却照旧倾向于它自身的“骨感”，它自身的污泥。很不给马丁·布伯“脸面”的“打脸”之事到底还是发生了：自19世纪上半叶开始，拥有舔舐性能的汉语，性欲强劲的汉语，就遭到了逻各斯的严重挑战。面对味觉型的汉语，视觉性的逻各斯态度十分恶劣、强横、咄咄逼人，还自称稳操胜券[②]。看起来，并非“每一种语言”和“精神”“皆是如此”：语言和语言之间鸿沟甚深，甚至互相敌视；精神和精神之间大有区别，至少存在着最起码的竞争关系，否则巴别塔（the tower of Babel）之喻就彻底失去了意义[③]。对汉语来说，这场挑战的严重性，完全配得上“空前绝后”这个四字谥号。逻各斯以其雷霆万钧之势，横扫它视野之内的各个死角，致使机器雷鸣，枪声炮声炸弹声更加雷鸣。追随着大英帝国成为“日不落国”，英语也趁势水涨船高，遍地开花——

但我知道，有牛津辞典里的、贵族的英语，
也有武装到牙齿的、丘吉尔或罗斯福的英语。
它的隐喻、它的物质、它的破坏的美学，

---

① 马丁·布伯：《我与你》，陈维纲译，生活·读书·新知三联书店，2002年，第33页。

② “乾隆年间，来华的英国马戛尔尼使团观察到，自清朝建立一百五十年间，中国社会没有改善，反而倒退了；当西欧社会每天都在艺术和科学领域前进时，中国实际上正在变成半野蛮人。”（何孝荣：《清史十五讲》，凤凰出版社，2010年，第226—227页）很显然，马戛尔尼看到了视觉中心主义对舔舐性能具有巨大的优越性。

③ 诺斯洛普·弗莱（Northrop Frye）认为，语言有助于人与人之间的凝聚（诺斯洛普·弗莱：《批评之路》，王逢振、秦明利译，北京大学出版社，1998年，第18页）。但这个观点即使成立，也仅仅是指使用同一种语言的人的内部团结，不能指讲不同语言的人之间的团结。

在广岛和长崎爆炸。

(欧阳江河:《汉英之间》)

但早在1840年,作为一种"破坏的美学"(所谓坚船利炮),视觉性的英语已经正式登陆神州中国(庞德热衷的那个名词Cathay,而非China),引发了汉语持续半个世纪左右的惊慌失措。据民初作家夏仁虎观察,"庚子剧创以后,都人心里由轻洋仇洋,一变而为学洋媚洋"[1]。1888年,报人出身的裘廷梁痛定思痛,不惜直接将白话认作"维新之本"。裘廷梁眼中的白话,并不是起自晚唐的书面白话,而是为之注入新元素后获取的语言样态,其要害和关键都将落实于新元素[2]。差不多30年之后,钱玄同呼应了裘廷梁,并给白话为"维新之本"找到了自以为强劲的理由。钱玄同的态度十分极端,情绪也分外亢奋:"欲使中国不亡,欲使中国民族为二十世纪文明之民族,必以废孔学,灭道教为根本之解决,而废记载孔门学说及道教妖言之汉文,尤为根本解决之根本解决。"在视觉中心主义的照耀下,记味的符号、舔舐万物的汉语不仅低级得活该自认卑下,还犯有"罪"不容诛之大"罪"。在同一篇措辞激烈的文章中,钱氏还不忘继续挖苦说:"中国文字,字义极为含混,文法极不精密,本来只可代表古代幼稚之思想,决不能代表Lamark、Darwin以来之新世界文明。"[3]所谓"德不孤必有邻"[4],同为章门弟子的鲁迅也有基本相同的观点:"中国的文或话,法子实在太不精密了……这语法的不精密,就在证明思路的不精密,换一句话,就是脑筋有些胡涂。倘若

---

① 夏仁虎:《枝巢四述·旧京琐忆》,辽宁教育出版社,1998年,第116页。

② 裘廷梁:《论白话为维新之本》,张枏等主编:《辛亥革命前十年间时论选集》第一卷上册,生活·读书·新知三联书店,1977年,第38页。

③ 钱玄同:《中国今后之文字问题》,《新青年》第4卷第4号,1918年4月15日。

④《论语·里仁》。

永远用着胡涂话，即使读的时候，滔滔而下，但归根结蒂，所得的还是一个胡涂的影子。”[①]在此，作为舔舐功能和性功能双双强劲的特殊之物，双重“有”味之汉语得为没“有”飞机大炮的残酷局面买单，得为自己没“有”能力制造“破坏的美学”而付账，更得为被烧掉的圆明园负责，还得为被击沉的北洋舰队赎罪。

有一个和欧阳修相关的故事值得在此一提：“欧阳公在翰林时，常与同院出游。有奔马毙犬，公曰：‘试书其一事。’一曰：‘有犬卧于通衢，逸马蹄而杀之。’一曰：‘有马逸于街衢，卧犬遭之而毙。’公曰：‘使子修史，万卷未已也。’曰：‘内翰云何？’公曰：‘逸马杀犬于道。’”[②]欧阳文忠公以区区六字，就道明了整个事件，还令诸如“犬卧于”“蹄而杀之”“马逸于”“卧犬遭之”等细节意欲隐藏，却又未被全部隐藏，处于若隐若现的状态，忠实于汉语自身的伦理秉性；欧阳公在语言的拿捏有致间，令事件之味向外溢出，让人既叹服文忠公的睿智、机敏，也叹服双重有味之汉语品味事件的能力——这等表述不仅有诚，还有寓真于简洁之中的风度。1925年，章士钊发表文章，批评以张扬新白话为核心的新文化运动。章士钊满是自信地写道：“二桃杀三士，谱之于诗，节奏甚美。今曰此于白话无当也，必曰两个桃子杀了三个读书人。是亦不可以已乎？”[③]章行严在此追随汉语自身的伦理秉性，试图以此为例，维护汉语舔舐万

① 鲁迅：《二心集·关于翻译的通信》。哲学家成中英的看法刚好与鲁迅相反：“汉语之所以更适合于逻辑推演，那是因为汉语清晰地指向并关涉客观世界。汉语对世界的理解根基于人们对世间万物的综观博览。我们可以看到，汉字往往刻画了观察所得的事物形象或形式。人们甚至可以认为，汉语始于蒯因式的‘观察句’。‘观察句’为共同体所普遍接受，它所开启的意义理解维度根基于我们的所见所闻所指，以及与所见所谓所感相关的所思。”（成中英：《略论汉语的特质》，刘梁剑译，潘德荣、陈望衡主编：《本体与诠释》第六辑，上海人民出版社，2007年，第435页）情形是否真如成氏所言，以俟后贤检验。

② 冯梦龙：《古今谭概》，刘德权校点，海峡文艺出版社，1985年，第228页。

③ 章士钊：《评新文化运动》，《新闻报》1925年8月21-22日。

物以品尝万味的能力。鲁迅却反唇相讥，他指责章士钊错将“二桃杀三士”之中的“士”解作“读书人”；以鲁迅之见，“士”在此处的释义只能是“勇士”或“战士”，反正与武力靠得更近[①]。这个跟汉语语用有关的小故事足以表明：“二桃杀三士”以其自身之有味，固然释放了某个事件的自身之味，却因为表述上存在的歧义性，有机会让自己沦陷于所指不明之境地。所谓表述上的歧义性，大约就是钱玄同所谓的“文法极不精密”，或鲁迅所谓的“语法的不精密，就在证明思路的不精密”。精密被汉语的累世臣民认作有味的反面，或对立面；虽然有味的汉语在不少时刻确实能够陈述真值命题，却也不时地带有较为强劲的主观色彩，精密在logos那里则宣称拥有绝对的客观性，并且间不容发。

因此，跟精密生死相依的逻各斯与味和歧义两相得兼的汉语迥然有别；视觉中心主义处心积虑，导致了一系列征服世界、改造世界的关键性概念，举凡theory（理论）、speculation（思辨）、idea（理念）、illumination（光照）、enlightenment（启蒙）、phenomenology（现象学）等等，在词源上，都跟“视觉”与“光”相关联[②]。这些有意和万事万物拉开距离的概念，致使英语、德语、法语、意大利语、西班牙语等语种分析性极强。而所谓分析，就是“把一件事物、一种现象、一个概念分成较简单的组成部分，找出这些部分的本质属性和彼此之间的关系”[③]。依照视觉的一贯性格，分析性决不允许模糊和混沌有生存的地盘；它号称能在抽象——远距离——的层面上，处理几乎一切复杂难缠的问题。逻各斯麾下的各个语种都从句繁多、定语繁多、补语繁多、状语繁多、冠词繁多，变位变格阴性阳性无处不在，为的就是在抽象性地处理问题时，能将歧义性——视觉上的死角——扼杀在胚胎而非摇篮状态。所谓视觉层面

① 鲁迅：《华盖集续编·再来一次》。

② 参阅高秉江：《现象学视域下的视觉中心主义》，前揭，第3页。

③ 参阅《现代汉语词典》（第6版），商务印书馆，2012年，第382页。

上的精确，就是视觉本身容不得哪怕一粒细小的沙子；唯有唯一真值，才是逻各斯的伦理秉性意欲达致的目标，意欲攫取的真金白银；而废除歧义性，乃是获取唯一真值最为重要的保证。大约就是这些特性，使得英语等语种无可争议地拥有“破坏的美学”，逼迫有味却有时不够精密的汉语签下了一系列屈辱性的协议；这些令汉语难堪的协议以中英《南京条约》打头，一路吵吵嚷嚷直至袁世凯的“二十一条”，却仍无止歇之兆。

视觉中心主义排斥歧义支持精密导致的结果是：诞生了被钱玄同称颂的“Lamark、Darwin以来之新世界文明”，也就是被新文化运动的拥趸高度神化（mythologize或mythologization）的科学。而科学活像威廉·布莱克（William Blake）笔下威风凛凛的大虫——

老虎！老虎！黑夜的森林中
  燃烧着的煌煌的火光，
    是怎样的神手或天眼
      造出了你这样的威武堂堂？
（威廉·布莱克：《老虎》，郭沫若译）

从严复、梁启超那一辈直至胡适、鲁迅这一辈，中国受尽欺压的根本原因，均被认作科学的严重缺乏、老虎（大虫）的长期缺位[①]。因此，白话文运动最深层的动机，便绝不会是张枣所谓的为汉语“寻

---

① 实际上，在白话文运动启动之前，已经有过较长时间的酝酿。晚清民初，梁启超、夏曾佑等人对小说开启民智有过过度的鼓吹（参阅任公：《译印政治小说序》，《清议报》第一册，1898年；夏曾佑等：《本馆附印说部缘起》，《国闻报》1897年10月16日至11月18日等），今人陈平原有过善解人意的观察：“倘若不是采用如此夸张的语调，历来被视为小道的小说，也不可能在如此短的时间内一跃而为救国济民的利器。”（陈平原：《中国现代小说的起点》，北京大学出版社，2010年，第4页）但应该说，此时的白话仍然没有迈出最关键的那一步：为书面白话输入视觉因素即分析性能。

找暗喻”[1]，恰恰相反，是为了尽量多地驱杀汉语自带的歧义性；而驱杀歧义性最为有效的方法，或许就是驱逐汉语内部四方密集的暗喻。舔舐性能和暗喻相互造就；汉语的伦理秉性则跟暗喻抱团取暖。驱赶歧义性的目的，无非是想让汉语有如凤凰涅槃那般，获取自己的精密特性。而精密即科学，科学即“破坏的美学”，“破坏的美学”即视觉中心主义：因此，新白话文运动的实质，乃是将味觉型的古代汉语尽力改造为视觉型的现代汉语。实际上，汉语的书面白话自晚唐起，存在了九个多世纪[2]。因此，“不是白话，而是对白话的科学化和技术化洗礼，才是现代白话文的更为鲜明的特征”[3]。所谓“对白话的科学化和技术化洗礼”，不过是让古代汉语几乎在无中生有间，获取它自身的精密特性；精密特性则必将建基于汉语的分析性。唯有分析性，才能延伸汉语的视力（而不是舔舐），才能将事物的整体进行拆分，进而将被拆分的事物的每一个片段仔细打量，继而将事物无所遗漏地纳入新型的汉语（新白话）之中，得到真切而非热忱的认识。

经历过这个脱胎换骨的步骤后，汉语的舔舐性能得到了抑制：它被高度视觉化了。汪晖对此有着较为准确的描述：“今天流行的诸多物理、化学、生物、天文及其他学科的概念都是在科学社等科学共同体的工作中被确认的。诸如各种元素的概念、身体的概念、地理的概念和天体的概念现在已经是我们日常用语的一部分，这些概念不仅从根本上重构了我们对于宇宙、世界和人类自身的认识，而且也在一定程度上迫使人们逐渐放弃‘天然的语言’。宇宙、自然和人自身在这种精确的语言中只有一种展现方式，从而古代语言所展现的宇宙存在的多种可能性日渐地消失了。现代汉语中大量的新的

① 参阅张枣：《张枣随笔选》，前揭，第57页。

② 参阅王力：《古代汉语》第一册，中华书局，1962年，第1页。

③ 汪晖：《现代中国思想的兴起》下卷第二部，生活·读书·新知三联书店，2004年，第1139页。

词汇是在有意识的、有方向和目的的设计中完成的，是一个技术化过程的产物，而不是自然的产物。由于这些新的概念的单义性和明确的方向指向，因而在这种语言中展现的世界也是按照特定的方向建构起来的。语言的技术化不仅是科学共同体内部的需要，而且也是现代社会作为一个技术化的社会的构造的内在的需要。"[①]在这里，所谓"天然的语言"，就是富于舔舐能力的语言，也就是"古代的语言"。而所谓"语言的技术化"，就是汉语从此获取了强大的分析性能，得到了视觉中心主义的高度浸泡，亦即向科学靠拢，甚至归依科学。

出人意料的是：首先让汉语获取分析性能的东西，竟然是看似渺小且无足轻重的标点符号。作为白话文运动的亲身参与者，废名对此有过上好的追忆。他在20世纪60年代颇为严肃，但也很是有趣地写道："今文所以大异于古文，是从新式标点符号和提行分段的办法引来的，这却是最大的欧化。这个欧化对我们今天的白话文体所起的作用太大了。"[②]有较强的证据表明，最早的汉语月刊报纸于1815年由传教士创办，名为《察世俗》。据说，该报"所刊文章首次采用西洋标点符号，虽然只是有限地使用了顿号和句号，但与当时中国许多典籍没有句读相比，为文化素质不高的阅读者毕竟提供了较多方便"[③]。非常容易观察到，标点符号是视觉性的，它本身就是对视觉的提醒："眼动以空间为界……眼停的地方自然会落在有标点的地方。标点符号相对空格来说对视觉更具有吸引力，更具有使眼睛间

---

① 汪晖：《现代中国思想的兴起》下卷第二部，前揭，第1136–1137页。

② 废名：《废名集》第六卷，北京大学出版社，2009年，第3060页。

③ 刘进才：《语言运动与中国现代文学》，中华书局，2007年，第87页。汪晖认为，创办于1915年的《科学》杂志"是最早采用横排和新式标点的印刷物之一……这是因为科学论文及其内含的公式、图表无法以竖排及无标点的形式表现。"（汪晖：《现代中国思想的兴起》下卷第二部，前揭，第1137–1138页）很显然，竖排、横排也跟视觉有关；和标点符号一样，横排也是视觉中心主义的物质化体现。

歇的引力，眼睛会很自然地在此停顿。眼睛在空格和标点符号处停顿时，文字信息已经传输到人脑，光刺激转变为电刺激和文字信息在人脑登记形成感觉记忆（短时记忆）。”[①]就这样，标点符号较为彻底地解除了有味的句读，却将更为精密的性能——科学性——赋予了得到改造的汉语。标点符号原本就是一种意欲求真的思维方式："每一个标点符号有一个独特的作用，说它们是另一形式的虚字，也不为过分。应该把它们和‘和’‘的’‘呢’‘吗’同样看待，用与不用，用在哪里，都值得斟酌一番。”[②]而虚字在此的目的是：它要让眼睛无死角地扫视万物的每一个片段[③]。

白话文运动带来了欧化的汉语；欧化的汉语因其高度的视觉性拥有前所未有的表现力。因此，适度的欧化满可以被视作汉语在获取分析性和精密性时，必须付出的代价。王力的观点富有同情心："古人说话，往往不能精密地估计到一个判断所能适用的范围和程度。古人所谓‘不以辞害意’，就是希望听话人或读者能了解所下的判断也容许有些例外。但是，今天我们的语言要求科学性……因此，在句子里面表示某一判断（某一叙述、某一描写）的范围和程度，是加强语言的明晰性的必要手段。”[④]“不以辞害意”是华夏先人对语言葆有戒惧之心的真实体验，它是味觉性的，必须对“象”细加品味进而品味语言自身之味，以达至“辞”之味与“意”相合的境地；所谓“科学性”，就是“辞”不能因其味中自带的主观色彩而产生歧义，其要害在于摒除“辞”之味，令“意”处于失味状态，专注于目视而不是“口味之也”。胡适曾亲口对唐德刚说过：“共产

① 孙坤等：《当代国外标点符号研究》，《当代语言学》2010年第2期。

② 吕叔湘、朱德熙：《语法修辞讲话》，中国青年出版社，1952年，第319-320页。

③ 参阅王泽龙、钱韧韧：《现代汉语虚词与胡适的新诗体“尝试”》，《中国现代文学研究丛刊》2014年第3期。

④ 王力：《汉语史稿》，中华书局，1980年，第478页。

党里白话文写得最好的还是毛泽东。”[①]作为白话文运动最大的推动者，胡适的言论显得意味深长；他高度评价毛泽东的理由之一，很可能是毛泽东的文章因欧化而来的精准表述。在著名的《丢掉幻想，准备斗争》一文中，毛泽东如是写道：“美国白皮书和艾奇逊信件的发表是值得庆祝的，因为它给了中国怀有旧民主主义思想亦即民主个人主义思想，而对人民民主主义，或民主集体主义，或民主集中主义，或集体英雄主义，或国际主义的爱国主义，不赞成，或不甚赞成，不满，或有某些不满，甚至抱有反感，但是还有爱国心，并非国民党反动派的人们，浇了一瓢冷水，丢了他们的脸。”[②]这等表述，别说不可能出现在用书面白话文写就的《三国演义》《金瓶梅》和《红楼梦》当中，就连胡适、钱玄同恐怕都很难想象[③]。语言学大家朱德熙对毛泽东的表述称赞有加。他认为，这个句子的准确性来源于“人们”之前长长的，且分析性十足的修饰语[④]，其威力远超翁方纲所谓的“刻抉入里”[⑤]。

---

① 转引自余世存：《非常道：1840—1999的中国话语》，生活·读书·新知三联书店，2015年，第49页。

② 毛泽东：《毛泽东选集》，人民出版社，1991年，第1488页。

③ 虽然早在新文学运动开始后不久，朱自清就认为，“近世基督教《圣经》的官话翻译，增强了我们的语言”（朱自清：《朱自清全集》第2卷，江苏教育出版社，1988年，第372页）；虽然周作人更认为汉语和合本的“《马太福音》的确是中国最早的欧化的文学的国语”，进而认为，汉译《圣经》可以为现代汉语以及新文学的改造上给予“许多帮助与便利”（周作人：《艺术与生活》，河北教育出版社，2002年，第41页），但除了和合本《圣经》外，还很少有毛泽东因欧化而来的表达口吻。在《新民主主义论》结尾处，毛泽东的笔调很特别，几乎是汉语里的新生事物：“民族的科学的大众的文化，就是人民大众反帝反封建的文化，就是新民主主义的文化，就是中华民族的新文化。/新民主主义的政治、新民主主义的经济和新民主主义的文化相结合，这就是新民主主义共和国，这就是名副其实的中华民国，这就是我们要造成的新中国。/新中国站在每个人民的面前，我们应该迎接它。/新中国航船的桅顶已经冒出地平线了，我们应该拍掌欢迎它。/举起你的双手吧，新中国是我们的。”（《毛泽东选集》，人民出版社，1991年，第708—709页）

④ 朱德熙：《写作论文选》，吉林人民出版社，1980年，第282页。

⑤ 翁方纲：《石洲诗话》卷四。

汉语的欧化意味着汉语虽然饱经沧桑，却依然拥有巨大的适应能力、再生能力，以及自我变革的能力，还格外意味着现代汉语具有极为强劲的生长性。诚如张枣所言，经过艰苦变革的汉语已经有足够的能力说出整个世界①。但白话文运动在为汉语输入视觉性的同时，也付出了极为惨重的代价：由于一味追求精密、片面并且过度地强调分析性，现代汉语终于过于欧化，几至彻底失味的境地，以至于早在1931年，瞿秋白就意欲发动一场“第三次文学革命”，亦即“文腔革命”，以便清除“五四”白话的文言、欧化倾向②。但真实的情况远比瞿秋白想象的糟糕③，现代汉语不仅在欧化的道路上狂奔不止，还受到过各种力量的侵蚀和污染，张枣特意将之命名为“从未摆脱过政治暴力的重压，备受意识形态的欺凌，怀旧、撒谎，孤立无援而又美丽无比的汉语”④。更为真实的情形毋宁是：汉语已经高度腐败⑤，越来越无法真实地“切中”这个愈来愈无味的世界。欧阳江河的担忧也许并不是多余的——

为什么如此多的中国人移居英语，
努力成为黄种白人，而把汉语
看作离婚的前妻，看作破镜里的家园？究竟
发生了什么？我独自一人在汉语中幽居，
与众多纸人对话，空想着英语，

① 参阅张枣、白倩：《绿色意识：环保的同情，诗歌的赞美》，《绿叶》2008年第5期。

② 参阅瞿秋白：《瞿秋白文集》文学编第3卷，人民文学出版社，1989年，第148页。

③ 但并不能因为这个原因否定汉语的视觉性，因为唯有汉语的视觉性能表达现代性；更不得由此否定白话文运动，因为白话文运动自有其合理性，甚至必然性。李春阳女士的《白话文运动的危机》（生活·读书·新知三联书店，2007年）就是一部否定白话文运动的巨著。

④ 张枣：《诗人与母语》，《今天》1992年第1期。

⑤ 参阅张维迎：《语言腐败的危害》，《杂文月刊（文摘版）》2012年第7期。

并看更多的中国人跻身其间，
从一个象形的人变成一个拼音的人。
（欧阳江河：《汉英之间》）

汉语的视觉性给新诗带来的……

中国传统的观物法原本就不提倡与物拉开距离，它倡导观看者相交于物[1]。因此，在长期的文化遗传中，华夏先民的视觉早已得到味化："凡与大人言，始视面，中视抱，卒视面，毋改。众皆若是。若父，则游目，毋上于面，毋下于带。若不言，立则视足，坐则视膝。"[2]这跟视觉中心主义统辖下客观、冷静的纯粹之看大异其趣；它已经完全、彻底地被伦理化了。在此，伦理的基础是"道"，其依傍也是"道"。在传统的汉语思想中，"道"既指道路，也指语言或者言说，还被推崇为万物之源，举荐为万物效法甚至皈依的对象。因此，汉语中的至高之"道"自在"路"上，但更在"说"中。用于"说"的语言向来双倍有味，至高之"道"当然自有其味；唯"道"之马首是瞻的伦理，当然也自有其味——这就是视觉得以味化在逻辑上的来龙去脉[3]。贡华南恰如其分地认为："味所展示的经验结构在思想层面上与《易》之'感'是一致的……诸官之'感'是以'味'为原型的一种存在者之间的交往方式、思考方式，同时也是一

---

① 参阅贡华南：《从见、闻到味：中国思想史演变的感觉逻辑》，《四川大学学报》2018年第6期。

②《仪礼・士相见礼》。

③ 据说，在中世纪的欧洲有一本用优雅的拉丁文写成的书，要求"女孩在任何时候都要低眉俯首，进食和讲话时要举止端庄，行走和站立时右手要放在左手上面，两脚并拢，这样才不会被人看作威尼斯的妓女。"（彼得・伯克［Peter Burke］：《文化史的风景》，丰华琴等译，北京大学出版社，2013年，第74页）这也许是对视觉的伦理化，却不是对视觉的味化。理由很简单：在轻视肉体而尚未进行"身体转向"的中世纪，视觉根本不可能被味化，因为那很低级。

种存在方式，即物与人这种持续交互作用的方式。”[1]在古老的汉语思想中，人必须、必然也必定是“一身皆感焉”[2]：这是以舔舐为感应或者以感应为舔舐的汉语，恩赐给华夏先民的本能，既鲜活、敏感，又周身机灵。华夏先民因之而有能力向万物敞开自己的每一寸肌肤，甚或每一个毛孔，正所谓“气之动物，物之感人”[3]；诚所谓“人禀七情，应物斯感”[4]——“人”之所以能被物“感”，那仅仅是因为汉语预先为“人”赋予了可以被“感”的本能，既珍贵，又罕见。汉语古典诗词乐于遵从汉语自身的伦理秉性，因此，它“感”物、“应”物的方式不仅以味为原型，也必得建基于味：作诗者用语言舔舐和感应万物，纳万味于语词的跌宕起伏和错落有致之间[5]；读诗者以咀嚼字词为方式，快意释放被错落有致和跌宕起伏的语词囚禁的万味。这是始而以味为中心“感应”万物，继而组建和欣赏诗歌

---

① 贡华南：《味与味道》，前揭，第99-100页。夫妻生活甚至被认为可以和天地相交感。罗泌《路史·余论》引董仲舒《请雨表》：“令吏妻各往视其夫到即起雨而止。”《春秋繁露·请雨止雨篇》：“令吏民夫妇皆偶处。凡求雨之大体，丈夫欲藏匿，女子欲和而乐神。”更有意思的是，中医学甚至将每一个器官都和魂魄联系在一起，此等交感显得更为具体：“肺也、肾也、脾也，魄之宫室也；肝也、心也，魂之都居也。耳也、鼻也、口也，魄之外庭也；目也、舌也，魂之别舍也。昼游于外廷别舍，夜归于宫室都居，故觉则有知，寐则有梦。”（庄元臣：《叔苴子》内篇卷四）道家更是将梦与天地万物联系在一起，显得更为神秘：“心应枣，肝应榆，我通天地；将阴梦水，将晴梦火，天地通我。我与天地，似契似离，纯纯各归。梦中、鉴中、水中，皆有天地存焉。欲去梦天地者，寝不寐。”（《关尹子·二柱》）商汤因大旱而向上天自承罪过，也许更能证明何为以感物为方式认识世界：“政不节欤？使民疾欤？何以不雨至斯极也！宫室荣欤？妇谒盛欤？何以不雨至斯极也！苞苴行欤？谗夫兴欤？何以不雨至斯极也！”（《荀子·大略》）

② 来知德：《周易集注·象》。

③ 钟嵘：《诗品·序》。

④ 刘勰：《文心雕龙·明诗》。

⑤ 瓦莱里（Paul Valéry）说得好：“诗是一种语言的艺术，某些文字的组合能够产生其他文字组合所无法产生的感情，这就是我们所谓的诗的感情。”（保·瓦莱里：《诗与抽象思维：舞蹈与走路》，郑敏译，戴维·洛奇［David Lodge］编：《二十世纪文学评论》［上册］，上海译文出版社，1987年，第430页）“某些文字的组合”亦即“词语的跌宕起伏和错落有致”。

的本有方式。叶适说："争妍斗巧，极外物之意态，唐人所长也；及要其终，不足以定其志之所守，唐人所短也。"[①]此处的所谓"长"和"短"，都只能，也只有在味觉统摄下的天地间自行展开；其间的"短""长"之别，不过茶杯里的风波而已。

钟嵘认为，有味之看也可以导致所谓的"巧构形似之言"[②]，亦即有能力对外物进行细致有效的摹写，以便形似而非仅仅神似于外物。有人很笃定地认为，"'形似之言'对六朝诗的影响，是相当复杂的，就表面而言，改变了诗人对待大自然的态度，就语言结构而言，由于媒介的特性使得形似的追求绝无凝滞刻板之虞，尤其当其欲逼肖自然之时，更能将语言的潜质充分逼诱出来，语言与形似之间乃形成一相互诱发的关系，语言愈是要逼肖自然，愈是需要以本身的多变性来修饰自然，就是在这种情形下，逐渐形成唐诗的风貌"[③]。此言非虚，可谓曲尽情致，也不可谓不妙。但早已得到味化的古典之看依然无法与外物拉开距离，汉语在舔舐中感应外物，也在感应中舔舐外物，却不以万物为对象、为客体，因此，其摹写万物而达致的形似仍然是有味的形似，罕有纯粹之看带来的客观性。用不着多么仔细地品味就能发现，"沉舟侧畔千帆过，病树前头万木春"仍然是主观性极强的"巧构形似之言"，因为它之所看的落脚点，原本就不在是否与物"形似"，而在于对物之所"感"，以及对物之所"感"带来的诗意效果，既诚且仁[④]。白话文运动后，汉语以

① 吴子良《林下偶谈》卷四引叶适《王木叔诗序》。

② 钟嵘《诗品》评张协语。

③ 王文进：《咏怀的本质与形似之言》，蔡英俊主编：《中国文学巅峰之境》，黄山书社，2012年，第109页。

④ 得到过舔舐能力滋养的中国古典画家更是将神似发挥到极致，相应地也将形似贬低到极致，以至于旅法中国画家熊秉明对此有过细微的抱怨："一个中国传统画家，隐迹于岩岫之间的，见到了伦勃朗的《屠后的牛》，如果也能有所感动，发生憬悟，他一定会有双重的惊异：一是西方画家能通过'得其形'而达到'得其神'；二是西方画家能在泥泞血污中看出画意来。"（《熊秉明美术随笔》，人民文学出版社，2008年，第89页）

大失其味为代价，终至眼界大开之境地；因此，被视觉中心主义高度改造过的现代汉语，终于获得了巴赫金所说的那种纯粹观看的能力：“从我在存在中占据的独特位置出发，有些事物只有我能看到；只有我能见到的世界的这个片段，就是‘视觉的余额’，这里的过剩是相对于所有别人的匮乏而言的，反之亦然。”[①]这种看不仅是客观的、有距离的、充分对象化的，还被认作自我意识严格而坚定的定义者：现代性定义下的自我意识更有可能源于纯粹的视觉。且看被视觉性的汉语所掌握的欧阳江河在如何观物——

从看见到看见，中间只有玻璃。
（欧阳江河：《玻璃工厂》）

这行貌似简单、平常的诗句，实在称得上寓意深刻，迥异于得到味化的“巧构形似之言”。乔吉奥·阿甘本（Giorgio Agamben）认为，在充斥现代性的地方，“看的眼睛变成了被看的眼睛，并且视觉变成了一种自己看见看见”的状态，或境地[②]。欧阳江河那行对看本身进行直接诉说的诗句暗示的寓意是：对视觉化的现代汉语（可呼之为视觉化汉语）来说，看见什么（看–物）也许不是最重要的事情；看见了看见本身，也就是阿甘本所谓的“看见看见”，以及如何看见了看见本身（看–看），或许更为根本。唯有看–看，才是得到视觉中心主义改造后的汉语应当坐拥的本质特征。欧阳江河这行具有“元诗”性质的诗句意味着：“正是玻璃的透明特性，才导致了处于同一张玻璃两边那两个‘看见’互相‘看见’了对方的‘看见’，甚

---

① 卡特琳娜·克拉克（Katerina Clark）、迈克尔·霍奎斯特（Michael Holquist）：《米哈伊尔·巴赫金》，语冰译，中国人民大学出版社，2000年，第97页。

② 乔吉奥·阿甘本：《潜能》，王立秋等译，漓江出版社，2014年，第92页。

至相互‘看见’了对方的被‘看见’……而‘看见’，尤其是被‘看见’，也算不上对某种情态、事态或物态的直观呈现，而是扎扎实实的分析，因为至少是被‘看见’的那个‘被’，拥有更多非直观的特性。所谓‘看见’的，也不是对面那个‘看见’的表面，而是‘看见’了对面那个‘看见’的内里，以及那个‘看见’的内部或脏腑。”[①]居伊·德波（Guy Debord）很机智地认为，高潮时期的资本主义的特征是：“重要的不再是商品的内容而是商品的形式，不是卖出人们所制造的东西而是卖出‘卖’这一行为本身。”[②]促成卖-卖的理由跟促成看-看的理由几乎完全相同；和高潮资本主义对卖-卖的重视远甚于卖-物一样，汉语诗歌的现代性对看-看的重视也远甚于看-物。味化的汉语（可呼之为味觉化汉语）具有强烈的肉体性，它在舔舐万物时自然带有强烈的直观特性。因此，它更愿意零距离地感应万物，视力朝外即可，无须回收，无须自己凝视自己。其间的理由大致是：这等眼光从一开始，就既具有自然而然的权利（natural right），也理具有应自然而然的正确（natural right），因此不必怀疑，也无可怀疑，恰如俗语所谓的“眼见为实”。味觉化汉语看见了且只倾向于看见了“池塘生春草，园柳变鸣禽”（谢灵运：《登池上楼》），却根本就无须对看见了池塘、春草、园柳、鸣禽的那个看本身进行观看。它更愿意“见其所见，不见其所不见。视其所视，而遗其所不视”[③]。

和汉语古典诗词一样，新诗也首先得是看-物。但新诗看到的，已经不再是古典诗词能够看到的，毕竟新诗和古典诗词使用的并不是同一种性质、体态、腰身和纹理的语言；事实上，视觉化的现代汉语（视觉化汉语）被创制出来，原本就是为了让新诗看见古典诗

---

① 敬文东：《从唯一之词到任意一词》（下篇），《东吴学术》2018年第4期。

② 参阅安迪·梅里菲尔德（Andy Merrifield）：《居伊·德波》，赵柔柔等译，北京大学出版社，2011年，第64页。

③《列子·说符》。

词看不见或不用看见的东西。和古典诗词仅止于看-物不同，应和着视觉中心主义的要求，新诗还需要更进一步地看-看[①]。看-看是现代汉语分析性能的集中体现，是现代汉语“切中”事物的关键所在；看-看深谙视觉中心主义对精确性的渴求、对客观性的期待。但现代汉语支持的看不似有味之看那般信任自己，因为它面对的现实远非有味之看面对的那么简单、透明，这种复杂难缠的现实无法仅仅诉诸肉体性的直观。因此，自我怀疑和自我反思从一开始，就必须自动成为视觉中心主义的本能。这种本能意味着：视觉化汉语之看必须自己监视自己，必须在自我凝视时定义自我，由此对自己的看本身做出即时即地的反思，以保证看本身姿势端庄、角度正确。在此基础上，自我反思性的看-看才能保证看-物的精确和冷静，让看-物能够透视事物的细部，直至不仅用目光“挖掘”事物，还极尽“挖掘”之能事，最终将“挖掘”本身敲诈殆尽。就像有人认为的那样，两种不同的观物方式更有可能意味着：“‘思想独白’是汉语传统诗学的基本表述方式。汉语新诗的阐释语言则表现为一种意义上的逻辑演绎，是一种实证语言的‘道出’哲学。……这是一种追求终极性目的或说结果的处理事物的方法，语言表述也就必须适应这种要求。”[②]在看-看的保证下，看-物的深入性在程度上得到了空前的保障——

① 麦克卢汉从另一个角度给出了理由：“也许照片引起的伟大革命发生在传统的艺术领域。照片已经充分表现了的世界，画家再也不能去描绘了。于是，他回头用表现主义和抽象派艺术去揭示创造力的内心活动。同样，小说家再也不能为读者描写物体和事象，因为读者通过照片、出版物、电影和电台知道正在发生的事情。所以，诗人和小说家转向内在的心理姿态。正是凭借内在心理姿态，我们才获得了洞察力，才能构建我们自己的形象和世界。故此，艺术从外在的匹配转向内在的构拟（art move inner from outer matching to inner making）。”（麦克卢汉：《理解媒介》，前揭，第223页）

② 陈爱中：《20世纪汉语新诗语言研究》，人民出版社，2013年，第45-46页。

在同一工厂我看见三种玻璃：
物态的，装饰的，象征的。
人们告诉我玻璃的父亲是一些混乱的石头。
在石头的空虚里，死亡并非终结，
而是一种可改变的原始的事实。
石头粉碎，玻璃诞生。
这是真实的。但还有另一种真实
把我引入另一种境界：从高处到高处。
在那种真实里玻璃仅仅是水，是已经
或正在变硬的、有骨头的、泼不掉的水，
而火焰是彻骨的寒冷，
并且最美丽的也最容易破碎。
世间一切崇高的事物，以及
事物的眼泪。①
（欧阳江河：《玻璃工厂》）

这些深入事物内部，并极尽“挖掘”事物之能事的诗行，堪称视力大长后的现代汉语获取的辉煌战果，与有味之看获取的诗学样态迥然有别；自我反思式的看-看有能力保证看-物在“挖掘”物的过程中，迫使后者开口说话，并将自己深藏不露的秘密——而非渴望被品尝的自身之味——和盘托出。视觉性的现代汉语对万物之味不感兴趣，因为它本身就是失味的现代经验所致，它的舔舐能力得到了极为严重的抑制；只有围绕失味的事物组建起来的现代经验，才是视觉化汉语新诗意欲用视力去耕耘——而不是味觉去品

① 我曾在一篇跟欧阳江河有关的长文（《词语：百年新诗的基本问题——以欧阳江河为中心》，《中国现代文学研究丛刊》2017年第10期）中，分析过此处所引的诗句，但那篇文章对这些诗句的分析与此处几乎完全不同，这样做是为了应对不同的问题，特此说明。

味——的土地。一位不幸弃世的年轻诗人敏感地写道：

所有最恶劣的气味
是大战乱的征兆。我坐在垃圾堆上
唱歌……
（马雁：《痛苦不会摧毁痛苦的可能性》……）

现代性的两个终端产品分别是垃圾和单子式的孤独个体①。对于以垃圾为核心的现代社会，失味一般得以变味为初始阶段；甚至在某些特定的时刻，还专注于变味（变味即为"馊味"）。以现代白话文做小说的莫言对此有过坦诚并且幽默的诉说："在有了录音机、录像机、互联网的今天，小说的状物写景、描图画色的功能，已经受到了严峻的挑战。你的文笔无论如何优美准确，也写不过摄像机的镜头了。但唯有气味，摄像机还没法子表现出来。这是我们这些当代小说家最后的领地，但我估计好景不长，因为用不了多久，那些可怕的科学家就会把录味机发明出来。能够散发出气味的电影和电视也用不了多久就会问世。趁着这些机器还没有发明出来之前，我们应该赶快地写出洋溢着丰富气味的小说。"②汉语新诗面对的境况，也许比莫言指出的更为严重，只因为作为语言艺术的极致，诗比其他任何形式的语言艺术更在乎语言的自指性（language calling attention to itself）③。

古人有云："阳为气，阴为味。"④正所谓"阳开以生物，阴阖以

① 参阅敬文东：《论垃圾》，《西部》2015年第4期。

② 莫言：《小说的气味》，李延青主编：《文学立场：当代作家海外、港台演讲录》，河北教育出版社，2003年，第449页。

③ 周英雄：《结构主义与中国文学》，东大图书公司，1983年，第124页。

④《黄帝内经·素问·阴阳应象大论》。

成物”[①]。但在得到视觉中心主义仔细打量的现代社会，“最恶劣的气味”并不以充满野生气息的阴阳交合为方式，它以迅速完成自身为要的，更以快速消逝和匆忙度过一生为宗旨，盲目、傲慢而目空一切。因为“现代崇拜紧紧包围着新”[②]，因为现代性倾向于视昨天为古代，所以，变味以至于失味的现代世界瞬息万变，“一切坚固的东西都烟消云散了”[③]；因为现代社会总是倾向于对万物进行快速而即时即地性的抛弃，所以，现代世界致使万物只有快速的今生，没有更为悠长的来世[④]。新诗因之而乐于支持词语的一次性原则。“对新诗而言，词语及其分析性只可能是一次性的，亦即一个诗人不能两次在同一个含义上使用同一个词。而词语在分析性层面上的一次性，才是新诗现代性应当具备的主要内涵”，并且“唯一之词自身具有唯一性”[⑤]。这就是说，每一个长相和发音完全相同的词语在不同的时刻，必须恰如其分地拥有不同的语义，哪怕其语义仅止于万分之一的差别，用以应对现代性境域中变动不居的事态、情态和状态，却不必像克拉底鲁那般悲观到以手指物而口不能言，而默不作声。令舔舐性能不可思议的是：语义上万分之一的差别，是新诗在面对瞬息万变的垃圾时的乌托邦，宛若米兰·昆德拉（Milan Kundera）笔下的托马斯，认不同女人之间百万分之一的差别为一个现代男人值得追求的乌托邦。很显然，垃圾发出的“最恶劣的气味”不可以无差等地被舔舐，也不配无差等地被舔舐；而坐在它身上唱

---

①《鬼谷子》卷上陶弘景注。

② 安托瓦纳·贡巴尼翁（Antoine Compagnon）：《现代性的五个悖论》，许钧译，商务印书馆，2005年，第3页。

③《马克思恩格斯全集》第一卷，中共中央马克思恩格斯列宁斯大林著作编译局编，人民出版社，1972年，第254页。

④ 参阅威廉·拉什杰（William Rathje）等：《垃圾之歌》，周文萍等译，中国社会科学出版社，1999年，第55—56页。

⑤ 敬文东：《词语：百年新诗的基本问题——以欧阳江河为中心》，《中国现代文学研究丛刊》2017年第10期。

歌，则需要有成色厚重的悲悯之心，以及强大的意志。

有看-看为其护院看家的看-物，乃是变味而失味者的绝配；被视觉中心主义定义过的现代汉语因其分析性能要求的冷静、准确和客观，必须以脑为主，不似舔舐着的汉语因万物有味而舌与心通必须以心为主[①]。在词语的一次性原则之外，现代汉语因其本质属性导致的又一个诗学结果，乃是新诗主脑论[②]，以区分于古典诗词的主心论。主脑首先意味着对词语进行精心的计算。柏桦是这样谈论张枣的："我常常见他为这个或那个汉字词语沉醉入迷，他甚至说要亲手称一下这个或那个（写入某首诗的）字的重量，以确定一首诗中字与字之间搭配后产生的轻重缓急之精确度。"[③]与"光"和"视觉"大有关系的概念比如理论、思辨、理念、启蒙等等，莫不在其根子处强化视觉中心主义与脑的亲密关系。脑更靠近计算，心更靠近算计。前者常常被称为头脑清晰；后者往往被呼为心思缜密。前者冷静，最好温度为零，它更想要的是真相、真相和真相；后者或热忱，或冷漠，它更愿意聚焦于态度。文廷式的建议很有些理想主义的味道："脑与心二说宜互相备。《说文》'思'字从'囟'从'心'，是其义。"[④]但在俞正燮一本正经的谬说中，或许更有可能包含着几许搞笑之真相。俞氏认为，西洋人和中国人身体构造有异，前者经络脏腑不全，故"知觉以脑不以心"[⑤]；还自得地说："洋人巧器，亦呼为鬼工，而罗刹安之，其自言知识在脑不在心。盖为人穷工极巧，而心窍不开。"[⑥]——这本身就是很有意味的言说。古典诗词在诚与仁方面的高度追求带来的，很有可能是诗意上的雷同，或类

---

① 参阅敬文东：《从心开始》，《天涯》2014年第5期。

② 参阅敬文东：《从唯一之词到任意一词》（上篇），《东吴学术》2018年第3期。

③ 柏桦：《张枣》，宋琳、柏桦编：《亲爱的张枣》，前揭，第18页。

④ 文廷式：《纯常子枝语》卷一。

⑤ 俞正燮：《癸巳类稿》卷十四。

⑥ 俞正燮：《癸巳类稿》卷十五。

型化。在视觉中心主义笼罩下，新诗对精确和冷静的过度追求带来的，很可能是冷血；而对词语的一次性原则的过度强调导致的，却更有可能是词生词的尴尬局面。凡斯种种，在百年来的新诗写作中，可谓屡见不鲜，比比皆是[①]。

---

① 对这两个重大问题本人曾有过极为详细的论述（参阅敬文东：《从唯一之词到任意一词》（上篇），《东吴学术》2018年第3期；敬文东《从唯一之词到任意一词》（下篇），《东吴学术》2018年第4期；敬文东：《从超验语气到与诗无关》，《中国现代文学研究丛刊》2018年第10期），故此处不赘，只给出结论即可。

味，中和与诗

得　时

如依神学语义，太初有言就是必然的结论，甚或唯一的命题。此“言”既是上帝之“言”，还直接等同于上帝：“言”即上帝，上帝即“言”（In the beginning was the Word, and the Word was with God, and the Word was God.）[①]。虽然阿比·瓦堡（Abraham Moritz Warburg）倾向于认为，上帝“喜欢把自己隐藏在细节之中”[②]，但那也许是创世之后的上帝乐于施展的神力，希望拥有的癖好——所谓神，意味着与幽默绝缘[③]。归根到底，上帝是以其“言”而非其他任何有形的工具，在显露而非有意识的隐藏中（因为“神的灵运行在水面上”[④]），说出了（God said）而非制作了（God made）整个世

① 参阅《圣经·约翰福音》1：1。

② 转引自乔吉奥·阿甘本：《潜能》，前揭，第11页。

③ 参阅巴赫金：《弗朗索瓦·拉伯雷的创作与中世纪和文艺复兴时期的民间文化》，李兆林等译，河北教育出版社，1998年，第85页。

④《圣经·创世记》1：2。

界[①]，一个暂时还不会堕落到时空压缩状态（time-space compression）的那种过于倒霉的时空[②]。因此，集神圣之位和太初之言于一身的上帝更有可能是个动词（God is a verb）[③]，而非圣洁、至善、至美之名词。太初之言被瓦特·本雅明认作"原初语言"（adamic language）[④]，拒绝凡人染指；或被本氏看成"纯粹的语言"（reine sprache）[⑤]，拒绝信众觊觎。拥有舔舐能力的味觉化汉语却从来不曾企图占有"原初语言"（或"纯粹的语言"）的高海拔，以及它（们）自诩的神圣性和自带的神秘性[⑥]。味觉化汉语以诚为基本伦理，而伦理意味着"我和我自己的一致性，我忠实于我自己的欲

---

① 在此，世界的一切属性和特征尽皆既取决于言，但更取决于言（上帝）拥有的特殊口型（参阅《圣经·创世记》1：1-31），因为归根到底是怎么说决定了说了什么（参阅刘宁：《汉语思想的文体形式》，华东师范大学出版社，2012年，第6-12页）。很容易发现，上帝之"说"跟味觉化的汉语思想里的"说"迥然有别。王夫之曰："天地之化、天地之德，本无垠鄂，唯人显之。人知寒，乃以谓天地有寒化；人知暑，乃以谓天地有暑化；人贵生，乃以谓'天地之大德曰生'；人性仁义，乃以曰'立天之道，阴与阳；立地之道，柔与刚'。"（王夫之：《读四书大全说》）此处之"谓"，就是将不明之物显现出来。换言之，汉语思想虽然也强调说，但它不像上帝之说那样，具有成物创世的能力。卡西尔（Ernst Cassirer）认为，在古埃及的创世神话中，"思想及其言语表达通常被直觉认作是浑然一体的：因为思维着的心智与说话的舌头本质上是连在一起的。……'心与舌'这首要的力量就被归结为创世神普塔（Ptah）的属性……万物皆通过他的心之思想和他的舌之命令得以存在：所有肉体的和精神的存在无不是起源于这两样东西。"（卡西尔：《语言与神话》，于晓等译，生活·读书·新知三联书店，1988年，第71页）看得出来，普塔的创世行为既不同于上帝的"说"，也不同于汉语思想里的"谓"。

② 参阅大卫·哈维（David Harvey）：《后现代的状况》，阎嘉译，商务印书馆，2003年，第300页。

③ John D. Caputo, *The Weakness of God*, Indiana University Press, 2005, p.31.

④ 参阅石江山：《虚无诗学》，前揭，第43页。

⑤ 参阅乔吉奥·阿甘本：《潜能》，前揭，第39页。

⑥ 参阅李泽厚：《由巫到礼 释礼归仁》，生活·读书·新知三联书店，2015年，第147-169页。

望”[①]。因此，这种质地的汉语能够轻易地达到如下境界：“诐辞知其所蔽，淫辞知其所陷，邪辞知其所离，遁辞知其所穷。”[②]味觉化汉语不似太初之言那般，将命令当作自己的首要准则，只因为上帝深谙“恐惧造就艺术”[③]的基本原理，否则，大洪水就是不可思议之事，变乱语音则纯属无聊之举。在神学语义中，命令的方式通常是这样的：“上帝说，‘要有光’，于是有了光。”（And God said, “Let there be light,” and there was light.）[④]这种性质的命令严格遵循词语的直线原则，迅疾、快速、敏捷，并且说一不二[⑤]。看起来，上帝自有它姿势特殊的“以言行事”（how to do things with words）之样态——一种纯粹由凡人总结出来的命令之方式[⑥]。

因此，诞生和出源于味觉化汉语的创世说，或曰“成物”论（亦即生“成”万“物”的学说或理论，简称创世-成物论），就理所当然地自有它不同于太初之言的鲜明特征，自有它非同寻常的性格；味觉化汉语的创世-成物论无关乎命令。它只愿意相关于诚[⑦]：

诚者，天之道也；诚之者，人之道也。诚者，不勉而中，不思而得。从容中道，圣人也。诚之者，择善而固执之者也。

诚者自成也，而道自道也。诚者物之终始，不诚无物。是故君

---

① 斯拉沃热·齐泽克：《弗洛伊德—拉康》，何伊译，张一兵主编：《社会批判理论纪事》第三辑，前揭，第8页。

②《孟子·公孙丑上》。

③ 米什莱：《山》，前揭，第97页。

④《圣经·创世记》1：3。

⑤ 参阅敬文东：《从唯一之词到任意一词》（上篇），《东吴学术》2018年第3期。

⑥ Austin, Truth, *Philosophical Papers*, Oxford University Press, 1950, p.121.

⑦ 虽然杨立华将诚理解为“诚体”，但他认为世界的变化或变化的世界没有开端，变化的世界也不可能有终结（杨立华：《一本与生生》，生活·读书·新知三联书店，2018年，第2–4页）。不过，其论证似乎更多是现代意义上的，并非从味觉化汉语思想自身出发。此处对杨氏的立场不予采信。

子诚之为贵，诚者非自成己而已也，所以成物也[①]。

“诚者自成也”意味着：凡“诚”不仅会自然而然地有“成”，并且必然会有“成”。“诚者非自成己而已也，所以成物也”则意味着：凡“诚”者不仅会自然而然地“成己”，并且必然会“成己”；自然而然并且必然会“成己”的首要目的、第一任务，是为了自然而然并且必然会“成物”，此即“不诚无物”之要义[②]。“诚”不仅自然而然地导致了“云行雨施，品物流形”[③]，还能像白居易大加称道的那样，有所作用于人体的最深处：“临邛道士鸿都客，能以精诚致魂魄。”（白居易：《长恨歌》）——“魂魄”竟然有资格充任“诚”的可“致”之物[④]。或许，有此等高妙识见的白居易满可以想象得出：君子之“诚”出源于“天之道”[⑤]，成熟、可信而真挚；正是出源于“天之道”的“诚”伙同味觉化汉语随身携带的基本伦理（“诚”）催生了天地，成就了万物，以至于君子可以“赞天地之化

---

①《礼记·中庸》。

② 对于“万物”这个重要汉语概念，艾兰（Sarah Allan）深有所感：“英语中就没有一个既包括植物又涵盖动物的字词。而在中文，人被包容于‘万物’这一概念之中——一个兼指动物与植物的范畴。这类范畴对人们的思维方式有着根本性的影响。”（艾兰：《水之道与德之端》，张海晏译，上海人民出版社，2002年，第6页）正因为人是万物的一部分，所以，成己与成物就有了统一性，甚至同一性。

③《周易·乾·彖传》。

④ 此处将“魂魄”认作人体的最深处，得益于尼采的一个观点：“所谓‘心灵’者，也是你肉体的一种工具。”（尼采：《苏鲁支语录》，徐梵澄译，前揭，第28页）也就是说，魂魄不是肉体的统治者，而是肉体的功能之一，有可能居于肉体的最深处。

⑤ 顾随认为，儒家所谓君子，“不仅是向内的，同时要有向外的事业之发展。向内太多是病，但尚不失为束身自好的君子，可结果自好变成‘自了’，这已经不成，虽尚有其好处而没有向外的了。”（顾随：《中国古典文心》，北京大学出版社，2014年，第8页）顾随的愤激之言当然是有感而发，但这跟原儒层面成己以成物的君子完全是两回事。鲁迅甚至认为，儒家的君子、墨家的侠最后变成了上海滩的流氓（鲁迅：《三闲集·流氓的变迁》），但这更是愤激之言而已。

育”，甚至可以直接“与天地参矣”[1]。因此，在人与物之间构成了一种彼此向对方开放的关系。儒家有言：“民吾同胞，物吾与也。”[2]道家也不含糊：“天地与我并生，万物与我为一。”[3]与不得被凡人觊觎的太初之言相比，跟不可被亚当的后代染指的“原初语言”（或“纯粹的语言”）相较，创制天地万物的味觉化汉语没有任何超验的色彩存于其间。事实上，它的创世性能必须依赖于人（君子）的热情参与、深度合作。味觉化汉语从不命令，它只愿意身体力行，既乐于也倾向于亲自动手[4]。君子（人）则因其导源于“天道”的“诚”附体缠身，必须把“成己”以“成物”当作自己必尽的义务、必担的责任，甚或道义；没有人（君子）存在，味觉化汉语的成物性能必将沦陷于不可思议之境地，必将深陷于不可能之泥淖[5]。昌耀质朴、

---

①《礼记·中庸》。

② 张载：《西铭》。

③《庄子·齐物论》。

④ 李翱看似神秘实则务实之言，可为本文此处的看法做证：“日月星辰经乎天，天之文也；山川草木罗乎地，地之文也；志气言语发乎人，人之文也。志气不能塞天地，言语不能根教化，是人之文纰缪也；山崩川涸，草木枯死，是地之文裂绝也；日月晕蚀，星辰错行，是天之文乖戾也。天文乖戾，无久覆乎上；地文裂绝，无久载乎下；人文纰缪，无久立乎天地之间，故文不可以不慎也。”（李翱：《杂说》）

⑤ 道家认为：“明白于天地之德者，此之谓大本大宗，与天和者也。所以均调天下，与人和者也。与人和者，谓之人乐；与天和者，谓之天乐。”（《庄子·天道》）这里似乎暗含着一个结论：人需要辅助自然的和谐运行，在此基础上才让人得到健康的生活状态。这跟儒家强调成己以成物相比似乎显得消极了一些，但有学者认为，“像老子那般‘宽容于物，不削于人’（《庄子·天下》）的‘能体纯素’（《庄子·刻意》）之人，即非但自身保持纯粹素朴不受任何物质及价值观念束缚，亦不将自己所坚持的观念施及他人，而是对整个世界采取自然而然的态度，同样是对万物相辅助”（参阅杨杰：《儒、道论“和”之两系三义及其当代意义》，《首都师范大学学报》2016年第2期）。也就是说，不打扰物，就是帮助物——从现代的眼光看过去，情形更其如此。庄子反对人改变物之物性：“牛马四足，是谓天。落（络）马首，穿牛鼻，是谓人。故曰：无以人灭天，无以故灭命。”但人对物性之完善所起的作用，庄子并不反对，所谓“与物委蛇而同其波”（《庄子·庚桑楚》）。

深沉的叹息，意味着他对这种境况持心悦诚服的态度：

奥妙的宇宙啊，你永远有理。

…………

山巅一只假肢开着苹果花。

（昌耀：《苹果树》）

诚发动并最终成就了天地万物，连蕣（木槿）这种“朝华暮落者”[①]都不例外；此中要害、关键与枢纽，乃是古老的汉语思想中念兹在兹的“得时”二字[②]，正所谓“天地以顺动，故日月不过，而四时不忒”[③]。扬子云有简朴之言：“日月往来，一寒一暑；律则成物，历则编时。”[④]戴德则另有高论：“圣人慎守日月之数，以察星辰之行，以序四时之顺逆，谓之历；截十二管，以宗八音之上下清浊，谓之律也。律居阴而治阳；历居阳而治阴，律历迭相治也。”[⑤]贡华南为“得时”给出的解释很精彩：“辨别时令、指定律历，又要‘合时’，跟上时令，才能‘得时’。”[⑥]对于一个在土中刨食不止的农耕民族来说，得时之义大矣哉：“是故得时之稼兴，失时之稼约。茎相若，称之，得时者重，粟之多。量粟相若而舂之，得时者多米。量

① 许慎：《说文解字》卷一。

② 韩少功对得时、失时的小说家言特别值得重视。他笔下的一个不太重要的人物叫马鸣，是新中国不合时宜的隐士，此人有言：“他（马鸣——引者注）再次微笑，说这简笔字好没道理。汉字六书，形声法最为通适。繁体的时字，意符为‘日’，音符为‘寺’，意日而音寺，好端端的，改什么改？改成一个‘寸’旁，读之无所依循，视之不堪入目，完全乱了汉字的肌理，实为逆乱之举。时既已乱，乱时便不远了呵。”（韩少功：《马桥词典》，上海文艺出版社，2012年，第32页）

③《周易·豫·彖传》。

④ 扬雄：《太玄经》。

⑤ 戴德：《大戴礼记·曾子天圆》。

⑥ 贡华南：《味与味道》，前揭，第27页。

米相若而食之，得时者忍饥。是故得时之稼，其臭香，其味甘，其气章，百日食之，耳目聪明，心意睿智，四卫变强，讻气不入，身无苛殃。”[①]“夏至后七十日，可种宿麦。早种则虫而有节，晚种则穗小而少实。”[②]但更为关键的是：“百亩之田，勿夺其时，数口之家，可以无饥矣。”[③]事实上，只有“知时节”的雨，只有润其当润之物并且“细无声”的那种雨，才配称“好雨”（杜甫：《春夜喜雨》）。连初通汉家文化的西洋人都非常清楚地知道：“时”字相关于植物的生长，它表示泥土中的种子在阳光的照耀下，开始破土萌芽、窥望未来。古汉语中“时”的发音与“始”“施”“使”“设”相同，表示“开始”“发起”“使动”和“发展”。在古汉语中，虽然“时”的复合词很多[④]，但“时”始终意味着事物的萌动，意味着事情的开始[⑤]。“始，当时也。”[⑥]“始：时，或有久，或无久；始，当无久。”[⑦]所谓“始”，就是“无久”；而所谓“无久”，就是万事万物开始被发动的那个刻不容缓的一瞬间。这跟古希腊人林努斯（Linus）的看法有些不谋而合：“时间存始于万物的瞬刻成长。”[⑧]

对此，法兰西人朱利安（F.Jullien）有着极为睿智、十分通透的思考：“时机便是行动和时间的遇合，它使得片刻突然变为机会，时

---

①《吕氏春秋·审时》。

② 石声汉：《氾胜之书今释》，科学出版社，1956年，第8页。

③《孟子·梁惠王上》。

④ 参阅克洛德·拉尔（Claude Larre）：《中国人思维中的时间经验知觉和历史观》，路易·加迪（Louis Gardet）等：《文化与时间》，郑乐平等译，浙江人民出版社，1988年，第32–33页。

⑤ 理解汉字的字形、语音和意义之间的关系，有助于理解类似于“时”“始”“施”“使”等读音相同之词间的微妙关系（参阅刘梁剑：《汉语言哲学发凡》，高等教育出版社，2015年，第47–55页）。

⑥《墨子·经上》。

⑦《墨子·经说上》。

⑧ 参阅第欧根尼·拉尔修（Diogenes Laertius）：《名哲言行录》，马永翔等译，吉林人民出版社，2003年，第5页。

间也变得成熟起来，好像是它自己前来和我们遭逢（occurit），如此，它成为一个发生的事件（occurence）。这是一个有利的时刻，安全入港（port），因而被称为‘适当’（opportun）。然而，这也是稍纵即逝的时刻。它除了是最佳时刻外，也是最短的时刻，在‘尚未’与‘不在了’之间稍稍地存在了一下，而为了成功，必须将它‘捕捉住’。”[①]情形恰如朱利安之所言：事情的开始、事物的萌动，正处在“尚未”与“不在了”之间那个既“适当”并且“最佳”，却又“最短”的时刻。这个时刻习惯于稍纵即逝，倾向于时不我待，俗语所谓“过了这村就没了那店”。因此，事情的开始不得早一分，事物的萌动不能晚一秒。否则，就是失时。失时不仅十分遗憾地错过了君子之诚，也和味觉化汉语随身携带的基本伦理彼此相向而行，却迎面扑空。“不诚”当然“无物”；而错过了“诚”，则唯有怪物。因此，要么失时太甚，以至于无以成物；要么失时的程度不算太甚，所成之物定当独享“稼约”的两字谥号，而终为废物（怪物是废物的高级形式，或者幸运形式）。因此，得时即诚，失时即不诚。但事情的真相似乎远不止于此：有诚并且得时，方可成物；而“唯有‘得时’，才能‘得味’”[②]，所谓“味得其时”[③]。得味就是成物；成物的本质乃是得味[④]。因此，不仅诚即得时，除此之外，诚还必将等同于成物、得味。失时不仅意味着失诚，而且意味着要么无物，要么得到怪物（或废物）；要么无味，要么得到怪味（或馊味）。古老的汉语思想在其启动自己的那一瞬，亦即在那个“最佳”而又“最短”的时刻，就给出了谆谆教诲，显得特别得时：“时止则止，时行

① 朱利安：《功效：在中国与西方思维之间》，林志明译，北京大学出版社，2013年，第79–80页。

② 贡华南：《味与味道》，前揭，第27页。

③《礼记·仲尼燕居》。

④ 对此问题的详细论述请参阅敬文东：《味与诗》，《南方文坛》2018年第5期。

则行，动静不失其时。”[1]唯有在这个纪律严明的前提下，张枣才有可能在其想象中，摘取那枚得时之鲜桃；而在他笔下，也才可能有向外溢出的浓烈诗味——

这是我钟情的第十个月
我的光阴嫁给了一个影子
我咬一口自己摘来的鲜桃
让你清洁的牙齿也尝一口；甜润得
让你全身膨胀如感激……
（张枣：《何人斯》）

禾，中和

对于较早掌握农耕技术的中国古人来说[2]，在他们热情参与而成就的万物之中，禾几乎是命中注定地不仅有其特殊性，更有其重要性，盖因为“禾，嘉谷也”[3]，盖因为它是填肚子的好东西，是能量的重要出源地，忠实而善意地对应着中国古人擅长消化膳食纤维的肠胃[4]。被味觉化汉语深度掌控的华夏先人很早就观察到：有一种生于黄土的嘉谷，乐于依照“律历迭相治也”[5]暗示的那种节律或节

①《易·艮卦·象》。

② 中国古人究竟如何过早掌握农耕技术，何炳棣从土壤的角度有极好的论证（参阅何炳棣：《黄土与中国农业的起源》，中华书局，2017年，第97-166页）；许倬云则从农耕技术的角度给出了上佳的阐释（参阅许倬云：《汉代农业》，王勇译，广西师范大学出版社，2005年）。

③ 许慎：《说文解字》第七卷。

④ 有考古证据表明，中国古人很早就掌握了种粟的技术，而粟的幼苗即为“禾”（参阅中国科学院考古研究所、陕西省西安半坡博物馆：《西安半坡》，文物出版社，1963年，第223页）。

⑤ 戴德：《大戴礼记·曾子天圆》。

奏，“二月始生，八月而孰，得时之中，故谓之禾”[①]。南唐学者徐锴对“得时之中”有着颇为恰切的理解、极为精彩的解释。他认为，二月刚中带柔，有利于禾之生长：“二月阳气虽盛，犹有阴气存焉，微阴辅阳生长万物。阴阳适和，犹臣辅君以德政行施，以养育天下。”八月柔中带刚，有利于禾之成熟：“八月阴气虽壮，犹有阳气存焉，微阳助阴以成熟万物。阴阳亦适和，犹君任臣以刑罚行义以断，以化成天下。”[②]东方朔可谓言简意赅：“孤贵者失和。”[③]正是在此基础上，有人非常敏捷地给出了极为合理的结论：正因为“‘阴不孤立，阳不独存’，‘中和而生，中和而成’，故‘禾’得时之中和”[④]。唯有得时，才有如此这般和谐的景象被自然而然地呈现：“百里西风禾黍香，鸣泉落窦谷登场。老牛粗了耕耘债，啮草坡头卧夕阳。”（孔平仲：《禾熟》）必须要承认，得时之禾有其品质优异的一面：它恪守诺言，甘心听从诚的驱遣和安排（得时即诚），甘愿承受诚的灌注（承诚）。与此同时，得时之禾也有其幸运的一面：它既不与君子之诚有意错开，更不同汉语的基本伦理迎面扑空。它不违时令而与人之诚、汉语之诚构成了榫卯关系，以至于“天生之，地养之，人成之”[⑤]而终得正味，终得成物（禾）。

禾被中国古人特意挑选出来充任得时之物的代表，或标本，自有深意存焉；禾集品质优异者、幸运者与能量的出源处于一体，被农耕中国视为优美之物，甚或完美之物，并不真的令人惊讶[⑥]。禾不仅得

---

① 许慎：《说文解字》第七卷。

② 徐锴：《说文系传·通论》。

③ 东方朔：《诫子书》。

④ 陈元等：《论“和”之源考》，《中医药导报》2018年第17期。

⑤《春秋繁露·立元神》。

⑥ 禾之籽实作为华夏民族的主食由来已久。考古学认为，古老的陶器在很大程度上是为烹饪谷物而发明的；陶器的历史有多悠久，禾的历史就有多悠久，并且会更悠久（参阅王仁湘：《饮食与中国文化》，人民出版社，1994年，第8–10页）。

时（承诚），还得时之中和；而得时之中和，则为“禾”带来了新的喻意、新的语义：“‘禾’字蕴含着‘和’之适合与不刚不柔之意。”[①]就这样，具象的田中之“禾”与抽象的观念之“和”在冥冥中，建立起非形式逻辑层面上的联系，既宿命，又无所逃遁于味觉化汉语的内在秉性与气质[②]，与乌纳穆诺（Unamuno）所谓的“一个人发明了概念便远离了现实”没啥关系[③]。许慎认为：“和，相应也。从口，禾声。”徐锴之言特别值得信赖与尊重：“和，不刚不柔曰‘龢’，言若宫商之龢声，五味之龢羹以相济也。禾者，五谷之龢气也……太平之世，人含和气，以食和谷，故于文口、禾为‘和’。”[④]清人桂馥说得似乎更加干脆，因为桂氏直接承续了许慎对“禾”的原初性解说：“‘禾’之言‘和’也，以二月始生，八月而孰，得时之中，名之曰‘禾’。”[⑤]戴震对味觉化汉语的言说方式有过精微的辨析：“古人言辞，‘之谓’‘谓之’有异：凡曰‘之谓’，以上所称解下。……凡曰‘谓之’者，以下所称之名辨上之实。”[⑥]桂馥的“之言”，相当于戴震的“之谓”。很显然，桂馥此处是在拿作为“上所

---

① 陈元等：《论“和”之源考》，《中医药导报》2018年第17期。

② 孙周兴认为，汉语迄今为止无形式语法，故中国传统文化中未形成欧式的形式化超越思维，也即未开展出欧洲哲学的“形式超越性”之维，因此，抽象与具象始终掺和在一起（参阅孙周兴：《我们可以通过汉语做何种哲学》，《学术月刊》2018年第7期）。抽象之“和”因具象之“禾”的得时特性而源于“禾”似乎是自然而然之事。

③ 转引自卡特琳娜·克拉克、迈克尔·霍奎斯特：《米哈伊尔·巴赫金》，前揭，第263页。

④ 徐锴：《说文系传·通论》。

⑤ 桂馥《说文解字义证》引《五经文字》。

⑥ 戴震：《孟子字义疏证》卷中。

称”的土中之“禾”，去“解”处于“下”位的观念之“和”[①]——于此之中，“禾”之为“和”的宿命性似乎（或者仿佛）得到了较为合理的解释[②]。“喜怒哀乐之未发谓之中；发而皆中节谓之和。”[③]土中之“禾”得时而“发”（不早一分、不晚一秒）、承诚“而皆中节”（无所遗漏地承接诚的灌注），因此，田中之“禾”有机会转义为观念之“和”。与说英语的奥登“靠耕耘一片诗田/把诅咒变成葡萄园”（奥登：《悼念叶芝》，穆旦译）迥然有别，在味觉化汉语思想的整一氛围内，凡得时、承诚之物皆为和，既无关于“耕耘”，也不关乎“诅咒”，更何况“葡萄园”表征的，根本不可能是和（但有可能是善）。和因“得时之中”而使万物自性圆融，无不完满，也莫不自洽。这味觉化汉语的伟大受造物，使张枣在因晚期肺癌而周身疼痛的弥留之际，居然写出或说出了如此离奇而有祝福意味与和解意味的句子：

别怕。学会藏到自己的死亡里去。

---

① 但也可以用泛人类学思路来看待“禾”“和”之间的转换。张法征引各种文献后指出：“‘禾’在时空中成长，不仅是自身的完整性，还包含了自身与天地人的互动，作物是在天地人中得以完成的，在看到显处的禾时，一定要体悟其所在其中并与之互动的天地人之虚，因此，禾如是的存在，体现了虚实之和。作为农业生产中出现的农作物之禾，之所生发出和演进为一种观念之和，正是在于中国古人从天地人的整体性中去看待禾的生成，并从中思考出一种宇宙性的观念。因此，和的思想基本在于三点：第一，一事物（禾）与他事物（天地人）的关系。第二，这种关系具有虚实相生的性质。第三，以上两种关系都处于理想的状态中。从而，一事物在关联和虚实两方面都以理想状态运行，这就是和。”（张法：《“和”的观念在中国远古的起源和特点》，《甘肃社会科学》2016年第3期）

② 在詹森（Mark Johnson）那里，隐喻是让两个不同领域在“看成”（seeing-as）或“想成”（conceiving-as）的认识活动中完成互动作用，以达成某种清澈的理解（Mark Johnson，*The Body in the Mind*, The University of Chicago Press，1987，p.70）。很显然，从“禾”到“和”的转换跟这种隐喻没有关系。

③《礼记·中庸》。

高兴一点，会好起来的[1]。

唯愿在诸多味型中最宠爱甜味的张枣能够同意："和，不仅禾得到理想的生长和成熟（禾之和），而进入口中成为美味（味之和），对之思考而成美言（言之和），乐其所是，成为美乐（舞乐之和），而这些得以顺利地演进，以天地正常运行为基础，因此禾之能和，其根本又在于天地之和，禾之成和，本身就体现了天地之和。"[2]而一说到和，具有舔舐性能的味觉化汉语马上得时且适时——而非失时——地推出了中。最早将中与和（"中和"）连言合称的，正是伟大的汉语文献《中庸》："致中和。"因此，在古老的汉语思想内部，"中"必然是"和"中之"中"，"和"则必须是"中"中之"和"。有学者断言："'和'是把杂多与对立的事物有机地统一起来，而'中'则是指在'和'的基础上所采取的居中不偏、兼容两端的态度。就主张将矛盾的各方面统一起来说，二者具有同一性，但'和'偏重事物的调和统一，而'中'则推崇事物所达到的最佳状态。"[3]如此性质的中与和，无时无刻不在呼应汉语的基本伦理，不在相与以和于君子之诚，但初看上去，似乎什么也没有。这就好比水蒸发为蒸汽后，人们不仅再也无法看到水的模样，甚至忘记了水与蒸汽之间的生养关系。

中和，诗

在太初之言的命令下创生的所有事物中，禾身份卑微，地位下

---

① 宋琳：《〈亲爱的张枣〉·初版序：缘起》，宋琳、柏桦编：《亲爱的张枣》，前揭，第Ⅶ页、第Ⅸ页。后一句话被认为是张枣辞世前的最后一句话。

② 张法：《"和"的观念在中国远古的起源和特点》，《甘肃社会科学》2016年第3期。

③ 袁济喜：《和：审美理想之维》，百花洲文艺出版社，2001年，第18页。

贱，对逻各斯治下的西方人微不足道[①]，更无中和之寓意存焉。在古旧的中国，禾是人与味觉化汉语联手所成之物中的杰出代表；中和不仅是味觉化汉语与人相交合的直接产物，也是万物的本性、本质和根本之所在。至晚从《中庸》的时代开始，无论中、和二字是否被连言合称，只要二者中的任何一个在某个地方被提及，另一个无论是否被呼叫都意味着自动在场[②]。杨树达先生可谓慧眼独具，他特意将《中庸》关于"中和"之"和"的定义，给非常合理地扩大化了："树达案：事之中节者皆谓之和，不独喜怒哀乐之发一事也。《说文》云：和，调也。盉，调味也。乐调谓之和，味调谓之盉，事之调适者谓之和，其义一也。"[③]杨先生暗示出却没来得及说出甚或不屑于说出的话在这里：从味觉化汉语的角度观望过去，和必定存乎普天之下所有的物、事、情、人，也必将存在于人、情、物、事分别按不同比例而结成的所有错综复杂的关系之中。有人颇为"眼尖"[④]地观察到：自从《尚书》中多处出现"和"这个概念以后，到得"道术已（而非将）为天下裂"的时代[⑤]，"'和'的应用更为广泛，从人际关系到五味调和，从万物生成到四时运行，无不引入

① 西方很早就以肉食为主，禾作为农作物出现既晚，而且从来不是主要食物（参阅菲立普·费尔南多-阿梅斯托［Fernadez-Armesto］：《文明的口味》，韩良忆译，新世纪出版社，2013年，第14-21页）。

② 黄宗羲之言可以为本文此处的看法做证："正德、嘉靖间，阳明先生起，而与海内大夫学士讲寻知行合一之旨。其后因悟《大学》《中庸》二书乃孔门传心要法，故论《大学》谓其'本末兼该，体用一致，格物非先，致知非后，格致诚正，非有两功，修齐治平，非有两事'。论《中庸》则谓'中和原是一个，不睹不闻，即是本体，戒慎恐惧，即是工夫。慎独云者，即所谓独知也。慎吾独知，则天德王道，一以贯之，固不可分养静慎独为两事也'。"（黄宗羲：《明儒学案》，中华书局，1985，第555-556页）

③ 杨树达：《论语疏证》，江西人民出版社，2007年，第19页。

④ 蜀语，意为很有眼力。

⑤ 余英时先生认为，文化"突破"之"突破"的英文词breakthrough和庄子的"道术将为天下裂"中的"裂"，简直是天造地设的字眼（参阅余英时：《论天人之际》，台湾联经出版公司，2014年，第15页）

‘和’的概念，把不同事物的相济相成、和谐统一看成是这个世界的本质”[1]。文天祥为此而作歌曰：

皇路当清夷，
含和吐明庭。
（文天祥：《正气歌》）

贡华南曾经雄辩并且令人信服地论证过：味乃万物之魂。以贡氏之见，古老的汉语思想一向宠幸、偏爱味觉；味觉思维是汉语思想的基本底色，或最大特点[2]。事实上，在诚的作用下，成物就是成味，而诚有好生之德；凡得时之物尽皆有和（或曰得和）。在味觉化汉语思想中，和与味既可以同时充任万物的本质，还可以彼此替换身位，互换角色：凡得和之物，必得正味；凡得正味之物，皆有和居于其间。就万物的本质与本性而言，和与味是同一个意思。晏子乐于拿有味之羹以喻和：“和如羹焉。”[3]在此，个头低矮智商非凡的晏子百密而有一疏，他未曾注意到：只要有诚在，和就不仅仅“如”各种不同味道之物“调”（或“发而皆中节”之“发”）出来的汤羹，事实上，它原本就“是”汤羹[4]。诸种味道彼此深入对方的腹心地带，便于达致“济其不及，以泄其过”[5]的中和之境。因此，羹

---

① 张文：《和，儒学的最高境界》，《中国哲学史》1997年第4期。

② 参阅贡华南：《味觉思想与中国味道》，《河北学刊》2017年第6期；贡华南：《中国早期思想史中的感官与认知》，《中国社会科学》2016年第3期。

③《左传·昭公二十年》。

④ 晏子以羹喻和，可能和中国古老的饮食习惯有关。有饮食史研究者指出：“至少在可供冷食的面点大量出现以前（出现在汉代）和冷荤肴品成为宴享传统以前（也主要形成于汉代），即在整个社会上层和下层各类食者群都基本以各类羹汤为佐餐主要肴品的时代（自仰韶文化、河姆渡文化以下可以延伸到6世纪），这一习惯是很突出的，各类羹汤……显然也是适意于趁热进食的。”（赵荣光：《箸与中华民族饮食文化》，《农业考古》1997年第1期）

⑤《左传·昭公二十年》。

只能是诸种味道的合和，却不可能再是诸种味道中任何单独的某一种：这就是适人之口的和味。和即味，味即和：二者有如“万物负阴而抱阳，冲气以为和”[①]的阴阳二气那般，既难分彼此，更难切割彼此。

就这样，得时之禾在早期的汉语思想中，几经辗转，终于宿命性地跃迁为调和，诚所谓“和，调也”[②]。在汉语思想的少年时代，调被认为有两种基本形式：调食以味和，调音以乐和。恰如郑国的史伯所言：“和五味以调口”“和六律以聪耳”[③]。万物的和本质与万物的味本质两相混合之后，再经多次辗转、跋涉和奔波，遂将调和认作世间的最高准则，或第一原理；而“调和之事，必以甘酸苦辛咸，先后多少，其齐甚微，皆有自起。鼎中之变，精妙微纤，口弗能言，志弗能喻”[④]。看起来，调和虽然是一件既至为奇妙又十分几微之事，却并不神秘难解，它更多体现在对心神的灵活把握上。《尚书》有言：“人心惟危，道心惟微，惟精惟一，允执厥中。”[⑤]对此，孔颖达自有其疏解：“危则难安，微则难明，汝当精心，惟当一意，信执其中正之道，乃得人安而道明耳。”很容易想见，“人安而道明”不仅表征着“和”的状态及其效用，还应当是调和之后所得到的那种珍贵之“和”，毕竟只要提到中（“允执厥中”），就必然涉及和；有调和，才更有可能得中。而唯有“和”之存在，万事万物方可长久，这就是所谓的“永享天禄”，亦即“保合大和，乃利贞”[⑥]。

王充到底是文墨人，只要机会合适（比喻意义上的得时），他更

---

①《老子》第四十二章。

②《周礼·天官冢宰·食医》郑注。

③《国语·郑语》。

④《吕氏春秋·本味》。

⑤《尚书·大禹谟》。

⑥《周易·乾卦》。

愿意把这种性质的和——当然还有中——引向诗文艺事："师旷调音，曲无不悲；狄牙和膳，肴无澹味；然则通人造书，文无瑕秽。"[①]王充的意思很明确：所谓通人，不仅自带君子之诚，精通味觉化汉语的基本伦理，还深谙调和之道，有如"以割烹要汤"的伊尹那般[②]，长于和羹调鼎[③]。因此，通人极为清楚：为文之道端在于调；唯有在不同的语词之间、不同的语气之间，甚至在不同的心境、意绪和内心的诸种转折之间，进行精心勾兑、小心调和，才有可能达致中和之境，最终，得到精纯、净洁的诗与文（"文无瑕秽"）。司空图则从他谓之为"冲淡"的美学层面，有更进一步但也更加形象化的表述：

素处以默，妙机其微；
饮之太和，独鹤与飞[④]。

当此之际，司空表圣特意挑"鹤"以说"太和"、以喻诗事，其意深焉。许慎准确地释鹤为"鸣九皋"，而"声闻于天"[⑤]；段玉裁的注释来得更为清楚，但似乎更应该称作始而不失时机地显得得时之中，继而显得准确有加："九皋，泽也。言（鹤）身隐而名著也。"早在《周易》的时代，鹤就被赫然记录在案："鸣鹤在阴，其子和之。"[⑥]在君子之诚和味觉化汉语自身伦理（言辞之诚）联手打造下，云中鹤不仅因得时而得正味，还得和味。鹤既是温润如玉之君子的极佳象征，更是精神高洁者的形象化以及肉身化，正所谓"绝顶人

---

① 王充：《论衡·自纪》。
② 参阅《孟子·万章上》。
③ 参阅《吕氏春秋·本味》。
④ 司空图：《诗品·冲淡》。
⑤ 许慎：《说文解字》卷四。
⑥《易·中孚》。

来少，高松鹤不群”（贾岛：《宿山寺》）。关于死，虽说道家总是乐于并且总是倾向于倡导“处常得终，当何忧哉”[①]的精神胜利法，但归根到底，死至少称得上对中与和的破坏；而将死之人对自身之死的感受，则无异于对被破坏之和与中的肉体性见证。或许正是出于这样的原因，在其诗作中曾经对鹤有过太多咏诵和赞美的张枣[②]，临死之时才会有如此这般的绝笔：“鹤？是在叫我吗？吾非/鹤也。我只是在高塔楼顶歇过脚/在你杯口喝一小口水。”（张枣：《鹤》）[③]与心无所驻“心”的自动收缩相比，心堵、心疼、心慌、心酸和心悸等心的超常状态，应当更有能力证明心之存在、心之贵重。出于完全相同的道理，对被破坏的和与中的肉身性见证，更能证明中与和在视觉化汉语时代的珍贵度，但尤其并且首先是稀缺度。刘禹锡诗曰：“晴空一鹤排云上，便引诗情到碧霄。”（刘禹锡：《秋词》）张枣则写道：“夏日炎炎，热汗直冒的隐士解小便；/我再也找不到，那不疼的园地。”（张枣：《桃花园》）鹤成为张枣有生之年最后一个诗歌意象，自有道理：这个终其一生热爱味觉化汉语的颓废者[④]，这个终其一生努力向味觉化汉语不断回溯的天才诗人，最终，在鹤这个完满而中和、完美而有味的意象中，得以首先抚平内心的恐惧，继而抚平肉身的疼痛。而一个有味的“吾”字，与作为古典意象的“鹤”字正相匹配而又“文无瑕秽”。这个旅居德国20年最终死于德国的中国人，依靠作为意象的“鹤”，拒斥了“来自德国的死亡大师”（保罗·策兰［Paul Celan］：《死亡赋格》，王家新等译），这是万物的和本质在视觉化汉语时代取得的一个看似渺小，实则无比辉煌的胜利。

---

①《列子·天瑞》。

② 参阅颜炼军：《鹤之眼》，《今天》2010年夏季号。

③ 这几句诗因为是在重病中躺在床上所写，字迹模糊，是朋友们反复辨认手稿后确认应当如此（参阅宋琳：《〈亲爱的张枣〉·初版序：缘起》，宋琳、柏桦编：《亲爱的张枣》，前揭，第Ⅸ页）

④ 参阅柏桦：《张枣》，宋琳、柏桦编：《亲爱的张枣》，前揭，第4页。

苏珊·桑塔格（Susan Sontag）饱受癌症之苦，她似乎倾向于对疾病进行哲学思考，以缓解被疾病绑架的肉体之痛。桑塔格认为："浪漫派以一种新的方式通过结核病导致的死亡来赋予死亡以道德色彩，认为这样的死消解了粗俗的肉身，使人格变得空灵，使人大彻大悟。通过有关结核病的幻想，同样也可以美化死亡。"[①]与有些假模假式但充满善意的"大彻大悟"截然相反，与略带矫情意味但又不无诚恳的"美化死亡"完全不同，作为诗歌意象的"鹤"（和）有能力让张枣在剧痛之中，居然有所顿悟于一个因"和"（鹤）而来的美好事实：

真实的痛并不痛，它只有痛的万种姿态，比如雪花，水，某物的或你濡嫩的舌头[②]。

神圣、圣洁的太初之言导致的结果是：人居然悖论性地获得了戴罪之身，他只得膜拜上帝，向上帝祷告以获取宽恕。在君子之诚的帮助下，味觉化汉语导致的结果是：作为受造物的中与和，这万物的本质，将不断参与到造物、成物的过程中去。有罪之人不可能抵达太初之言（想想巴别塔的隐喻），中和却不仅可以回返作为其母体的味觉化汉语，还能伙同原先的母体做事、造物——这让中和在张枣以及视觉化汉语时代那里取得的胜利，立马显得微不足道，甚至暗淡无光。荀子，这位长期被儒家的内部人士刻意贬低的思想家，说得极为自信、笃定而坚决："列星随旋，日月递照，四时代御，阴阳大化，风雨博施，万物各得其和以生，各得其养以成，不

① 苏珊·桑塔格：《疾病的隐喻》，程巍译，上海译文出版社，2014年，第32页。

② 宋琳：《〈亲爱的张枣〉·初版序：缘起》，宋琳、柏桦编：《亲爱的张枣》，前揭，第Ⅻ页。

见其事而见其功，夫是之谓神。”[①]和虽然受造于诚，却天生具有生育万物的能力。这跟驴马杂交之后面对的灾难性处境截然两样，正所谓“和实生物，同则不继。以他平他谓之和，故能丰长而物归之”[②]。在早期的汉语思想中，和乃造物的首要原则；同一之物没有生长尤其是没有继续生长的能力，就像男人加男人或女人叠女人最终只可能等于无人。因此，“和”必得与“生”相连，“养”则必得与“成”相应。相比于荀子，《中庸》对此说得更加完备，也似乎更加算无遗策：“中也者，天下之大本也；和也者，天下之达道也。致中和，天地位焉，万物育焉。”对此，朱熹有过言简意赅的注释：“致，推而极之也。位者，安其所也；育者，遂其生也。”在儒家的解释框架内，董仲舒也显得毫不含糊，他提前像朱熹一样，也着眼于生：“中者，天下之所终始也；而和者，天地之所生成也。夫德莫大于和，而道莫正于中。”[③]此人还意犹未尽，大有不依不饶的言说架势：“仁之美者在于天。天，仁也。天覆育万物，既化而生之，有养而成之，事功无已，终而复始，凡举归之以奉人。察于天之意，无穷极之仁也。”[④]上述种种言说的指向颇为一致：“中”是“大本”，主“天地位焉”之“位”；“和”则是“达道”，主“万物育焉”之“育”——《中庸》之“育”，直接等同荀子之“生”。因此，有“中和”，就有天地之秩序，也就有万物之“生”和万物之“育”。这一切，均非人力所能理解和解释，只得像荀子那样谓之为“神”——一种无神论的几微状态。作为诚的受造物，中与和反过来创造、成就了天下万物，而人必得以其至诚之心，再度加入万物的成长过程当中。因此，中和必须与诚相互联手，方可在君子成己以成物而履行自己的义务时，让物最终得以成物，亦即得时而成味。

---

①《荀子・天论》。

②《国语・郑语》。

③ 董仲舒：《春秋繁露・循天之道》。

④ 董仲舒：《春秋繁露・王道通三》。

仅就“和”而言，一贯看似务虚的道家好像并不准备甘于儒家之后。《老子》（或者老子）的成物说，国人早已耳熟能详、默记在心：“道生一，一生二，二生三，三生万物，万物负阴而抱阳，冲气以为和。”[①]高亨有注曰：“‘冲气以为和’者，言阴阳二气涌摇交荡以成和气也。”[②]因此，“和气”在这里有理由被理解为一种“发而皆中节”的“和谐体”。“这个‘和谐体’就是成型的‘物’本身；之所以称之为‘和’，乃是因为只有阴阳两个方面和谐平衡了，一个物才能完整地产生与维持存在。……‘和’在这里有两层含义。其一是指‘和气’，万物内部葆有了这种‘和气’（也称为‘元气’‘精气’）才能长久存在；其二是指一种和谐状态，这种和谐状态保证了万物的产生与存在。”[③]这样的造物精神理应获得更进一步的赞美，获得来自儒家的真心称颂：“和，故百物皆化。”[④]

中与和尽皆受造于诚，但它们反过来又必得与诚一道，造就天下万物——在汉语思想中，这是中与和肩负的责任与义务，逃无可逃，避无可避。在中与和所成之物中，诗乃异常特殊之物；诗“如草木之花，逢时而开，全是天工，并非人力”[⑤]——“天工”之喻，正软着陆于中和之上，也与中和无缝对接。古人有云：“作者之谓圣，述者之谓明。”[⑥]龚鹏程由此断言，上古典籍之所以尽皆伪托某某圣贤，乃是“神圣性作者观”导致的结果，既必然，也格外庄严：“在神圣性作者观的时代，不论作者是否可以确指，作品都代表众人的声音，其意旨是普遍的，对每个人都有意义，所以才会传述广远。其意涵又往往是外指的，带领众人去认识世界、理解社会、体

---

①《老子》第四十二章。

② 转引自陈鼓应：《老子今注今译》，商务印书馆，2003年版，第287页。

③ 杨杰：《儒、道论“和”之两系三义及其当代意义》，《首都师范大学学报》2016年第2期。

④《礼记·乐记》。

⑤ 钱泳：《履园丛话·谈诗》。

⑥《礼记·乐记》。

会宗教与历史。这时，作品通常总是充满了赞颂的态度。是对天地、神祇、祖先、国族社会、伟人圣哲的讴歌……其中均充满了惊异、欢乐、唱叹、颂美。人生不是没有忧苦，对社会不会没有批评，但整个精神却是以赞颂为主的。”[①]果如是言，则汉语中最原始的诗只能是《雅》《颂》，不是《风》[②]。虽然荀子大胆断言，整部《诗经》堪称中和之声的极致[③]，但毕竟《风》是民间歌谣，以刺为务[④]。是中和，而非其他任何东西或观念，会同君子之诚、味觉化汉语之诚，产下了《雅》《颂》；《雅》《颂》因此同时得中和之道与诚之道。《风》虽然出自民间，却被普遍认为得到过圣人先贤的编辑、修改、整理和润色[⑤]，因而获得了成色不等的诚之道与中和之道。真德秀因之有凿凿之言：“古之诗，出于性情之真。先王盛时，风教兴行，人人得其性情之正，故其间虽喜怒哀乐之发，微或有过差，终皆归于正理。故《大序》曰：‘变风发乎情，本乎礼义。发乎情，民之性也；本乎礼义，先王之泽也。’三百篇诗唯其皆合正理，故闻者

① 龚鹏程：《汉代思潮》，商务印书馆，2005年，第84页。白川静认为，诗歌起源于咒语（白川静：《中国古代民俗》，何乃英译，陕西人民美术出版社，1988年，第37–41页）。白川氏的观点与龚氏的观点相参而显得更为有趣。

② 胡应麟对此观察得很清楚：虽然“《国风》《雅》《颂》，并列圣经”，但“《雅》《颂》宏奥淳深，庄严典则，施诸明堂清庙，用既不伦，作自圣佐贤臣，体又迥别。三代而下，寥寥寡和，宜矣。”（胡应麟：《诗薮》内编卷一）在音乐方面，中国思想亦认为，唯有圣人、先王指定的礼乐而非起于民间的俗乐才是乐之正宗，因为“郑音好滥淫志，宋音燕女溺志，卫音趋数烦志，齐音敖辟乔志”（《礼记·乐记》）。

③《荀子·劝学》：“《诗》者，中声之所止也。”

④ 叶舒宪认为汉语诗歌有圣诗（《雅》《颂》）与俗诗（《国风》）两个源头，讲的其实就是这个意思（参阅叶舒宪：《诗经的文化阐释》，前揭，第32–38页）。刘勰则从区分为情造文和为文造情的角度，暗示了圣俗之间的差异，可以叶氏相参：“昔诗人什篇，为情而造文；辞人赋颂，为文而造情。何以明其然？盖风雅之兴，志思蓄愤，而吟咏情性，以讽其上，此为情而造文也；诸子之徒，心非郁陶，苟驰夸饰，鬻声钓世，此为文而造情也。故为情者要约而写真，为文者淫丽而烦滥。”（刘勰：《文心雕龙·情采》）

⑤ 参阅司马迁：《史记·孔子世家》。

莫不兴起其良心，趋于善而去于恶，故曰‘兴于诗’。”[1]因此，孔子才亲自宣布：“诗三百，一言以蔽之曰：思无邪。”[2]从中和造物、因诚生物的原初角度，而不仅是从儒家伦理的刻板、单调层面[3]，去理解早期的汉语诗歌，或许不但是更加合理的思维路径，也是更加根本的思想理路，只因这样的理路和路径恰可谓寻到了问题的根部[4]。

和之为万物之本性、天下之至德，早已得到了味觉化汉语诚恳的赞美，得到了至诚君子由衷的称颂：“君子食和羹以平其气，听和声以平其志，纳和言以平其政，履和行以平其德。夫酸咸甘苦不同，嘉味以济谓之和羹；宫商角徵不同，嘉音以章谓之和声；臧否损益不同，中正以训谓之和言；趋舍动静不同，雅度以平谓之和行。”[5]或许，这就是《诗经》所谓的“神之听之，终和且平”[6]。但这一切，都需落实于行动，方才有效，也才可能生效：“故乐之务在于和心，和心在于行适。”[7]和之为天下至德，唯圣人才能做到：圣人能

---

① 真德秀：《真西山文集》卷三十一。

②《论语·为政》。不过，关于“思无邪”何解，聚讼纷纭。杨立华在分析程树德《论语集释》对此的解释后倾向于认为：孔子所说的“思无邪”指的不是“诗三百”中内容皆不涉邪辟，而是说“诗三百篇，无论孝子、忠臣、怨男、愁女皆出于至情流溢，直写衷曲，毫无伪托虚徐之意”。《诗经》各篇都是诗人的由衷之言，是其真实情志的流露。这种解释与“兴于诗”一句可以相互发明：正因为“诗三百”为真实情志的表露，才使读诗者能有所感发和兴起。（参阅杨立华：《获麟绝笔以后》，《读书》2004年第8期）

③ 儒生解诗的实际情形可参阅钱锺书：《管锥编》第一册，1979年，中华书局，第60、79、100−102、109−110、121−122页。

④ 但以雅、颂为正的诗歌观念在韩愈、柳宗元以后得到了更改。葛晓音对此有很深刻的观察：“韩、柳变历代文人奉行的‘达则兼济’‘穷则独善’的立身准则为‘达则行道’‘穷则传道’，并肯定了穷苦怨刺之言在文学上的正统地位，扭转了以美颂为雅正的传统文学观。”（葛晓音：《汉唐文学的嬗变》，北京大学出版社，1990年，第174−175页）

⑤ 荀悦：《申鉴·杂言上》。

⑥《诗·小雅·伐木》。

⑦《吕氏春秋·适音》。

“和”其“心”，以“行”其“适”；也唯有圣人才能“心”得其“和”，而“适”其所“行”。淮南王及其门客因之而有言：“圣人怀天气，抱天心，执中含和，不下庙堂，而衍四海，变习易俗，民化而迁善，若性诸己，能以神化也。”[①]但事情还有另一方面：即使是圣人，也无法真的做到无怒而“终和且平”。朱子对此有“善解‘圣人’之意”——而非仅仅“善解‘人’意”——的巧妙解释：“问：‘圣人恐无怒容否？’曰：‘怎生无怒容？合当怒时，必亦形于色；如要去治那人之罪，自为笑容，则不可。’曰：‘如此，则恐涉忿怒之气否？’曰：‘天之怒，雷霆亦震，舜诛四凶，当其时亦须怒。但当怒而怒，便中节，事过便消了，更不积。’”[②]看起来，只要做到当怒而怒，就是中（和）。但这很可能是朱子在替他心目中的圣人开脱，毕竟“可欲之谓善，有诸己之谓信，充实之谓美，充实而有光辉之谓大，大而化之之谓圣”[③]。李泽厚对此早有观察：“即使圣人也难免有脾气啊。”[④]圣人尚且如此，此处就更有理由下结论：《雅》《颂》既是得中和之道的开始，也是得中和之道的绝响[⑤]。对于这个问题，胡应麟有很明确、也很恰切的看法：与“宏奥淳深”的《雅》《颂》的

---

①《淮南子·泰族训》。

②《朱子语类》卷九十五。明人吕坤提供了另一条圣人得中（和）的路径：“或问：中之道，尧舜传心，必有至玄至妙之理？余叹曰：只就我两人眼前说，这饮酒不为限量，不至过醉，这就是饮酒之中。这说话不缄默，不狂诞，这就是说话之中。这作揖跪拜，不烦、不疏、不疾、不徐，这就是作揖跪拜之中。一事得中，就是一事的尧、舜，推之万事皆然，又到那安行处，便是十全的尧、舜。”（《呻吟语·谈道篇》）两相参照，倒是颇为有趣。

③《孟子·尽心下》。

④ 李泽厚：《寻求中国现代性之路》，东方出版社，2019年，第458页。

⑤ 后世汉语诗人或许唯有陶渊明是一个例外。顾随的言说也许可以为此做证：“人要能在困苦中并不摆脱而更能出乎其外，古今诗人仅渊明一人做到。（老杜便为困苦牵扯了。）陶始为‘入乎其中’，复能‘出乎其外’。”（顾随：《中国古典诗词感发》，北京大学出版社，2012年，第56页）比如陶渊明《饮酒》其十六：“弊庐交悲风，荒草没前庭。披褐守长夜，晨鸡不肯鸣。”这些句子堪称心平气和、“终和且平”。

昙花一现比起来，出自民间歌谣的《风》所代表的精神，反倒更有传之后世的能力。胡应麟认为，这是因为“第风人所赋，多本室家、行旅、悲欢、聚散、感叹、忆赠之词，故其遗响，后世独传。楚一变而为骚，汉再变而为选，唐三变而为律，体格日卑，其用于室家、行旅、悲欢、聚散、感叹、忆赠，则一也。”[①]“体格日卑”的主要原因之一，就在于后世之诗多用于“室家”等事宜；而用于“室家”等事宜，则必然逻辑性地让“喜怒哀乐发而皆”不“中节”，无法心平气和，因此，必将“终”不“和”“且”不“平”（“终和且平”［《诗经·伐木》］的反面）。

有鉴于此，孟子才深有感慨地说：“王者之迹熄而诗亡；诗亡，然后春秋作。”[②]赵岐有注云：“王者谓圣王也。太平道衰，王迹止熄，颂声不作，故诗亡。”[③]如此说来，《春秋》是违和、失和的直接产物。“孔子成《春秋》，而乱臣贼子惧。”[④]果如是言，《春秋》又是对失和、违和之行径的惩戒。用于惩戒的方式，被认为大致有四：寓褒贬于动词，其一也；示臧否于称谓，其二也；明善恶于笔削，其三也；隐回护于曲笔，其四也。[⑤]众多事实业已证明，《春秋》的惩戒效用十分有限[⑥]。味觉化汉语诗歌还真得建立在违和、失和的基

---

① 胡应麟：《诗薮》内编卷一。但从文的自觉的角度看，越晚近的汉语诗较之于古旧的汉语诗可能技巧更丰富，正如叶燮所言：“不读三百篇，不知汉、魏之工也；不读汉、魏诗，不知六朝诗之工也；不读六朝，不知唐诗之工也。”（叶燮：《原诗·内篇下》）但这不影响胡应麟“体格日卑”的结论；或者，“体格日卑”正是文的自觉带来的结果之一。

②《孟子·离娄下》。

③ 也许事情并非赵岐所说的那么简单，至少王通对《尚书》《诗经》和《春秋》之间的关系的看法值得重视：“昔圣人述史三焉。其述《书》也，帝王之制备矣，故索焉而皆获；其述《诗》也，兴衰之由显，故究焉而皆得；其述《春秋》也，邪正之迹明，故考焉而皆当。此三者同出于史而不可杂也，故圣人分焉。”

④《孟子·滕文公下》。

⑤ 参阅傅修延：《先秦叙事研究》，东方出版社，1999年，第182–185页。

⑥ 学者熊逸以皇皇五十万言的《春秋大义：隐公元年》（广西师范大学出版社，2009年）极为完好地证明了这个问题。

础上，否则，汉语诗歌的存在与否，就是难以想象之事；其样态为何如，也是无法猜度的事体[①]。韩愈有“大凡物不得其平则鸣”[②]的警句。钱锺书站得高，看得远，因此能发前人之未发：“不得其平”既包括太史公因命运多舛而有所谓“发愤所为作”的写作主张——“发愤所为作”是失和、违和的结果，它“不得其平”；也包括高兴与快乐对“平”所具有的破坏作用——快乐与高兴显然打扰了处于清修状态的和，它们尽皆“不得其平”。钱锺书实事求是地认为：对和的破坏而所得之诗在数量上尤以前者居多，在质量的上乘上也以前者为甚[③]——这当然是很不给《春秋》面子的事情。面对此情此景，连孔圣人都不得不语带同情地说：“诗可以怨。”[④]违和与失

---

① 在中国思想看来，和当然是万物之本，但艺术唯有失和、违和才可能存在，比如音乐：“乐者，音之所由生也，其本在人心之感于物也。是故其哀心感者，其声噍以杀；其乐心感者，其声啴以缓；其喜心感者，其声发以散；其怒心感者，其声粗以厉；其敬心感者，其声直以廉；其爱心感者，其声和以柔。六者非性也，感于物而后动。”（《礼记·乐记》）但必须说明的是：违和为诗之起，失和也可为诗之所述，但承载诗之起和诗之所述的诗法必定为和。钟嵘有言：“故诗有三义焉：一曰兴，二曰比，三曰赋。文已尽而意有余，兴也；因物喻志，比也；直书其事，寓言写物，赋也。宏斯三义，酌而用之，干之以风力，润之以丹彩，使味之者无极，闻之者动心，是诗之至也。”（钟嵘：《诗品·序》）这里的“酌而”“干之”“润之”等，就是调和味道达成和味。这大致上也是元人杨载的看法：“凡诗中有赋起，有比起，有兴起，然风之中有赋、比、兴，雅颂之中亦有赋、比、兴，此诗学之正源，法度之准则。凡有所作，而能备尽其义，则古人不难到矣。若直赋其事，而无优游不迫之趣，沉着痛快之功，收尾率直而已，夫何取焉？”（杨载：《诗法家数》）今人有以“子建诗最传者”的《七哀诗》为例，来证明诗之起和诗之所述必得以诗法之和而载之：“此诗一、二句以月光起兴；三句至八句以赋的手法，直接铺陈其事；九句至十六句中用了三个比喻。陈衍《石室杂说》谓此诗为‘子建诗最传者’之一，是富有诗味的好诗。其所以有味，就在于兴、比、赋兼用。”（陈应鸾：《诗味论》，前揭，第168页）

② 韩愈：《送孟东野序》。

③ 参阅钱锺书：《七缀集》，生活·读书·新知三联书店，2002年，第115-132页。

④《论语·阳货》。

和乃有哀悲之叹（而不是赞颂），正所谓“心之忧矣，我歌且谣”（《诗经·园有桃》）。由“忧”引发的哀悲之叹，有理由被认作味觉化汉语诗歌的主体性建筑[①]。后起的汉语诗人只得像胡适认为的那样，“对落日而思暮年，对秋风而思零落，春来则惟恐其速去，花发又惟惧其早谢”[②]。虽然，后起者的作品都很可能有如屠隆描述的那般“周汉之声，荡焉尽矣”，却又既可以达至屠氏所称道的“秾华色泽，比物连汇，亦种种动人”[③]之境地，也可以达致顾随所希冀的那种境界：“诗必使空想与实际合二为一，否则不会亲切有味。故幻想必要使之与经验合二为一。经验若能成为智慧则益佳。”[④]放眼望去会发现：一整部古典汉语诗歌史，就是一部起初有忠于和，继而有叛于和，最后，以失和、违和为前提而成就自身的漫长历史。其间的机制和机理，朱熹说得尤为生动：“人生而静，天之性也。感于物而动，性之欲也。夫既有欲矣，则不能无思；既有思矣，则不能无言；既有言矣，则言之所不能尽而发于咨嗟咏叹之余者，必有自然之音响节奏，而不能已焉，此诗之所以作也。”[⑤]无论是因为悲催忧愁，还是因为欣喜大乐，总之，内心失和、违和的诗人有机会发声，有理由直抒胸臆了——

彼黍离离，彼稷之苗。
行迈靡靡，中心摇摇。
知我者，谓我心忧，
不知我者，谓我何求。

---

① 参阅敬文东：《感叹诗学》，前揭，第41–42页。

② 胡适：《文学改良刍议》，《中国新文学大系·理论建设集》，上海良友图书印刷公司，1935年，第37页。

③ 屠隆：《由拳集》卷二十三。

④ 顾随：《驼庵诗话》，前揭，第111页。

⑤ 朱熹：《诗集传·序》。

悠悠苍天，此何人哉？

（《诗经·黍离》）

昔日龌龊不足夸，今朝放荡思无涯。

春风得意马蹄疾，一日看尽长安花。

（孟郊：《登科后》）

诗为可被舔舐之物

太初之言所能造就的，要么是有罪之人，或者戴罪之身（所谓原罪感染者），要么就是供有罪之人“食”用之物，或者供戴罪之身“使”用之品。其口吻，要么是“事就这样成了”（And it was so）[①]，要么就是“神看着是好的”（And God saw that it was good）[②]。上帝的创世命令自在这两种口吻之中，但更在造就这两种口吻的两种口型以内：口型控制口腔与空气的摩擦方式，进而决定音响形象的生成，再进而造就口吻的高低缓急[③]。有意思的是，太初之言造就的

---

①《圣经·创世记》1：11。

②《圣经·创世记》1：25。

③ 刘向有言：“钟鼓之声，怒而击之则武，忧而击之则悲，喜而击之则乐。其志变，其声亦变。”（刘向：《说苑·修文》）作为“志”的“怒”“忧”“喜”在性质上等同于口型，因而有等同于口吻的“武”“悲”和“乐”。顾炎武说得更为细致：“《论语》之言‘斯’者七十，而不言‘此’。《檀弓》之言‘斯’者五十有三，而言‘此’者一而已。《大学》成于曾氏之门人，而一卷之中言‘此’者十有九。语音轻重之间，而世代之别，从可知已。”（顾炎武：《日知录》卷六）“斯”“此”在发音上的轻重之别，道出了世代之差。科莱特·费卢（Colette Fellous）这样说罗兰·巴特：“我顺着他的嗓音，重新发现了巴黎的气息，重新发现了拿破仑、巴尔扎克、萨博街（rue du Sabot）、圣叙尔皮斯街（rue de Saint-Sulpice）、小个子华人、图尔农街（rue de Tournon）。”（转引自蒂费娜·萨莫瓦约[Tiphaine Samoyault]：《罗兰·巴特传》，怀宇译，华东师范大学出版社，2018年，第25页）很显然，是罗兰·巴特的“嗓音”，型塑了“巴黎的气息”等。

“朴实无华的物最为顽强地躲避思想”[①]；味觉化汉语以其自身伦理伙同君子之诚所能成就者，则尽皆美物，正所谓“天地有大美而不言”[②]。《诗经》说得很肯定：“周原膴膴，堇荼如饴”[③]——在味觉化汉语治下，连苦菜（荼）都是甜美（饴）的。司空图乐于向学诗者传经送宝：“愚以为辨于味而后可以言诗也。”[④]但司空表圣好像买椟还珠那般，仅仅以味喻诗，立论于比喻的层面，却放弃了物之真味[⑤]。那些完美有味之物在贪恋美食的宋炜[⑥]笔下，却显得既活蹦乱跳，又活色生香，惹人味蕾开花、跳舞——

这就是我在土主亲眼看见的：
白衣大士亲赴集市
在兜售她一手采制的草药——
清明草，鱼腥草，地丁叶，酸浆草；
我也亲口吃下了本该专属于她的食品：
细鳞纤肌的白鲢，猪口中抢来的苕尖，
以及可以打成草鞋的牛皮菜；
我一口吞下了所有夜行昆虫的兴奋的叫喊，

---

① 海德格尔：《林中路》，孙周兴译，前揭，第15页。

②《庄子·知北游》。

③《诗经·绵》。

④ 司空图：《司空表圣文集·与李生论诗书》。

⑤ 张利群说：“辨味批评是以味作为诗论标准，以味作为评论对象，以辨味、寻味、体味、品味、知味、玩味等作为评论过程和评论方法；而且也使批评本身因其辨味而成为辨味批评。”（张利群：《辨味批评论》，前揭，第1页）因此，中国古典文论中的“味论”之“味”都是比喻性的说法，并不是从事物之真味的角度以论诗。这方面的著作极多，陶礼天的《艺味说》可以被视作综述“味论”的著作中很好的论著。

⑥ 宋炜不仅是诗人，还是美食家。他不仅创办过人文杂志《美食地理》，还在重庆开有备受食客欢迎的酒馆（参阅野承等：《下南道·美食地理 诗酒江湖，乡关何处》，《城市地理》2017年第23期）。

是为了让我自己也能发出蛙鸣，
好乘坐两腮吐出的硕大的气泡
从高高的树巅往下跳，跳到一口井中。
（宋炜：《土主纪事》）

清明草、鱼腥草、地丁叶、酸浆草、白鲢、猪、茗尖、牛皮菜、昆虫及其兴奋的叫喊、诗人发出的蛙鸣、气泡、高高的树巅、井……尽皆得时有味之物。它们首先受孕、着床、生产、获命于诚，然后，才以其完美洁净之身，齐集于宋炜的笔下而重新获命，再次生长。很显然，在长诗《土主纪事》看来，一切失时之后的所得之物——比如怪物或废物——尽皆不配被名为（美）物。依许慎之高见，所谓“名”者，“自命也。从口、夕。夕者，冥也。冥不相见，故以口自名”[1]。“名”就是将处于昏暗状态（“冥”）的（美）物唤醒，让人能够辨识。所以，郭象才愿意说：“夫名谓生于不明者也。”[2]怪物或废物不配享有这等待遇；昏暗不明之处正是它们的归宿，因为它们的生命状态原本就晦暗不已，光明跟它们没有关系，因而不配享用“名”。对于这个极为重要的问题，赵奎英有着精彩的洞见和精辟的观察：“中国古代关于语言本质的看法主要是蕴含在对‘名’的看法之中的，而中国古代关于‘名’的问题，始终是围绕着两个基本问题展开的：一个是语言与‘名分’的关系问题（亦即‘名与分’的问题）；另一个是语言与实在的关系问题（亦即‘名与实’的问题）。……中国古代的‘名实’问题与‘名分’问题是紧密交织在一起的。如孔子的‘正名’是‘正名分’，也是‘正名实’。正名实的核心问题是‘名实对应’，但名实相符的目的还是确立‘名

① 许慎：《说文解字》卷二。
② 郭象：《庄子·齐物论》注。

分'，即'君君、臣臣、父父、子子'。"[①]依赵奎英之见，不可被"名"之为物者，也就丧失了物的"名分"。以此为度量衡不难发现：在味觉化汉语的思想语境中，废物或怪物不配被"名"为物[②]；成物首先意味着成味（怪味或者馊味甚至不配被名为味）[③]。因此，美物即美味，美味即美物。

《吕氏春秋》有言："口之情欲滋味。"[④]高诱在其注释中断言：所谓"滋味"，实为"美味"——口舌只对美好之味（美物）怀有不竭的欲望，拥有无尽的激情与冲动。在此，滋味有着自动转化为美物的可能性，但更有转化为美物的必要性。美物以滋味为其根本和本性之所在（味为万物之本质）。归根到底，滋味和美物是二而一的关系，两者是同一回事；它们大规模往来于古今汉语诗人的心间，出没于古今中国诗家的笔底，乃理固当然之事，正所谓"气之动物，物之感人"[⑤]而打破了心性之"平"，让心性终至不和、失和之境，乃有诗出。许慎认为，兹、滋二字都有植物（比如禾）在暗中生长的含义存焉：真所谓"兹，草木多益"[⑥]；而"滋，益也"[⑦]。以上诸项

---

① 赵奎英：《中西语言诗学基本问题比较研究》，中国社会科学出版社，2009年，第17页。

② 怪物或废物乃失时之物，被艺术家称为丑物者却不在此列。丑物是得时之物，因形貌不合常规被认为丑，其间的辩证法是：丑到极致就美到极致（参阅贾平凹：《丑石》，《人民日报》1981年7月20日）。《说文》卷九曰："丑，可恶也。从鬼，酉声。"段注："非真鬼也，以可恶，故从鬼。"《释名・释言语》曰："丑，臭也，秽臭如也。"看来丑的意思源于嗅觉（参阅笠原仲二：《古代中国人的美意识》，前揭，第97页）。

③《尚书・洪范》有云："五行：一曰水，二曰火，三曰木，四曰金，五曰土。水曰润下，火曰炎上，木曰曲直，金曰从革，土爰稼穑。润下作咸，炎上作苦，曲直作酸，从革作辛，稼穑作甘。"值得注意的是，"土爰稼穑"之"爰"和此前的水、火、木、金所用的"曰"有细微的差别，这是因为土主稼穑，而稼穑是成物的具体方式之一，因而"稼穑作甘"。甘有美、甜之意。

④《吕氏春秋・适音》。

⑤ 钟嵘：《诗品・序》。

⑥ 许慎：《说文解字》卷一。

⑦ 许慎：《说文解字》卷十一。

相加、相参，似乎不难获知：不仅成长之“长”暗含“美”意，成长之“成”也暗含“美”意。《吕氏春秋》还有言：“今有树于此，而欲其美也。”[①]高诱既耐人寻味，又不失时机地训“美”为“成”。看起来，有诚存乎人身，有诚内含于味觉化汉语，就能茂盛万物，并有资格曰之为“美”。所谓万物生长，就是万物自身之美、自身之味（合称“美味”）在暗中生长；因此，万物尽皆既有意、又有味（合称“意味”）之物。但更加重要的是：美、味、物三位一体，同时成长；在最终成物之前，三者总是处于动态之平衡当中。“墙角数枝梅，凌寒独自开。遥知不是雪，为有暗香来。”（王安石：《梅》）味觉化汉语诗歌有充足的能力，纳诸多已成之物（比如梅）于自身，让它们在诗中再次生长，再次得味，再次得美——当然，那是诗学之美，那是美学之味。而与此形成鲜明对照的，则是太初之言所成之物。布希亚（Jean Baudrillard）慧眼独具，他极为冷静地认为：在原罪者或戴罪之身们的心目中（而非想念中），上帝所造之物唯有彼此间的关系、对关系的演算，以及对关系的演算中显示出来的权力，才是首要的、第一位的，尽管权力一如汉娜·阿伦特（Hannah Arendt）之所说，确实“是使公共领域存在的东西”[②]，因而显得重要无比。布希亚紧接着认为：在上帝的有罪之子们看来，美要么不过是外在于物稍显次要，要么不过是供人欣赏的对象，要么仅仅是物的固有属性，无关乎生长[③]。有意思的是，中国文化被认为一向强调静，所谓“雨中山果落，灯下草虫鸣”（王维：《秋夜独坐》），却在美的问题上持动的态度：它从静的角度观察动；逻各斯总是强调动，对美反倒倾向于静：但那显然是动的被静止状态，那

① 《吕氏春秋·至忠》。

② 汉娜·阿伦特：《人的条件》，竺乾威等译，上海人民出版社，1999年，第200页。

③ 参阅布希亚：《物体系》，林志明译，上海人民出版社，2001年，第13、226页。

是暂时被锁住的动、被冻结的动。

许慎认为："美""甘"可以互训，"美"的意思是"甘"[①]；"甘"的意思是"美"[②]。《诗》云："大田多稼。"[③]郑玄笺注有言："大田谓地肥美，可垦耕，多为稼。""得时之稼兴，失时之稼约。"[④]"兴"者，"多"也。此处大约可以断言：得时多稼（"稼兴"）即美物，成物即美物。这等表述理当意味着：成物不仅令物美（形容词的美），还能美其物（动词的美）。但无论是令物美，还是美其物，都根基在诚；诚的载体或曰具体携带者，乃味觉化汉语以及彬彬君子。因此，所谓成物，首先意味着某个东西可以被"名"为物，从而获取了物之"名分"（而非废物或者怪物）；有物之"名分"而可以被"名"为物者，意味着得时、得味、得美、得甘、得和（中）。有诚而又碰巧得时，才有可以被"名"为物的那种真正之物出现或降生——真正之物就是美物，只可能是美物。诚与得时是成物的条件，成物则是得时与诚的结果。因此，不仅味与和是万物之本质，甘与美还是万物之本质的基本属性，或基本表现与体现，亦即凡有和、得和之物必甘（美），凡有味、得味之物必美（甘）。在味觉化汉语思想的最深处，任何已成之物莫不有味，莫不中和得体，莫不甘美有加，因而惹人怜爱，正可谓"万物静观皆自得，四时佳兴与人同"（程颢：《秋日偶成》）。

很显然，甘、美是调和的产物，《礼记》早有"枣、栗、饴、蜜以甘之"的记载[⑤]，但这说的是饮食上的调和，是一种典型的形而下的行为，却外在、质朴，至关重要。更加重要的，是成物过程中原发性的调和，那是一种发生学层面上的行为，本质、内在而又内

---

① 参阅许慎：《说文解字》卷四。

② 参阅许慎：《说文解字》卷五。

③《诗经·大田》。

④《吕氏春秋·审时》。

⑤《礼记·内则》。

敛。没有这种润物细无声的调和过程，就不可能成物，更不可能成就万物之本质（和、味与和味），以及本质的基本表现和体现（甘、美）。笠原仲二精辟地指出，甘不仅意味着甜，更意味着“适合人们的口味”[①]。毋庸怀疑，在所有适人口味者中，一定有甜。至晚在西周时期，甜的概念就已经出现，并且上规模、成建制[②]。许慎乐于从字形出发训释“美”字：“美，甘也。从羊从大。羊在六畜，主给膳也。美与善同意。”[③]对此，段玉裁有注曰：“甘部曰，美也。甘者，五味之一，而五味之美皆曰甘。引申之，凡好皆谓之美。从羊大。羊大则肥美。……羊在六畜，主给膳也……膳之言善也。羊者，祥也。故美从羊。此说从羊之意。美与善同意。”[④]从字源学的角度可以获知：在味觉化汉语思想的腹心地带，一切美好之物皆甘；和味美，和味亦甘。味者，“滋味”（美味）也[⑤]；美即甘，甘即美。因此，在味觉思维的念想中，甘是味的至高境界。按照笠原仲二的精辟高见，所谓味觉美，就是“味觉的愉悦感”[⑥]。而“甜，美也，从甘从舌”[⑦]。在此，似乎有理由倾听这样的理解或解释：甜既是至高之味（甘）的隐喻性提法，也是万物之本质（和、味）的基本属性（甘、美）的另一个名号。在味觉化汉语的思维方式和工作方式中，最适人口味者被名曰和味，它由调和而来；从隐喻的层面观察，甜是和味的普适性公式：一切和味皆甜，或者甜乃一切和味的根本属性或真值函项（truth-functions）。而在舌尖上对万物产生的回甘感，

---

① 笠原仲二：《古代中国人的美意识》，前揭，第2页。

② 比如《诗经·绵》有云：“周原膴膴，堇荼如饴。”

③ 许慎：《说文解字》卷四。

④ 有人认为，甲骨文中的“美”字是“火烤羊羔（或称烤全羊）。从字源学来说，味蕾美学是中国美学的第一支花”，所谓“羊火为美”（林乃燊：《中国饮食文化》，上海人民出版社，1989年，第52页）。段玉裁没有机会见到甲骨文，他不可能从“羊火为美”的角度为许慎的“美”字做注。

⑤ 许慎：《说文解字》卷二。

⑥ 笠原仲二：《古代中国人的美意识》，前揭，第18页。

⑦ 许慎：《说文解字》卷五。

则是对万物之本质及其基本属性的最大褒奖。

在现代性特别张狂的时刻，自称“鹤君”[①]的张枣却颇为奇怪地说：“诗歌也许能给我们这个时代元素的甜，本来的美。这就是我对诗歌的梦想。”[②]鹤君的意思大约是：作为汉语语境中一种极为特殊的受造物，汉语新诗理应靠近中和之道，直至获取中和之道。诗学之美理当建基于隐喻之甜，诗得有回甘之感——这就是张枣所谓“本来的美”，或“元素的甜”[③]。但张枣同时也极为清楚，他对“诗歌的梦想”归根结底是不合时宜的，是逆潮流而动的，因为汉语早已高度视觉化了。鹤君很早就意识到：“中国当代诗歌最多是一种迟到的用中文写作的西方后现代诗歌，它既无独创性和尖端，又没有能生成精神和想象力的卓然自足的语言原本，也就是说它缺乏丰盈的汉语性，或曰：它缺乏诗。”[④]张枣的天才在于，他仅凭直觉就意识到：作为万物的重要发源地，味觉化汉语本来就等同于原初意义上的诗，《雅》《颂》是其完美的标本。所谓诗，就是“丰盈的汉语性”。张枣还曾十分明确地说起过：“汉语是世界上最‘甜美’的语言……汉语最大的特征，是在它运用最充足的时候，非常甜美、圆

---

① 参阅陈东东：《“我要衔接过去一个人的梦”》，宋琳、柏桦编：《亲爱的张枣》，前揭，第98页。

② 张枣：《张枣随笔选》，前揭，第224页。

③ 柏桦这样说张枣：“甜”是张枣一生的关键词，“颓废之甜才是文学的瑰宝，因唯有它才如此绚丽精致地心疼光景和生命的消逝”（柏桦：《张枣》，宋琳、柏桦编：《亲爱的张枣》，前揭，第4页）。肖开愚也提到了张枣的甜：“张枣说话的对象是一个好像因为住得太远、形象显得虚幻的人，但我们还是可以从中分享到春风般的甜滋滋的爱意。”（肖开愚：《安高诗歌奖授奖辞》，肖开愚等主编：《从最小的可能性开始：中国诗歌评论》第二辑，人民文学出版社，2001年，第234页）本文在谈论张枣诗歌之“甜”时，将绕开柏桦和肖开愚的思路。

④ 张枣：《危险旅行——当代中国诗歌的元诗结构和写者姿态》，《上海文学》2001年第1期。

润和流转。”[①]令人倍感惆怅的是：以违和为条件、以失和为前提的古典汉语诗歌，早已“体格日卑”；视觉化汉语治下的新诗，当然更不会以和为旨归，它得另有所求，也得另有图谋——这都不是问题。真正的问题也许是：缅怀发源地、追忆母腹、怀念逝去的荣光，对几乎所有的敏感者都具有天然的诱惑力。卡尔·克劳斯（Karl Kraus）因之而有言：“起源即目标。”[②]奥斯卡·王尔德（Oscar Wilde）说得好：“什么东西我都能抵抗，除了诱惑。”[③]在自以为朗朗晴空的视觉化汉语时代，受某种神秘天性的神秘栽培，张枣更愿意成为一个以“起源”为“目标”的汉语诗人——这是一种既稀缺又罕见的角色。他如王尔德那般，受诱惑的神秘指引，试图逆流而上，为视觉化汉语治下的新诗加添味觉化汉语固有的甜[④]。

张枣并非只在念想中渴望着“让不可能的成为可能”（西川：《李白》）。事情的真相更有可能是：在不少时刻，他确实取得了不小的成功。比如，他的成名作，也是他的早期杰作：那首有名的《镜中》。陈东东对这首小诗有过很好的评判：“《镜中》正是一次小小的‘甜’的集合。尤其值得回味的，是这首小诗发声和语调的圆润流转，除了那种发声和语调圆润流转的暗愁蜜意，大概，《镜中》什么也不想表达。”[⑤]作为一名杰出的诗人，陈东东对《镜中》除了甜“什么也不想表达”的判断来得十分果断有力。这个判断极为清楚地表明：《镜中》仅仅为甜而生。但陈东东似乎忘记了说：那些“发

---

① 张枣、白倩：《绿色意识：环保的同情，诗歌的赞美》，《绿叶》2008年第5期。

② 转引自本雅明：《写作与救赎——本雅明文选》，李茂增等译，东方出版中心，2009年，第47页。

③ 王尔德：《温夫人的扇子》，余光中译，辽宁教育出版社，1997年，第8页。

④ 从理论上有此自觉的人并非张枣一人，也并非仅限于诗歌领域，比如在小说家中也有做如是想的张枣的同党（参阅高晖：《中国古典文学的真正传统是先锋精神》，《当代作家评论》2012年第2期）。

⑤ 陈东东：《张枣：我要衔接过去一个人的梦》，《收获》2015年第3期。

声”，那些语调上的“圆润流转的暗愁蜜意”，正是古老的汉语之甜开的花，结的果；《镜中》有意使用的叠句技艺[①]，则满可以被视为《镜中》在向古老的《雅》《颂》致敬[②]。在张枣的所有作品中，改写《诗经·何人斯》而成的《何人斯》，也许更能让人体会到何为汉语之甜，以及何为汉语之甜在视觉化汉语时代的复活：

> 二月开白花，你逃也逃不脱，你在哪儿休息
> 哪儿就被我守望着。你若告诉我
> 你的双臂怎样垂落，我就会告诉你
> 你将怎样再一次招手；你若告诉我
> 你看见什么东西正在消逝
> 我就会告诉你，你是哪一个
> （张枣：《何人斯》）

这几行诗不仅不哀不怨，语态平稳，既和且平，宛若自在的呼吸，还有不易察觉的赞颂隐藏其间：那是对某种神秘性的神秘赞美，甜美无比，令人甘之如饴。

有学者认为，仅仅是从字源学的角度上观察，就能确证中国文化的特征是“以味为美”[③]。正因为“口之情欲滋味”，所以，中国人的口舌只对美味（亦即美物与得和之物）怀有欲望，包括臭豆腐和臭鳜鱼。金岳霖先生说得非常质朴：“中国人对于道德仁义礼义廉耻，英国人对于Lord、God大都有各自相应的情感。……（这些词）

---

① 《镜中》开头两句是：“只要想起一生中后悔的事/梅花便落了下来。”最后两句是：“只要想起一生中后悔的事/梅花便落满了南山。”

② 钟鸣关于《镜中》那篇有名的文章，其实就暗示了本文此处说的这一点（参阅钟鸣：《笼子中的鸟儿和外面的俄耳甫斯》，《当代作家评论》1999年第3期）。

③ 参阅孙超：《释“兴味”》，《文艺理论研究》2018年第3期。

因为宗教、因为历史、因为先圣遗说深种于人心，人们对于它们总有景仰之心。这种情感隐微地或强烈地动于中，其结果或者是怡然自得，或者是推己及人以世道人心为己任。”[①]英国人对Lord、God之类的语词一往情深，可能更多出于宗教方面的原因；中国人对于道德、仁义、礼义、廉耻等语词情有独钟，大有可能出自口舌对美好事物的欲望与向往，因为在早期中国人那里，这些美好之词早已被充分地味觉化了[②]，因而早已成为口舌的强烈欲望之所在。在味觉化汉语思想中，一直暗藏着一个普遍性的逻辑循环：诚之所成者，尽皆得和（中）之美物（甜），和（中）尽在美物当中；反过来，作为万物之本质的和（中），能伙同诚以便继续成就美物（甜）。王充说得很清楚：“澧泉、朱草，和气所生。然则，凤凰、麒麟，亦和气所生也。”[③]在中国人的心目中，澧泉、朱草、凤凰、麒麟等等，至今仍是完美、吉祥、圆满之物的代表，它们就像道德、仁义、礼义、廉耻等语词一样，都是能让口舌兴奋起来的至美之物。因为“心气通于舌，心和则舌能知五味矣”[④]，所以，口舌有充足的能力细细品味因和（中）而成、因诚而生的美味；美味通于心，而让心备感舒适。因为“舌者，音声之机也”[⑤]，所以，口舌还另有能力细加品味因诚而生、因和（中）而成的美言与美声；美声、美言与心相通，而让心备感舒适。在诚与和（中）联手造就的所有美言、美声中，诗/歌正是其间的精华。古印度的伟大经典有分教：

此万有之精英为地。

---

① 金岳霖：《金岳霖全集》第三卷（下），人民出版社，2013年，第873页。

② 参阅贡华南：《中国早期思想史中的感官与认知》，《中国社会科学》2016年第3期。

③ 王充：《论衡·指瑞篇》。

④《黄帝内经·灵枢·脉度篇》。

⑤《灵枢·忧恚无言》。

地之精英为水。

水之精英为草木。

草木之精英为人。

人之精英为语言。

语言之精英为《梨俱》[1]。

古典中国自有它不同于太初之言的创世-成物论；在这种创世-成物论的阐释框架内，诗乃既得诚又得时之物，《雅》《颂》就是得时得诚的杰作，不违中和之道，其特征更符合孔颖达之所说："论功颂德之歌，止僻防邪之训，虽无为而自发，乃有益于生灵。"[2]诺斯罗普·弗莱（Northrop Frye）讲得很有意思，也很有趣："批评能够讲话，而所有的艺术都是哑巴。"[3]果如是言，则孔颖达早就将《雅》《颂》——这两个伟大的哑巴——的主旨，给非常贴切、得体地揭示出来了。《风》乃失和、违和的产物，它打破了心性之"平"与心性之"和"，《风》因此自有其特性："六情静于中，百物荡于外，情缘物动，物感情迁。若政遇醇和，则欢娱被于朝野，时当惨黩，亦怨刺形于咏歌。"[4]作为一种至为特殊的受造物，《风》以及其后几乎所有的古典汉语诗歌，都既得时，又得诚，因此都是美物，都自带甘甜。凡不得时、不得诚之诗，不配"名"为诗，更不会获取诗的"名分"，只能以晦暗之地为其归处。这等无以名之的东西，恰合顾随对六朝诗人轻描淡写的评价："六朝多只有冷静头脑没有热烈感情，所以只是写很漂亮的一些话，我们并不能受其感动。"[5]这里边暗

---

① 《五十奥义书》，徐梵澄译，中国社会科学出版社，1983年，第71页。《梨俱》即赞颂之词，即诗。

② 孔颖达：《毛诗正义·序》。

③ 诺斯罗普·弗莱：《批评的解剖》，陈慧等译，百花文艺出版社，2006年，第5页。

④ 孔颖达：《毛诗正义·序》。

⑤ 顾随：《中国古典文心》，前揭，第197页。

藏的奥妙是：凡可名之为诗而有诗之“名分”者，尽皆得时、得诚之后合法的违和、失和者，却决非怪物或废物可比；失和、违和并不影响诗得诚、得时；可以被“名”之为诗因而有诗之“名分”者，必然是违和、失和却早已预先得时、得诚之物。因此，凡可进入诗之行列者，均为美物，自带甘甜，对应于口舌的强烈欲望。许慎曰：“舌，知甘者。”[①]段玉裁有注云：“舌，知甘者，说从舌之意。”味觉化汉语具有舔舐的能力；在得时又得诚的前提下造就的诗篇（有诗之“名分”者），就不仅是自带甘甜的美物，还必定是可以被舔舐之物。罗兰·巴特（Roland Barthes）说得很有趣：“我用语言掩盖的东西却由我身体流露了出来。”[②]在这里，诗中之甜是舔舐的目标和必得之味，也是激发舔舐的诱惑物；被舔舐而产生强烈的回甘感，则是对诗的最大敬意。不是“诗‘如’回甘谏果，正味森森”[③]，而是诗原本就“是”可以带来回甘的谏果（橄榄之别名），正所谓“雅不羡回甘，甘回舌先锁”（黄景仁：《谢程石缘馈梨》）[④]。味觉化汉语诗歌的最大秘密正在此处：诗虽然是合法性的失和、违和之物，却依然是甜美之物，更是可舔舐之物；不可被舔舐的诗，不配获取诗的“名分”。钟嵘说得好：“使味之者无极，闻之者动心，是诗之至也。”[⑤]如果将以味喻诗的“味之”直接释读为非比喻层面上的“舔舐之”，也许更能揭示（而非接近）古典汉语诗歌的本义。王士祯说得妙极了：

---

① 许慎：《说文解字》卷五。

② 罗兰·巴特：《恋人絮语》，汪耀进等译，上海人民出版社，2016年版，第34页。

③ 陈田：《明诗纪事丙签·王弼》。

④ 美食家袁枚则认为：“味甜自悦口，然甜过则令人呕；味苦自螫口，然微苦恰耐人思。要知甘而能鲜，则不俗也；苦能回甘，则不厌也。”（袁枚：《随园诗话》卷七）

⑤ 钟嵘：《诗品·序》。

诗有正味焉。太羹元酒，陶匏茧栗，诗《三百篇》是也；加笾折俎，九献终筵，汉魏是也；庖丁鼓刀，易牙烹敖，烊薪扬芳，朵颐尽美，六朝诸人是也；再进而肴蒸盐虎，前有横吹，后有侑币，宾主道餍，大礼以成，初盛唐人是也；更进则施舌瑶柱，龙鲊牛鱼，熊掌豹胎，猩唇驼峰，杂然并进，胶牙螯吻，毒口螯肠，如中、晚、玉川、昌谷、玉溪诸君是也；又进则正献既彻，杂肴错进，芭糁藜羹，薇蕨蓬蒿，矜鲜斗异，则宋、元是也；又其终而社酒野筵，妄拟堂庖，粗胾大肉，自名禁脔，则明人是也……[①]

新诗何为

视觉化汉语更多地以真为自身之伦理[②]，因此，与味觉化汉语的成物论相比，视觉化汉语的成物论就自有其特殊性。首先，它需要在求真所要求的层面上，对万物细加分析、详加探究，直至找到有关每一物的客观规律；其次，它还需更上一层楼，尽可能找到有关物与物之间的客观规律；最后，它必须依照上述两大类型的客观规律，再次、再再次地相继成物——这与中和受造于诚，又反过来伙同诚再次、再再次地成物迥乎其异[③]。味觉化汉语可因得时、得诚而成物，视觉化汉语则可随时因真（客观规律）而成物——只要有需求、有必要，飞机、汽车可以随时被制造，不在乎到底是刮风下雨，还是风和日丽，更不在乎是否为黄道吉日；只要愿意，随时可

① 郎廷槐编：《师友诗传录》。

② 此处所谓“更多地以真为伦理”是因为视觉化汉语仍然是汉语，真伦理不可能将味觉化汉语的诚伦理全部消灭，只不过诚伦理被真伦理逼到了死角（参阅敬文东：《李洱诗学问题》，未刊稿，2019年，北京）。

③ 有智者早已指出：“决定不同学科之范围的，不是‘事物’间的实际联系，而是问题与问题在概念上的纠葛。”（Moretti，*Conjecture on World Literature*，New Left Review，Jan/Feb，2000，p.55）视觉化汉语是在“问题与问题在概念的纠葛”的层面相继成物。

以享用原本只可产于某个特定季节或者月份的蔬菜、瓜果与粮食，植物的生物钟可以随时、随意被更换，具有严格意义上的现代性[①]，因此基本不存在“不时，不食”[②]的问题。正是视觉化汉语在成物上的随时、随意性，导致了作为现代性终端产品的垃圾，以及有关垃圾的观念[③]。味觉化汉语所成之物皆为美物，它既中和，又必将以甘、以甜为至味（或者至味之隐喻）；视觉化汉语所成之物也皆为美物，但它无所谓甘甜与中和，它的美来自真所要求的特定比例，它更需要将合目的性、合规律性与合经济-利润性集于一体，纳于一身。味觉化汉语因得时得诚，可以让赤诚之君子、彬彬之君子“赞天地之化育”而“与天地参矣”；视觉化汉语则随时可以向月球或更为遥远的星体（比如火星），发射航天器以遨游天地，却不仅不必“赞”，更无须“参”。味觉化汉语因诚成物，因此，人对物必然充满爱怜之意，人与物彼此向对方无条件地敞开自己。视觉化汉语因真成物，因此，人对物持占有、奴役和驱遣的态度，物要么为人带来利益和方便[④]，要么仅仅从属于人，要么人反过来沦为某物的信徒，

---

① 关于这个问题，可参阅敬文东：《和〈采花盗〉有关的七条不连贯的注记》，《诗探索》2006年第3期。

②《论语·乡党》。

③ 现代性的另一个终端产品是单子式的个人。古典时代亦即味觉化汉语时代不存在垃圾，垃圾是一个典型的现代概念（参阅敬文东：《论垃圾》，《西部》2015年第4期）。

④ 对此，麦克卢汉看得很清楚。他的中国研究者将此一语道破：“麦克卢汉将媒介对人体的延伸划分为两种不同性质的延伸：在倚重动力机器的机械时代，人类完成了运动器官和身体本身在空间范围内的延伸，这是一种人体动力学体系的‘外爆’型延伸，而实现人的身体在空间范围内不断延伸的机器，就是人类世代创造的‘体能机’；在倚重电子媒介的电子时代，人类完成了感觉器官和中枢神经在全球范围内的延伸，这是一种智能体系的‘内爆’型延伸，而实现人的意识在全球范围内瞬态化延伸的机器，就是人类在19世纪中叶以来创造的‘智能机’。”（李曦珍：《理解麦克卢汉》，人民出版社，2014年，第44-45页）

最终受制于某物[1]。

贡华南认为，味觉化汉语的观物方式通常不过是“以心观之”“以礼观之”“以道观之”等等，“‘以……观之’都有‘返’的特征，自什么观就返于什么。以‘礼’观之返于‘礼’，即以‘礼’为标准、尺度剪裁、衡量所观，合乎礼者存之，不合礼者弃之……‘以……观之’或‘自……视之’既需要投出目光，摄取事物，同时又要将所摄取的东西拉回自身，以既定图示迎接、接受事物，又以之应对事物，此即是‘返’‘复’，这也是‘以……观之’的共同特征”[2]。但贡华南并没有因此而忘记：在味觉化汉语形成的整一性语境中，中国人的观物方式很早就被味觉化了。他写道：“在礼乐文明中一直突出视觉形象与听觉要素，而对视觉的眷恋、对视觉性的推崇一度发展出‘以形为性’的形名家。正是对以形为性之形名家的反思，以及对视觉性认知进路的自觉超越，进而超越听觉，以味觉为主导的认知思想才在中国文化中深度确立。味觉优先自觉广泛地渗透至其各个维度，从而形成了中国特有的味觉思想世界。”[3]在另一处，他更为明确地写道：“‘心’的展开乃是以味觉方式（即以‘舌’，而非‘耳’或‘目’方式）展开：人与对象自觉敉平距离，关注质料（‘意味’）而非外在形式等。对照着见而知之、闻而知之，不难发现孟子所说的‘心’（恻隐之心等）的展开正是典型的味觉式活动。”[4]因此，在味觉化汉语的观物方式中，眼睛在舔舐万物，正如张枣在诗中所言：“睁着好吃的眼睛”（张枣：《死亡的比

① 对此，马克思看得很清楚，参阅马克思：《1844年经济学哲学手稿》，中共中央马克思恩格斯列宁斯大林著作编译局译，人民出版社，2000年，第38-60页。

② 贡华南：《味与味道》，前揭，第51页。

③ 贡华南：《中国早期思想史中的感官与认知》，《中国社会科学》2016年第3期。

④ 贡华南：《从见、闻到味：中国思想史演变的感觉逻辑》，《四川大学学报》2018年第6期。

喻》)。眼睛既品味到物之中和，又因一眼望过去而舔舐到物之甘甜，也正如张枣在另一首诗中说起过的：“你记得——/曾经为那些新页的气味激动不已/它曾带着许多声音和眼睛进入你……”（张枣：《那使人忧伤的是什么?》）。而在其“返”、其“复”的过程中（在“以……观之”的过程中），味觉化汉语以口腔与舌面接受、迎接被其摄取之物；这些被眼睛所看到、所摄取的物，都很好地得到了眼睛的品味、品尝和舔舐。观物尚且如此，观物中之“理”也应当没啥两样：

古人观理，每于活处看，故《诗》曰：“鸢飞戾天，鱼跃于渊。”夫子曰：“逝者如斯夫，不舍昼夜。”又曰：“山梁雌雉，时哉时哉。”孟子曰：“观水有术，必观其澜。”又曰：“源泉混混，不舍昼夜。”明道不除窗前草，欲观其意思与自家一般，又养小鱼，欲观其自得意，皆是于活处观看。故曰：“观我生，观其生。”又曰：“复其见天地之心。”[①]

所谓“活”，尽在贡华南所阐释的味觉思维之中；那是一种跟舌头相依偎的“活”，也是被舌头定义的“活”——这是味觉化汉语自带的宿命性使然：味觉化汉语向来就是肉身的回响。与此迥然有别，视觉化汉语谢绝回响着的肉身。味觉化汉语经由技术化和科学化的洗礼后，乃成视觉化汉语[②]。麦克卢汉很是笃定地认为：“技术的影响不是发生在意见和观念的层面上，而是坚定不移、不可抗拒地改变人的感官比率和感知模式。只有泰然自若地对待技术的人，才是严肃的艺术家，因为他在觉察感知变化方面够得上专家。”[③]因此，视觉化汉语的观物方式具有强烈的客观性和纯粹性，中国人的

① 罗大经：《鹤林玉露》乙编卷三“活处观理”条。
② 参阅汪晖：《现代中国思想的兴起》下卷第二部，前揭，第1139页。
③ 麦克卢汉：《理解媒介》，前揭，第30页。

“感官比率和感知模式”得到了根本性的改变。视觉化汉语首先看见物（有所看或者看-物）；紧接着，与味觉化汉语观物时仅仅止步于看-物（实则是味物）大不一样，视觉化汉语还需对看本身进行反思：它看见了自己正在看（看-看）。如前所述，看-看不仅强化了看的客观性和纯粹性，还让看-物（有所看）处于被监控之中，使之不敢有丝毫松懈，保证了在求真上不存在任何闪失（理论上至少如此）。视觉化汉语在观物时，首先死盯着并聚焦于物的局部；在看-看的监控中，看-物能让物的每一个细节尽收视觉化汉语之眼底，然后从细节、局部，依次推向某物、某些物的全部。它不像味觉化汉语那样，从一开始品味的，就是某物、某些物的整体，却充满了不由分说的主观性，正所谓“尝一脔肉，而知一镬之味，一鼎之调”[①]。

与味觉化汉语的成物方式、观物方式相匹配的，是沧桑语气和悲悯语气。能依靠自身之诚成己以成物者，必定是成年人，因此，汉语没有童年与童音；它打一开始，就是成年人饱经世事的沧桑语气，何况味觉化汉语也以其基本伦理，加入了成物的过程。因为万物尽皆出自有诚之人，所以，人必将怜爱万物，夫子“钓而不纲，弋不射宿”[②]，斯之谓也。汉语也因此对万物饱含舐犊之情，也必将以悲悯语气为其语气之首选，更何况味觉化汉语也以其自身之诚，加入了成物的过程[③]。这意味着，味觉化汉语是以悲悯语气、沧桑语气舔舐万物；万物在这两种语气的舔舐下，既中和自现，也甜意自现。与视觉化汉语的成物方式、观物方式相匹配的，则是精确有如说明书一般的笃定语气。笃定语气对应于视觉化汉语的求真意志，也与看-物、看-看同气相求，“近”（而非“遥”）相呼应：视觉的纯粹性、客观性与笃定语气的唯一性在相互保证，在彼此成全。

---

①《吕氏春秋·察今》。

②《论语·述而》。

③ 参阅敬文东：《李洱诗学问题》，未刊稿，2019年，北京。

视觉化汉语随时因真而成物，故此，作为视觉化汉语的正宗产品，新诗就无所谓得时，它可以在任何适当的时刻随时出现，所谓灵感，不仅是碰巧的同义词[1]，还是有待排除的东西[2]。因真成物隐藏起来的一大真相是：只有打碎某些物，才能生成另外的物（新的物）。欧阳江河懂得其间的奥秘："人们告诉我玻璃的父亲是一些混乱的石头。/……/石头粉碎，玻璃诞生。"（欧阳江河：《玻璃工厂》）因诚成物则强调物与物之间联手，正如人播下的禾种被水、土滋养而成禾，却决不以破坏水、土为成就自己的前提与条件。因此，物以被分析、被拆分的方式进入新诗；物不可能像摇曳于古典汉语诗歌中那样，在新诗中再次发育、再度成长，毕竟物的任何一个部件都不具备生长的能力。正因为物以被拆分、被分析的方式被纳于新诗，新诗就不可能以得味为其本质，也就不但不以失和、违和为成就自身的条件与前提，根本上无所谓和（中），更不在乎和（中）。既然视觉化汉语以看-物、看-看为观物方式，新诗就既不以舔舐为目的，它自身也不可能被舔舐，更不以甜为其要义——新诗更多是对经验的凝结。既然是凝结经验，就不会首先以美为基准，也不会对物的状况持悲悯的态度和沧桑的心理，它必须以准确为自身的第一要义——这正是视觉化汉语的笃定语气时时刻刻意欲强调的品质。笃定语气吁请对经验的表达客观、可靠，必将尽可能远离主观性很强的悲悯语气和沧桑语气。

这当然只是汉语新诗的固有品质；但固有品质之为固有品质（可简称为"固质"），并不在于它仅仅"固"执己"质"，恰恰在于引进新"质"以巩"固"、坚"固"自身之"固质"。早在新诗的草

① 郭沫若说，他在写《凤凰涅槃》时，白天在课堂上写了一半，晚上又来灵感，"伏在枕上用着铅笔只是火速地写，全身都有点作寒做冷，连牙关都打战"（郭沫若：《郭沫若论创作》，上海文艺出版社，1983年，第204页）。这也许就是新诗可以随时出现的一个很好的例证。

② 参阅海子：《我热爱的诗人——荷尔德林》，《世界文学》1989年第2期。

创期，废名就曾大胆断言："新诗将是温（庭筠）、李（商隐）这一派的发展。"[①]很显然，他错了。但他分明又对了，至少是部分性地对了[②]。就在新诗重新找回失落已久的固有本质的关键时刻（而非令里尔克恐惧的那个"严重的时刻"）[③]，张枣却早早下定了决心："我试图从汉语古典精神中演生现代日常生活的唯美启示的诗歌方法。"[④]对诗歌之甜的追求、对得时得诚后才能获取失和之资格的向往，是张枣的诗歌梦想[⑤]。弗里茨·珀尔斯（Fritz Perls）认为：梦是你自己给自己的存在主义启示[⑥]。张枣有关诗歌的梦确实算得上"启示"，却并非"神游"[⑦]。在暗中，这个梦想和废名的断言正遥相呼应。事实上，就在味觉化汉语经科学化、技术化洗礼脱胎换骨为视觉化汉语的当口，视觉化汉语就自动接管了被视觉中心主义称颂的美学精神：美出源于真[⑧]。在新诗的固有品质中，一种不同于古典汉语诗歌的"可怕的美已经诞生"（叶芝：《一九一六年复活节》，查良铮

---

① 废名：《新诗十二讲——废名的老北大讲义》，辽宁教育出版社，2006年，第107页。

② 比如王德威对卞之琳与何其芳的如下观察，以及文学研究界对卞之琳和何其芳诗歌成就的肯定，都可以证明废名并未全错："卞之琳和何其芳遥拟晚唐颓废风格的诗歌实验……梁宗岱在象征主义和古典中国'兴'的观念的影响下，对'纯诗'的提倡……"（王德威：《抒情传统与中国现代性》，生活·读书·新知三联书店，2010年，第36页）

③ 很显然，从20世纪50年代初到20世纪80年代初的汉语新诗并不是对经验的客观有效的表达，它是一种假大空的典型。从20世纪80年代初开始，朦胧诗和其后的第三代诗歌重新续上了新诗的真正传统。所以，此处才有"新诗重新找回失落已久的固有本质"云云。

④ 张枣：《张枣随笔选》，前揭，第28页。

⑤ 柏桦认为，"甜"是张枣一生的关键词，而"颓废之甜才是文学的瑰宝，因唯有它才如此绚丽精致地心疼光景和生命的消逝"（柏桦：《张枣》，宋琳、柏桦编：《亲爱的张枣》，前揭，第4页）。柏桦之言在此亦可聊备一说。

⑥ 参阅梅芙·恩尼斯等：《梦》，2003年，前揭，第82页。

⑦《敦煌遗书·伯3908》有云："梦是神游。"

⑧ 参阅黑格尔：《美学》第1卷，朱光潜译，前揭，第142页；约翰·济慈：《济慈书信集》，傅修延译，东方出版社，2002年，第51页。

译）。以逃避自我著称的艾略特认为，现代主义定义下的“诗歌既不是感情，又不是回忆，更不是平静，除非把平静的含义加以曲解。诗歌是一种集中，是这种集中所产生的新东西。诗歌把一大群经验集中起来”[①]。张枣的诗歌梦想的实质，正在美学方面：新诗不仅要让一大群被集中起来的经验得到精确的呈现，更需要得到甜美的呈现；新诗不仅要建立在看-物和看-看的基础上，还得建基于舔舐和品味。

现代汉语在得到高度的视觉化之后，并不意味着能轻松自如地看它之欲见，尤其是无法轻松自如地说它之所见。现代经验的高度复杂和晦涩，迫使汉语“自变”而非“自乱”其家法，因此视力大长；视力大长的汉语因其成物的随时性反过来强化了现代经验的晦涩和复杂，恰可谓“道高一尺，魔高一丈”[②]。面对道魔相长[③]这个既难缠又难堪的局面，新诗在难度上远超古典汉语诗词，正在情理之中；表达之难和必达难达之情[④]，更应当被视为中国文学现代性的标志之一[⑤]。正是从这个特殊的角度，张枣慧眼独具，将鲁迅而非胡适认作新诗之父[⑥]。中国现代文学史表明：1927年，正是鲁迅创作的巅峰时期，是年4月26日，身在广州的鲁迅却深刻地感到了表达之难：“当我沉默着的时候，我觉得充实；我将开口，同时感到空虚。”[⑦]同年稍晚些时候，鲁迅对此有过艰难的解释，再一次暗示了何为达难达之情，以及视觉化汉语为什么必须达难达之情：“我靠了石栏远眺，听得自己的心音，四远还仿佛有无量悲哀，苦恼，零落，

---

① 艾略特：《艾略特文学论文集》，李赋宁译，前揭，第10页。

② 凌蒙初：《初刻拍案惊奇》卷三六。

③ “道魔相长”的构词法与“教学相长”的构词法相等同。

④ 参阅钟鸣：《当代英雄》，《当代作家评论》2016年第5期。

⑤ 参阅敬文东：《作为诗学问题与主题的表达之难》，《当代作家评论》2016年第5期。

⑥ 参阅张枣：《张枣随笔选》，前揭，第120页。

⑦ 鲁迅：《野草・题辞》。

死灭，都杂入这寂静中，使它变成药酒，加色，加味，加香。这时，我曾经想要写，但是不能写，无从写。这也就是我所谓‘当我沉默着的时候，我觉得充实，我将开口，同时感到空虚’。”[①]事情至此已经显而易见：在求真的视觉化汉语那里，说（写）之艰难度远非求诚的味觉化汉语所能比拟。

味觉化汉语诗歌以可被舔舐之甜为其美学内核，显得纹理清晰，虽以追求言外之意而坐拥含蓄之美，却并不晦涩，更不存在沉默–充实、开口–空虚的鲁迅悖论。和视觉化汉语诗歌相比，味觉化汉语诗词反倒显得过于简单。“李白的《静夜思》《赠汪伦》，苏轼的《题西林壁》《饮湖上初晴后雨二首》，历来被视作名篇。唐宋时期的四川人李白、苏轼可以这么写，共和国时期的四川人杨政决不可以这么写，否则，傻帽就是逃不掉的名号。简单或表达之易，是古典汉诗的大特点，却不可以被认作缺陷：农耕经验的清澈、透明，正需要不乏天真、烂漫的表述形式与之相般配。”[②]当然，精通重庆话（四川话的组成部分）的湖南人张枣也不得像李白、苏轼那样进行简单的写作，因为媒介变了，诗人的“感官比率和感知模式”必须改变。也许，《跟茨维塔耶娃的对话》是张枣最杰出也是最复杂的诗作之一，其中有看似不经意的如下两行：

诗，干着活儿，如手艺，其结果
是一件件静物，对称于人之境……

江弱水对这两行诗的解释是：“诗人的手艺活，结果就是一个个静态的文本。它们既不等于，也非高于，而是对称于人境里的生活……只不过是与真实世界和现实生活形成对应、对称……这两种

---

① 鲁迅：《三闲集·怎么写》。

② 敬文东：《作为诗学问题与主题的表达之难》，《当代作家评论》2016年第5期。

现实如双括弧分置于两端，像镜子里互为镜像，不可须臾分离。”[①]江氏如此解诗当然没有问题，但也可以从发生学的角度另作理解：诗在专心干活，像手艺人施展自己的手艺，制造了许多静物。在《跟茨维塔耶娃的对话》的念想中，诗是创世者：诗在按照自己的设想成己而成物。尤其值得注意的是手艺，以及隐藏在手艺背后的那个手艺人，但同样值得注意的还有张枣，那个试图从汉语古典精神中衍生诗歌方法的现代中国诗人。以上这两项相加，可以想见的结论是：静物当然可以是江弱水所谓的“静态的文本”，但它不仅是精确的、按特定比例而来的极其复杂的文本，也是得时、得诚应运而生的甜美之物，因而自动拥有违和、失和的资格[②]。考虑到张枣一贯提倡的元诗理论，上引那两句诗有理由充任张枣的诗歌宣言。张枣的诗歌成就可以证明：既甜（古典性）又复杂（现代性）的视觉化汉语诗歌，是可能的；往视觉化汉语中重新加入味觉的元素，是可能的[③]；现代汉语诗歌之美可以同时出自真、和（中）与味。

可以带来回甘的汉语新诗依然值得期待。

---

① 江弱水：《言说的芬芳——读张枣的〈跟茨维塔伊娃的对话〉》，《今天》2015年第1期。

② 当然，在视觉化汉语的时代，和可以做另外的理解。“和甚至可以理解成矛盾对立之紧张制衡而达成的相对静止，是一种极具张力的临界状态。”（周红波：《和：一个极富张力的中国古代文论范畴》，《武汉大学学报》2012年第4期）因此，和可以与新批评中的张力（tension）相对比。所谓张力，罗吉·福勒认为，就是“互补物、相反物和对立物之间的冲突或摩擦”，“凡是存在着对立而又相互联系的力量、冲突和意义的地方，都存在着张力”（罗吉·福勒：《现代西方文学批评术语词典》，四川人民出版社，1987年，第280页）。这样，古老的概念和现代性境域内的概念搭上了关系。“保合大和”（《易·乾·彖》）即是张力达致平衡时获取的最佳状态。

③ 在这方面，李洱的长篇小说《应物兄》在小说领域做出了杰出的贡献（参阅敬文东：《李洱诗学问题》［上］，《文艺争鸣》2019年第7期），李洱和张枣在反思汉语这方面可谓遥相呼应。

味，气象与诗

气，感

在味觉化汉语思想的腹心地带，味与和（当然，还有与“和”不弃不离的“中”）乃万物（世界）之魂魄，或本质；气则是世界（万物）之本体，或始基。从很早开始，气就赢得了与道相等同、与一相颉颃的地位[①]。因此，李泽厚先生才乐于如是放言：“‘气’在中国文化中是首屈一指、最为重要的基本范畴。”[②]在味觉化汉语思想的最深处，很可能存在着不止一种可以被用于创世-成物的本体（比如道、气、易、一，以及大名鼎鼎的无，如此等等）。这就直接性地意味着：在古老的汉语思想中，有不同本体支持下的多种创世-成物论[③]；但不同本体宠幸或者支持的所有创世-成物论，尽

---

① 参阅小野泽精一等编：《气的思想：中国自然观和人的观念的发展》，李庆译，上海人民出版社，2007年，第91—100页。

② 李泽厚：《华夏美学》，前揭，第68页。

③ 比如“道生一，一生二，二生三，三生万物”（《老子》第四十二章），比如盘古开天辟地（参阅《太平御览》卷二引《三五历纪》），以及女娲创世等等。

皆不可能自外于味觉化汉语随身携带的伦理（诚）。理由颇为简单：没有这等样态的汉语及其伦理从旁侍候，根本不可能有那番模样的生成宇宙的方式存乎人心，也不会有那种颜值的生成宇宙的观念内置于人脑——这原本就是语言哲学中的ABC，毋庸多论。一句话，气的崇高地位来自味觉化汉语对它的宠幸与偏爱。

被上帝创造的人乃是“无家可归的实体”[①]，他们的身体则不过是“一种接收器”，主要用于“接收上帝的电台的信息”[②]，因为人被认为只是上帝制造出来的某个开端，“在他之前无人存在”[③]。与此迥乎不同的是：气在顺利完成它的工作（创世-成物这个任务）之后[④]，只愿意承认“人事有代谢，往来成古今”（孟浩然：《与诸子登岘山》），却从不居功自傲。它对万物持宽容、谦逊的态度；它更愿意环绕它们、装饰它们，继续服务于它们，从来不会对它们颐指气使，吆三喝四，犹如母亲怜爱自己的孩子。气在实施创世-成物的行动时，总是严于律己，宽以待物。它不仅要得时，以便为万物从容得体地诞生承担责任、寻找最恰切的时机，最终，成就万物以及万物之美，还对得时有专属于自己的理解和祝愿：“时止则止，时行则行，动静不失其时，其道光明。”[⑤]“光明”是气之所成之物的理想状态，是被成之物念想中的美满境地。气及其宠幸的创世-成物论是华夏思想的看家重器、镇馆之宝和原初始基；没有气观念、气思想、气本体存在的华夏文明，显得既不可理喻，也

---

① 以赛亚·伯林（I.Berlin）语，参阅帕特里克·加登纳《历史解释的性质》，文津出版社，2005年，第52页。

② R.霍夫施塔特（Richard Hofstadter）语，转引自彼得·沃森（Peter Watson）：《20世纪思想史》，朱进东等译，上海译文出版社，2006年，第90页。

③ 汉娜·阿伦特：《人的境况》，王寅丽译，上海人民出版社，2017年，第139页。

④ 当然，气并非从一开始就占据了本体或道的地位，气获取本体地位自有其漫长、曲折甚至不乏机缘巧合的过程（参阅涂光社：《原创在气》，百花洲文艺出版社，2012年，第1–40页）。

⑤《易·艮·彖》。

不可思议，当然更不可想象。虽然从总体上看，味觉化汉语天生羞涩、内敛，其举止含蓄、得体[①]，但《白虎通》在口吻上依然显得态度坚定（而非强硬），额外还有一缕无法被抑制住的热情存焉[②]。

《易》云："是故阖户谓之坤，辟户谓之乾，一阖一辟谓之变，往来不穷谓之通。"[③]对这几句意在轻松描述气本体开天辟地——而非上帝制造某个开端——的汉语言辞，高亨先生有佳注：

阖，闭也。辟，开也。坤为地，此坤谓地气，即阴气也。乾为天，此乾谓天气，即阳气也。秋冬之时，万物入，宇宙之门闭，是地之阴气当令，故曰："阖户谓之坤。"春夏之时，万物出，宇宙之门开，是天之阳气当令，故曰："辟户谓之乾。"[④]

对于高亨先生之佳注，张义宾亦有精辟、深湛的理解。张氏有言："阖、辟是生活（阴阳之道）的两种势能。'辟'为始物能力，即生活之门自行打开，由无形的乾从幽深之所推出形物；'阖'为成物能力，即生活之门自行关闭，使来自乾的'始'力'冷却''凝聚'，

---

① 关于这个问题可以参阅敬文东：《李洱诗学问题》（中），《文艺争鸣》2019年第8期。

②《老子》第四章王安石注：气有如道那般"自本自根，未有天地，自古以固存"，有类于上帝自有永有（I AM WHO I AM，《出埃及记》3：14），气由是可为宇宙的本源。

③《易·系辞上》。

④ 高亨：《周易大传今注》，齐鲁书社，2009年，第479页。周敦颐也有同样的看法："天以阳生万物，以阴成万物。"（周敦颐：《通书·顺化》）有意思的是，在汉语的早期思想中，阳气在地，阴气在天，很久以后才颠倒为阳在上阴在下（参阅庞朴：《一分为三》，前揭，第58–59页）。

成为具有确定性的形、器。"[1]张义宾将阴阳两气辟阖而成之物名为生活（或生活世界），显得极富眼力和远见，只因为生活世界（或者生活）这个名号暗示的内里，正与味觉化汉语的本性相匹配。即使是在高度视觉化并且自带客观性的逻各斯看来，世界也既不是由中性的事实（fact）所造就（像维特根斯坦认为的那样[2]），也不是由客观的物（thing）叠加而成（像斯特劳森［P.F.Strawson］认为的那样[3]），它由不断涌动并且总是在整体性涌动着的事情（affair）所组建（像陈嘉映认为的那样[4]）。因此，气本体支持与宠幸的创世-成物论的所成之物，向来就不可能是自称客观、中性，却并非没有脾气的物理世界，也不像某些纯粹的物质财富那样，仅仅是对有些人——比如O.威尔斯（Orson Welles）——的一种"冷冰冰的安慰"[5]，而是从一开始就具有原始体温的生活世界，几乎能够自动安置和安慰各色人等。此中关键或曰枢机，仅在于味觉化汉语从其娘胎处获取的诚；是散发热气、饱含热情的诚而非其他任何元素，促成了具有原始体温的气本体，气本体进而造就了饱含热度的天下万物——"其道光明"。所谓原始体温，就是生活世界在被气本体造就、出炉的那一刻，理论上应当获取的那种温度；所谓具有原始体温的生活世界，只可能是整体涌动并且始终涌动着的全部事情的集合，它鲜活、可感，满是腾腾热

---

① 张义宾：《中国古代气论文艺观》，前揭，第57页。此处仅就地而论。赵沛霖认为，地有两德（参阅赵沛霖：《兴的源起》，中国社会科学出版社，1987年，第154-155页）。《礼记·郊特牲》"正义"："地载万物者，释地所得神之由也。地之为德以载万物为用故也。"——此为第一德也。《易·坤》"正义"："生长之德。"《礼记·孔子闲居》："天无私覆，地无私载。"——此为第二德也。

② 参阅维特根斯坦：《逻辑哲学论》，郭英译，商务印书馆，1985年，第22页。

③ 参阅杨玉成：《奥斯汀：语言现象学与哲学》，商务印书馆，2002年，第142-147页。

④ 参阅陈嘉映：《语言哲学》，北京大学出版社，2003年，第233-237页。

⑤ 彼得·沃森：《20世纪思想史》，前揭，第403页。

气[①]。因此，有一天，当诗人昌耀突然发现自己原来一直“垂立在人海”（昌耀：《象界》之一）时，不“禁”恍惚起来，进而“禁”不住如是写道：

我恍然觉得自己是一个孩子也就跟着信口唱了起来：
故事故事当当
猫儿跳到缸上
缸扒掉，油倒掉
猫儿姐姐烙馍馍
馍馍呢？狼抬掉
狼呢？进山了
山呢？雪盖了
雪呢？化成水
水呢？调成泥
泥呢？拌成墙
墙呢？猪毁掉
猪呢？一榔头砸死了
猪头顶门扇
猪耳朵抹掉碗
猪尾巴扫案板
猪蹄脚架掉火
古瑟古瑟当当
昴哀窕岛冈桑
（昌耀：《象界》之一）

① 子产曰：“君子有四时：朝以听政，昼以访问，夕以修令，夜以安身。于是乎节宣其气，勿使有所壅闭湫底以露其体。兹心不爽，而昏乱百度。今无乃壹之，则生疾矣。”（《左传·昭公元年》）这里的意思是：气造就了万物，人作为万物之一种，必须遵从气指定的规则行事，否则必病。此病可以从隐喻的角度观察，亦即凡不遵从气之规则者必病。

从猫到缸到油再到猫儿姐姐烙馍馍，一路疾奔，终于抵达被“一榔头砸死”的猪，以及被砸死之猪的每一个零部件仍然被浓郁的事情所包围、所环绕，或者，围绕死猪的每一个器官依然组建起了一系列永不停息与衰竭的事情：这就是气本体在味觉化汉语自身伦理的协助下，所能达致的最高果位，所能成就的生活世界[1]。生活世界生生不息的形貌和体态，那蜂拥而至的特征和禀赋，在看似胡乱联想并随机生产事情的童谣中，反而得到了更加生动、更为显眼的体现：童谣必须仰赖的诗性思维，正绝好地暗示了生活世界的活色生香与热气腾腾[2]。

打一开始，这个可以被味觉化汉语热情舔舐的世界，就是有味的生活世界以及生活世界本身之有味。正所谓“天有六气，降生五味”[3]，味自气出，这正是气本体的题中应有之义。而在某些特殊的时候，也会有乾坤倒置那般气从味来的情况发生，正所谓“声味生气”[4]；甚至气与味还可以处于相互平行、相互并置的关系之中：“故有形者谓之味，无形者谓之气。”[5]但这些偶尔生发的例外，反倒更有能力证明：在味觉化汉语思想中，气的本体地位拥有颠扑不破的特性[6]；附

---

① 作为一个哲学/思想概念，生活世界在古老的汉语思想中从不是问题，但它在欧洲却出现得很晚；其高贵的血统或血统的高贵，很可能主要来自胡塞尔对它的偏爱和宠幸（参阅胡塞尔：《欧洲科学危机和超验现象学》，张庆熊译，上海译文出版社，1988年，第73页）。

② 以维柯之见，所谓诗性逻辑，意味着对事物的认识是感觉的和想象的，其中最重要的方式是诗歌，童谣则是诗歌中最基础形式的诗性逻辑的体现（参阅维柯：《新科学》，前揭，第161–163页）。

③《左传·昭公元年》。

④《国语·周语下》。

⑤ 刘完素：《素问病机气宜保命集·本草论第九》。

⑥ 和没有例外是自然科学规律的基本条件不同，人文社会规律——假如这个规律存在——刚好建立在有通常就必须有例外、没有例外就没有通常的基础之上（参阅卡尔·波普尔：《猜想与反驳》，傅季重等译，上海译文出版社，2005年，第329页）。

带着，还额外体现了味觉化汉语偶尔出现的顽皮特性：这种语言的主观性之强，以至于在某些特定的时刻乐于自己跟自己唱反调、开玩笑[①]。因此，在气本体的无为而治之下，有味的生活世界——而非纯粹的物理世界——对于说汉语的中国人来说，才显得更为根本。或者说，生活世界暗含的那种味道，在吁请味觉化汉语的子民对味道必须持高度重视的态度，更不可一日或缺。张义宾因之而有言："从中国传统的无差异的本体观出发，则知气作为本体，不是西方的与人类生活无关的物理世界的本体，而是人类的生活世界的本体；又因这种本体观是本体与现象无差异的本体观，此气隐身于诸物，每物都含有'气'，中国人看世界的最高境界是'看出'物中之'气'，看出其中的生活'意味'。"[②]也许，品咂物中之气、尝出物中意味，才更符合味觉化汉语的终极真相。但这也仅仅是因为气实生物[③]，而气却只能隐藏于物，正所谓"物有味，必有气"[④]；味既是气的产物，又是万有之魂魄。因此，味虽有气，却终归隐气于味；或者，必须归气于味，故而，气本体所成诸物急需要被品尝，亦即许慎所谓的"口味之也"[⑤]——而不是被看，或不仅仅是被看，当然更不可能居然首先是被看。

对此，涂光社，中国气思想、气本体的另一个有成就的研究者，也有精到的论说："从'气'是万物的始基可以理解到：古代理论中的'有生于无'之'无'并不是一无所有的真空，而是具有气之希

---

① 某种具体的文明——比如汉文明——中某个具体的人文观念的内涵有相互矛盾和冲突处，是很正常的现象。正因为有冲突和矛盾，反倒更能显示某个具体的观念的主流是不可辩驳的事实（参阅赵汀阳：《思维迷宫》，中国人民大学出版社，2010年，第39-41页）。

② 张义宾：《中国古代气论文学观》，前揭，第13-14页。缪希雍与张氏所论有共同处，亦即气依存于味、味相和于气："炎黄言味而不加气性者何也？盖古文尚简，故只言味。物有味，必有气，有气斯有性，自然之道也。气味生成，原本乎是。"（缪希雍：《神农本草经疏》卷一）

③ "气实生物"的构词法模仿了"和实生物，同则不继"（《国语·郑语》）。

④ 缪希雍：《神农本草经疏》卷一。

⑤《说文解字》卷五。

微、空灵性状的虚无。……‘气’具有可入性；‘气’是既可感的，又常为无形之物；……其浑融虚柔、弥漫充斥、氤氲升降、流动聚散以及可以化无形为有形等特点，显示它的运用者所选择的是一种重视运动变化和模糊把握优势的思辨模式。”[①]此处的“思辨模式”，似乎首先应该从比喻的层面加以理解，才有可能跟味觉化汉语相与以和：正因为气具有无所不至的可入性和可感性，所以，味觉化汉语的使用者在面对气的所成之物（生活世界）时，采取的方式一定是，或只能是入和感；以感和入面对阴阳两气辟阖而成之物（生活世界），就是对生活世界所能做出的“思辨模式”——一种典型的以味觉为原型的思维进路。气本体成就的世界唯有感和入才能得到体认、得到辨识；入与感是生活世界唯一合法的认识论。准此，杜甫才可以“感时花溅泪”（杜甫：《春望》），焦仲卿之妻才可以以惋惜更兼埋怨的口吻对焦仲卿说“感君区区怀”（佚名：《孔雀东南飞》），而殷尧藩才能够“老去谁知感慨生”（殷尧藩：《端午日》），欧阳文忠公才可以“感事悲双鬓”（欧阳修：《秋怀》）……在气本体治下，时可感、怀可感、慨可感、事可感，一切皆可感，而一切唯有感[②]。

许慎云：“到者，至也。”而“至者，鸟飞从高下至地也。从一，一犹地也”[③]。叔重先生还说：“感，动人心也。”[④]有理由认为：所谓“感到”，就是像“鸟飞”那样灵巧、像“飞鸟”那样机敏地将

---

① 涂光社：《原创在气》，前揭，第19页。

② 对于味觉化汉语时期的中国人来说，在“一切皆可感”“一切唯有感”的“一切”中，感时可能是最重要的感，诚如陆机所言：“遵四时以叹逝，瞻万物而思纷；悲落叶于劲秋，喜柔条于芳春；心懔懔以怀霜，志眇眇而临云。”吕正惠认为，“‘叹逝’是因看到‘万物’在‘四时’的变化而产生的。是从‘四时更变化，岁暮一何速’之中，我们才体会到时间的迅速，以及人生的短暂。‘感’物，所‘感’为何，就是时间的流‘逝’；叹‘逝’，所‘叹’为何，因见物之变化而觉察时间之推移，因此而‘叹’。”（吕正惠：《抒情传统与政治现实》，华中师范大学出版社，2011年，第53页）

③ 许慎：《说文解字》卷十二。

④ 许慎：《说文解字》卷十。

“感”迅速投“至”生活世界。作为句式的“我感到……”则意味着：我对生活世界有所感，并且是零距离地有所感、快速而无滞碍地有所感，但更是与生活世界同步性地有所感。“我感到……”的关键与枢机，是我必须永远跟生活世界构成一种共时性的所感关系。气本体苦心孤诣地所成之物，那些整体涌动并且始终涌动的事情，也就是那些从猫到缸直至被一榔头砸死的猪隐喻着的生活世界，更倾向于在“动人心也”的刹那间，迅速地被感到，而不是“悠然见南山”那般，随意地被看见。被感到的本质或曰精髓，就是快速地被舔舐。舔舐充满了强烈的主观性，大方、满是性情、从不将自己当外人，更醉心于同生活世界共时性地打成一片，更乐于跟味觉化汉语的本性暗通款曲；被看见则意味着生活世界被生活者尽收眼底，生活者却更愿意与生活世界保持恰切、适当、稳定、足够安全的距离。被感到更多意味着对生活充满了热情，被看见更多意味着清醒地看待生活、冷静地评估生活、客观地展开生活。在被看见那里，理性从其初潮时或其起始处，就先在地取代、置换了热情；或者说，热情必须建立在理性的基础之上，具有说一不二的后置性，仅仅居于第二性征的地位。在“我看见……”那里，甚至“对于某人身体的纯粹感受（也）只不过是一种抽象。如果不感受到外在世界的某物，一个人并不能真正地从身体的角度感受到自身”[①]。金岳霖先生精辟而令人信服地论证过：看见更偏向思，思更多意味着概念和意义，主脑；感到则更倾向于想，想更多意味着万物自身暗含的意味、意味，最后还是意味，主心[②]。与看的纯粹性和纯正性比起来，感能够动用以及可以动用甚至必须动用的，并非某个单一的器官，而是整体性地将眼耳鼻舌身意迅速、快疾地投到（投至）感

① 理查德·舒斯特曼（Richard Shusterman）：《身体意识与身体美学》，程相占译，商务印书馆，2011年，第106页。

② 参阅金岳霖：《金岳霖全集》第三卷（上），人民出版社，2013年，第328页。

中，让心瞬刻间为之萌动，以便零距离地舔舐生活，也就是“以身体、精神相统一的‘整个的人’为（感的）承担者”[①]。属人的事情（围绕人组建起来的事情）总是在整体性地涌动，与人有关但非人的事情（比如刮风下雨打冰雹）则处于达致自身的永无休止的道途。它们都在人的感与入中，快速地得到了抚摸；人也在入与感中，迅速地获取了对它们的认识——它们的气与味有机会被人如此这般地品尝、品咂和品味，以至于味有回甘。

咸卦的卦象为兑上艮下[②]，意在借助“情”窦初开因而“性”趣大发的（少）男（少）女酣畅淋漓的交合过程，以暗示究竟何为感、到底该怎样去感。对于味觉化汉语思想中这个重大的问题，古今学者多有注意也多所辨析。明人来知德有云：“又如咸卦艮为少男，兑为少女。男女相感之情，莫如年之少者。故周公立爻象曰‘拇’、曰‘腓’、曰‘股’、曰‘憧憧’、曰‘脢’、曰‘辅颊’、曰‘舌’，一身皆感焉。”紧接着，来知德还有意犹未尽的品咂，“啧啧”称奇声暗含于、遍布于如下字句：“盖艮止则感之专，兑悦则应之至。是以四体百骸，从拇而上，自舌而下，无往而非感矣。”[③]依照来氏之见，咸象征着阴阳交合，所以咸有感义，有皆义，有和义。但其间的重心，仍然得落实于“一身”“皆”有所“感焉”、“一身”“皆”有能力用于“感焉”——感尤其“敏”于“感”，才是其间的关键。对咸卦的经文和来氏对经文的精彩解析，贡华南有着更加深入骨髓的理解与道说：“‘感’是以‘味’为原型的一种存在者之间的交往方式、思考方式，同时也是一种存在方式，即物与人这种持

---

① 贡华南：《味与味道》，前揭，第214页。

②《易·咸》的全文是：“《咸》：亨。利贞。取女吉。初六，咸其拇。六二，咸其腓，凶。居吉。九三，咸其股，执其随，往吝。九四，贞吉。悔亡。憧憧往来，朋从尔思。九五，咸其脢，无悔。上六，咸其辅颊舌。”

③ 来知德：《周易集注·象》。

续交互作用的方式。”[①]感是味的延伸，但更是味的形象化，或者肉身化。感的核心和内里，皆被认为必将落实于品与尝，落实于共时性地知生活之味；而人顶好以自己为兑（或艮），以生活为艮（或兑），以便人与生活最终达致“艮止则感之专，兑悦则应之至”的两情相悦、两相交融之境——这便是气本体所要求的那种特殊的“思辨模式”。它跟体温适宜的身心（意味）——而不是跟终日算计和计算着的大脑（概念、意义）——相偎依。此中情形，正如蜀人宋炜对放荡的渴望，对隐秘之快感的殷切期许——

> 整整一生的耳鬓厮磨中，每一天
> 他们都在别离：一个房间中的咫尺天涯。
> 但每一个情人都是无穷尽的，每一个
> 一往无复的情人都仅仅走出了一步。
> （宋炜：《对手》）

王树人在分析“道可道，非常道”时指出：“‘道’只可‘体’，而不可‘言’。只有‘体’，才能入于‘道’内，而与‘道’通。整体直观之‘观’，‘观其复’‘观其妙’之‘观’，不是‘道’外之‘观’，而是入于‘道’内之领悟。”[②]既然王氏以“入”释“体”（还有原本视觉性的“观”），其体就等于或者至少约等于贡华南所说的感；感、体（还有观）尽皆以入为其基本特性与进路。王树人试图以体为基础，开出他心目中中国文化特有的象思维；贡华南慧眼独具，他以感为基础，成功地开出了他心目中中国文化特有的味思

---

① 贡华南：《味与味道》，前揭，第99–100页。

② 王树人：《回归原创之思：“象思维”视野下的中国智慧》，江苏人民出版社，2012年，第3页。

维[1]。为此，贡华南还专门发明了一个特殊并且形象化的术语：感思，亦即以“一身皆‘感’焉”的整个身-心去思。感思的含义是：思就是感，感就是思，思与感不分，感与思水乳交融。因此，感思不如沉思那般，必须在思和思的对象之间拉开距离。贡氏认为，所谓感思，就是“由‘感’而思，所思的不是思考对象确定的、如实的‘所是’，而是对象对于自己意味着什么”[2]。感思要求思者尽可能感知对象之饱满，与此同时，去仔细品味对象之真味（万物自身之甜、美以及甘）[3]。沉思建基于作为句式的“我看见……”，它更乐于追逐客观真相。以德勒兹之见，沉思“首先是看和说，但是在此条件下：眼睛不是停留在事物上，而是提高到‘可见性’上；语言不是停留在字词或句子上，而是提高到陈述上”[4]。与沉思大不相同，感思建基于气本体所成之物的基本要求和嗜好，亦即作为句式的“我感到……”；“我感到……”首先意味着人必须入乎生活之内，进而与生活世界进行深度交合，以达至“无往而非感矣”的交融之境。因此，味觉化汉语的直观特性（或曰肉体特性）、世俗特性的核心实质[5]，必将落实于感思之上；唯有感思，才是味觉化汉语舔舐万物的思维利器，是气本体所成之物所要求的那种特定的认识论。

---

① 为此，贡氏除了《味与味道》外，还另有大著《味觉思想》（生活·读书·新知三联书店，2018年），以彰显味思维的内涵与味思维对中国传统思想强劲的解释力。

② 贡华南：《味与味道》，前揭，第214页。

③ 参阅笠原仲二：《古代中国人的美意识》，前揭，第18、97页。

④ 吉尔·德勒兹：《哲学与权力的谈判》，刘汉全译，商务印书馆，2001年，第109页。

⑤ 关于古代汉语的直观性和肉体性可参阅敬文东：《词语：百年新诗的基本问题——以欧阳江河为中心》，《中国现代文学研究丛刊》2017年第10期；敬文东：《从超验语气到与诗无关》，《中国现代文学研究丛刊》2018年第10期。

感，诗（兴）

有一段极为著名的甲骨卜辞是这样的：

癸卯卜，今日雨？
其自西来雨？
其自东来雨？
其自北来雨？
其自南来雨[①]？

傅道彬为这段甲骨卜辞给出的精妙解释，涉及兴观群怨之中的兴："看似寻常的祈雨卜辞其实是宗教祭祀中的诗歌孑遗，原始兴舞与歌诗一起表现着宗教祭祀的庄严与宏大，祭祀与歌舞的不断重复，积淀在早期人类的情感世界，成为引发人类兴致的心理结构……诗总体现着原始人类热烈而兴奋的生命情感，风习既久，兴便是兴趣兴致，是诗的情感内容，从而演变成诗的艺术形式，兴于是成了诗的同义语。"[②]傅氏之言暗含了一个结论：所谓起兴，就是面对纷纭、驳杂的生活世界，人必得真有所感并且深有所感（"动人心也"）。叶嘉莹女士恰当地谓之为"兴是由物及心的"[③]。李仲蒙则说："触物以起情，谓之兴，物动情者也。"[④]唯有由物而心，才能让心有感于物，才能"触物以起情"。气本体所生、所造之物被人有所"感"以"入"于人心，故而成兴；因此，兴乃饱满的情感、生命的激扬、内心的动荡，它急需"一身皆感焉"作为必要的物质基础。子曰："《诗》可以

① 郭沫若：《卜辞通纂》第375片，科学出版社，1982年，第368页。
② 傅道彬：《诗可以观》，前揭，第161页。
③ 叶嘉莹：《叶嘉莹说诗讲稿》，前揭，第21页。
④ 胡寅：《斐然集·致李叔易》引宋李仲蒙。

兴，可以观，可以群，可以怨。”[①]夫子之所以乐于将兴置诸兴观群怨之首，是因为四者当中，兴恰如傅道彬暗示过的那样，很可能真的最得感思之精髓。或者：较之其他三者，兴更能在凝结感思的过程中，把感思肉身化；或在肉身化感思的过程中，迅速将感思凝结起来[②]。因此，兴在本质上，是对万物贴身性和及肉性的饱满之感，感物乃是一种零距离的应物方式[③]。兴从一开始，就不是远距离的看，更不可能是视觉中心主义规定的那种沉思；和感物相比，看物是一种远距离的应物方式[④]。正是在零距离应物方式（感物）的关照下，世界才能以情理交融、情理难分的混沌和囫囵状态，被递交到有心人那里，为有心人所品咂，被有心人“口味之也”。

贡华南的观点来得既干脆，也十分简洁：“‘感’不是情，不过感可生情，情为实，由感而知人生的实在。儒家立足于‘感’，‘感’是实在且可以推己及人。他们认为，这种‘感’是确证人生实在的基础，换言之，无感则无实在的人生。”[⑤]在现象学家那里，所谓情，不过是“生存时间结构造成的意义波澜”而已[⑥]。正是在贡华南

①《论语·阳货》。

② 王夫之之言也许可以为傅道彬做一旁证：“于所兴而可观，其兴也深；于所观而可兴，其观也审；以其群者而怨，怨愈不忘；以其怨者而群，群乃益挚。”（王夫之：《姜斋诗话》卷上）

③ 李泽厚对这种应物方式、这种能够起兴之感，有生动而富有启发性的猜测：以乐舞为基本形式的巫术祭祀“不是某种被动的请求、祈愿，而是充满主动精神（从行为动作到心理意识）的活动成了关键……它是身心一体而非灵肉两分，它重活动过程而非重客观对象。因为‘神明’只出现在这不可言说不可限定的身心并举的狂热的巫术活动本身中……‘神’的存在与人的活动不可分，‘神’没有独立自足的超越或超验性质”（李泽厚：《己卯五说》，生活·读书·新知三联书店，2008年，第164页）。

④ 关于远距离的应物方式和零距离的应物方式请参阅敬文东：《李洱诗学问题》（上），《文艺争鸣》2019年第7期。

⑤ 贡华南：《感思与沉思》，《中国哲学史》2004年第3期。

⑥ 张祥龙：《拒秦兴汉和应对佛教的儒家哲学》，广西师范大学出版社，2012年，第33页。

已经道说分明的这个层面上，兴意味着具备“实在人生”的诸多人等对外物（生活世界）深有感焉；而深有所感于时间之中的物，就一定会获取“生存时间结构造成的意义波澜”——对时间的极度敏感，是味觉化汉语的基本特性之一[①]。不用说，发出“关关”之声的“雎鸠”，让闻之者莫名心动；虽然莫名心动还远不是纯然之思（或情），但已经包含着思（或情）最原始的胚胎。依其本义，思与感在其起始处，就必须相互交织；而作为感思之中的那个思，亦即君子试图“寤寐求之”的“窈窕淑女”在被“关关”着的“雎鸠”深有所感的某个瞬刻间，就已经必然性地出现在兴（或感）之中。正是在这个角度上，可以同意傅道彬的精辟断言：兴是诗的同义语。事实上，感思或者兴都不是纯然之思；与气思想、气观念相依偎的味觉化汉语也不支持纯然之思。对物的感思，也就是气本体的所成之物让人心动而起兴，深刻且有趣地意味着：被感之物对有感于此物的那个人究竟意味着什么、应该意味着什么，却不是被感之物自身之“所是”（概念或意义）到底是什么。不用说，味觉化汉语随处、随时都可以起兴，都能够起兴[②]，它当然有能力搞清楚被感之物的“所是”究竟是何模样、有何颜值；但在味觉化汉语看来，对

---

① 这方面的例子真是举不胜举，比如在《古诗十九首》中，感叹时间流逝的诗句太多了：“人生天地间，忽如远行客。”（《青青陵上柏》）“人生寄一世，奄忽若飙尘。”（《今日良宴会》）“四时更变化，岁暮一何速。”（《东城高且长》）“浩浩阴阳移，年岁如朝露。”（《驱车上东门》）“出郭门直视，但见丘与坟。”（《去者日以疏》）《庄子·知北游》则谓：“人生天地之间，若白驹之过隙，忽然而已。”曹植则说：“人生处一世，去若朝露晞”（《赠白马王彪》）、“人居一世间，忽若风吹尘”（《薤露》）。《北史·韩凤传》有言：“更可怜人生如寄，唯当行乐，何用愁为?”

② 此处说味觉化汉语“随处、随时都可以和能够起兴”并不冒险。张枣对汉语诗性的深刻体认可以道明这一点（张枣：《危险旅行——当代中国诗歌的元诗结构和写者姿态》，《上海文学》2001年第1期），费诺洛萨关于汉语最适宜于诗的观点，也能证明这一点（费诺洛萨：《作为诗歌手段的中国文字》，赵毅衡译，庞德：《比萨诗章》，黄运特译，前揭，第249页）。

于感物者而言，被感思的那个物自身之“所是”到底是什么一点都不重要。

自古以来，衡文论诗以气者，其来尚矣，良有以也。李泽厚恰如其分地认为，气是一个很难被诉说清楚的概念。假如真要想“强为之名”[1]那般强为之解的话，李氏建议不妨这么看：“‘气’身兼道德与生命、物质与精神的双重特点；它作为一种凝聚理性而可以释放出能量来的感性生命力量，是由孟子首先提出来的”[2]，正所谓“我善养吾浩然之气”[3]是也。李泽厚的看法固然很精辟，却似乎解除了气的本体地位和始基身份，还将气给刻意地道德–伦理化了。事实上，历代以气衡文论诗者，基本上走的都是非本体论、非始基化的路子[4]：

---

①《老子》第二十五章。

② 李泽厚：《华夏美学》，前揭，第69页。

③《孟子·公孙丑上》。

④ 关于这个问题，无须征引浩若烟海的文献，仅需看看杨星映女士如何解析曹丕的文气说即可：“孟子的‘知言养气’论对文学理论产生了很大影响，但这是指‘至大至刚’的道德境界而言，属于儒家伦理哲学范畴。‘气’作为文学范畴，以曹丕《典论·论文》为开端，其中有三段五处说到‘气’。第一段说：‘文以气为主，气之清浊有体，不可力强而致。譬诸音乐，曲度虽均，节奏同检，至以引气不齐，巧拙有素，虽在父兄，不能以移子弟。’这里‘文以气为主’的气，指作家的主观精神与创作个性所形成的气质才性。‘气之清浊有体’的气，指作为宇宙万物基始物质的气。‘引气不齐’的气，指人的体气。第二段说：‘王粲长于辞赋，徐幹时有齐气，然粲之匹也。’第三段说：‘孔融体气高妙，有过人者；然不能持论，理不胜辞；以至乎杂以嘲戏；及其所善，扬、班俦也。’这两处‘气’指作家气质才性在作品中的体现，还涉及地理环境和民风民俗等作家生活环境对气质才性的影响。可见，文气范畴一出现就具有浑融性、多义性的特点，涵盖了文学的本源、创作主体的身心特征及环境映射、创作主体精神意志对创作客体的投射贯注等诸多方面。其后以气范畴论文学，就分别从文学的本源、创作主体的精神品格和创作客体的审美特质三个方面衍生开去。”（杨星映：《试论以气、象、味为核心的中国古代文论元范畴》，《西南大学学报》2011年第6期）

文以气为主，诗亦然。诗者，所以发越情思，而播于声歌者也。是气也，不抑则不张，不激而不扬。[①]

诗有本末，体气本也，字句末也。本可以兼末，末不可以兼本。……今之学者，专心于字法、诗眼，于古人所称佳句已不能识，又安知有体气耶？[②]

文章当以理致为心肾，气调为筋骨，事义为皮肤，华丽为冠冕。[③]

凡文不足以动人，所以动人者，气也；凡文不足以入人，所以入人者，情也。气集而文昌，情深而文挚。气昌而文挚，天下之至文也。[④]

散句易于散漫，故白话文不能增长意气。……排句整饬，然排句玩熟了，易成滥调……为文须用排句以壮其"势"，用散句以畅其"气"。[⑤]

……

此类言论在中国文论史（包括诗学史）上比比皆是[⑥]。在不太多的例外者中，享乐主义者白居易的道说显得既很有趣，也十分打眼："天地间有粹灵气焉，万类皆得之，而人居多；就人中，文人得之又居多。盖是气凝为性，发为志，散为文。"[⑦]气作为"万类"之始基和本体，人、诗、文作为"万类"当中体量极小的一部分，在白氏笔下得到了很好的呈现：气本体所到之处乃有"万类"，因而有

① 卫宗武：《秋声集》卷五。

② 许学夷：《诗源辩体》卷三十四。

③ 颜之推：《颜氏家训·文章》。

④ 章学诚：《文史通义·史德》。

⑤ 顾随：《中国古典文心》，北京大学出版社，2014年，第160页。

⑥ 但也有例外，今人夏静对气与文学之间的关系在本体论的层面上颇有斩获（参阅夏静：《文气话语形态研究》，商务印书馆，2014年，第123页以下）。

⑦ 白居易：《白氏长庆集·故京兆元少尹文集序》。

人、有性、有志、有文（或诗）[1]。古人颇为坚定地认为："民有好恶喜怒哀乐，生于六气。是故审则宜类，以制六志。"[2]作为本体的六气在聚散、撒播、升降的过程中，得以降生六志（"好恶喜怒哀乐"）。依照气本体的基本脾性和特殊嗜好，六志只可能零距离地被人体、被人感，不能远距离地被人看、被人观。六志的外在形貌——所谓喜怒形于色所推重的那个色——并不重要，或顶多拥有表面上的重要性。对六志自身之兴味的仔细品咂，才是真正的关键，才是重中之重。"好恶喜怒哀乐"是失和、违和的产物，是心之"平"被打破才出现的局面（所谓"大凡物不得其平则鸣"[3]），因此，六志意味着"动人心也"，意味着感思和兴，但归根到底意味着诗。有如白居易说过的那样，诗乃气本体所生、所造之物；它是生活世界的一部分，虽然体量过于矮小，其重要性却与其体量恰成反比关系，俗语所谓"秤砣虽小压千斤"。在味觉化汉语思想的最深处，诗被认为只能被品咂，亦即只能被感、被入。诗引发的是感思，唯有以感思为途径，才能正确地理解诗，亦即从诗自身的层面和自身的角度理解诗，也就是老子乐于倡导的"以身观身，以家观家，以乡观乡，以邦观邦，以天下观天下"[4]。就连气本体也只有以感思为方式，才能在如其所是（as it is）的层面上得到理解——这是味觉化汉语的题中应有之义，无须多论。因此，从气的非本体化、非始基化路数出发理解古典汉语诗歌而获取的所有概念，比如气韵、气象、气势、气脉、神气、清气、逸气，甚至以气为主等等，都具有说不清道不明的特性。但诸多概念到底抹不去各自内部原本就暗藏的气本体的痕迹，因而诸多概念仍然可以被感、被入；

① 有意思的是，以气为本体论诗的白居易，却没有逃脱以气为非本体论诗之人的责难：元白"力勍而气孱，乃都市豪估耳"（司空图：《与王驾评诗》）。

②《左传·昭公二十五年》。

③ 韩愈：《送孟东野序》。

④《老子》第五十四章。

它们在以味觉化汉语为母语的有心人那里，自动拥有了“可以意会，而不可以言传”[1]的基本特征。所谓意会者，感思也，入也，兴也，“口味之也”。张枣在其诗作中，早已颇具“会心”地展开了与“会心”相匹配的行动：

船长呵你的坏女人
还没有打开水之窗。而我开始舔了
我舔着空气中明净的衣裳

我舔着被书页两脚夹紧的锦缎的
小飘带；直到舔交换成被舔
我宁愿终身被舔而不愿去生活。
（张枣：《祖国丛书》）

象，诗

有人经过一番辛苦爬梳后进而认为，在古典中国，与“形”连言合称而为“形象”的那个“象”，曾经经历过一系列漫长的演变：作为动物的象（elephant）—模仿、效法—想象—舞曲名、乐官—天象[2]。犹如众多诗家更愿意从非本体化的层面看待气一样，象在如此这般的演变过程中，也通常被看成非本体化的。非本体化的好处，是可以较为容易地将象落到实处，以便从纯粹鉴赏学的角度，务实地解决具体而微的诗学问题（或其他重要问题）[3]。其缺点，则是有

---

① 刘大櫆：《论文偶记》。

② 参阅杨星映等：《中国古代文论元范畴论析》，上海古籍出版社，2015年，第167−175页。

③ 关于中国传统诗学的重心主要在鉴赏学方面的论述请参阅敬文东：《说诗话》，《汉诗》2016年冬季卷。

可能过度矮化了与气本体相连之象更为丰富的内涵，附带着，还有可能抹去了气本体治下的象更为内在的质地[①]。张义宾认为，象的本体化地位颇为完美地出现在《周易》中："在天成象，在地成形，变化见矣。"[②]对于这份十二字真经，张义宾乐于给出的解释是："阳、乾、天作为本体都是'象'，为无（形）；阴、坤、地作为现象都属'形'，为有（形）。"[③]依高亨先生之佳注，天乃乾，为阳气，主辟，它始物；地乃坤，为阴气，主阖，它成物。道分开即为阴阳二气（老子所谓的"一生二"），阴阳二气合则为一（道）。道与气从根本上是一致的。以此为基础，张义宾另有大胆的发挥："由于阴阳不可分，故形与象可并称为'形象'。……在确定的'形'中含有不确定的'象'，有（形）中含着无（形）。由于'象'（乾）具有本体意义，是物之本源，因为它比'形'（坤）更加重要，故'形象'一词在指称某物有确切之定形的同时，更强调此物所具有的本体论意义。"[④]循此理解-解释的思路，在张义宾看来，《老子》似乎也有大致相若的看法："大象无形。"[⑤]象是看不见的，它尚无定形[⑥]。总而言之一句话，和有定形的形比起来，无定形之象的存在状态毋宁是：它恰似"将飞而未翔"[⑦]的鸟儿那样，将"现"而"未形"[⑧]。

仔细揣摩可发现，《周易》的本义也许是：阳气"在天成象"，

---

① 因为从非本体化层面亦即意象、具象的角度谈论象的论著很多，故此处从略，本书主要从与气本体相连的角度论象。特此说明。

②《易·系辞上》。

③ 张义宾：《中国古代气论文学观》，前揭，第55页。

④ 张义宾：《中国古代气论文学观》，前揭，第55页。

⑤《老子》第四十一章。

⑥ 贡华南对此的解释是："老子之'大象无形'崇尚的是具体未分化特征的'象'，而表现出贬低形体之分化、分离的趋向。'象'既指形式，又指实质，乃形式与实质未分之统一体。"（贡华南：《从无形形名到"形而上"》，《学术月刊》2009年第6期）此亦可聊备一格。

⑦ 曹植：《洛神赋》。

⑧ 参阅贡华南：《味与味道》，前揭，第193页。

阴气“在地成形”，故而出现了生活世界生生不已的万千变化。“成者，就也。”[①]“《广韵》曰：‘就，成也。迎也。即也’。”[②]在此，“成象”“成形”之“成”字似有生产义、生成义，无呈现义。形、象因其被生产和生成，才会有万千变化出现（“变化见矣”）；形、象因其不被呈现于天空和地面，而无本体义。张义宾的精辟之论或有可商榷之处：象是阳气的产物，它本身并不等同于阳气；象即使碰巧可以成为本体，相较于气本体也只能是、只可以是次一级的本体，它更有可能是临时性的、替代性的[③]。象可以与形构成对等和对称关系，一般情况下，却不可以也不可能对称、对等于气，张载因之而有笃定之言：“有气方有象，虽未形，不害象在其中矣。”[④]《荀子》也曾先于正蒙先生提到“奸声感人”而“逆气成象”，“正声感人”而“顺气成象”[⑤]。虽然形和象尽皆受孕和出源于气而均非本体，但也唯有成象、成形两相叠加，才能最终成物（成象+成形=成物）。《列子》说得很睿智，也颇为机巧：“有形者，有形形者。……形之所形者实矣，而形形者未尝有。”[⑥]形者当然出自形形者（赋形者）；形者自有其固定之形（“实矣”），形形者却是不可得而见之的本体，亦即无、道和气（亦即“未尝有”）——而“阴阳者，气之大者也”[⑦]。除此之外，《列子》还似乎意犹未尽地说：“有味者，有味味者……味之所味者尝矣，而味味者未尝呈。”[⑧]味者当然出自味味者（赋味者）；凡味者必有其可被品尝之味，而味味者却是不可得而见之的无、道和气（“未尝呈”）。所谓成物，就是从根子上、从骨殖深

① 许慎：《说文解字》卷十四。
② 许慎：《说文解字》卷五段注。
③ 象只在功能论的意义上有可能成为本体，但这是替代性的。详论见后。
④ 张载：《易说·系辞下》。
⑤《荀子·乐论》。
⑥《列子·天瑞》。
⑦《庄子·则阳》。
⑧《列子·天瑞》。

处意味着成味。或者说，成物原本就是成味——味乃万物之魂[1]。唯有有形有象于同一时刻、同一地点者，方能有物，方可为物。因是之故，将“现”而“未形”之谓“象”就暗含着一个基本的道理：唯有形与象合，才能让形与象分别有味；单独的形、单独的象尽皆无味。这一秘密，就隐藏在气本体支持的创世-成物论之中：气同时造就物之象（天）和物之形（地）。没有象，形毫无意义；没有形，象无所依附。在味觉化汉语思想的腹心地带，气为万物赋味时，会必然性地遵循“一阴一阳之谓道”[2]的基本准则。因此，它令形与象（阴阳）彼此配合、不可偏废；要达至不可偏废、彼此配合的绝佳之境，最行之有效的办法，也许就是让形与象在各自单身、寡居的情况下均不可得味。因此，有形有象的“清欢”在东坡居士那里可以有味：“人间有味是清欢”（苏轼：《浣溪沙·细雨斜风作晓寒》）；出于完全相同的道理，得形又得象的“世事”在放翁那里，当然也可以有味：“世味年来薄似纱”（陆游：《临安春雨初霁》）……诸如此类，不一而足。

《孟子》颇为自得地说：“万物皆备于我。”[3]五百年后，赵岐有注云：“物，事也。”再过了一千多年，王阳明终于将赵岐之注给具体化了：“意在于事亲，即事亲便是一物；意在于事君，事君便是一物；意在于仁民爱物，即仁民爱物便是一物；意在于视听言动，视听言动便是一物。”[4]物与事之间的随意转换、如意切换，“意”始而与有力焉，继而与有荣焉。以味觉化汉语之见，气本体之所成与其为物，远不如为事：“意”致而已矣。万事围绕万物以组建自身，因此，万事先在地囊括了万物；无物便无事，有事必有物。在味觉化汉语的念想中，万事之合和所能构成的，不是机械性的物理世界，

① 参阅敬文东：《味与诗》，《南方文坛》2018年第5期。
②《易·系辞上》。
③《孟子·尽心上》。
④ 王阳明：《传习录》卷一。

只能是整体涌动着的生活世界，也就是从猫到缸到油到猫儿姐姐烙馍馍，快速抵达被“一榔头砸死”的猪。更加重要也更为关键的是：气本体唯有以“在天成象”“在地成形”为途径，才能创生万花筒般的生活世界。有如万物那般，万事（生活世界）不仅有形，也尽皆有象；事围绕物为中心以组建自身，事之象与形必然尽皆有味。将“现”而“未形”谓之象，因此，事（物）既有形，也有向形迈进却始终不彻底走向定形的象。形与象不可分：说到形，就意味着象必定同时在场；说到象，就意味着形必定随时恭候在侧——恰如张义宾所言。贡华南雄辩地证明过：以感或入为基础的范畴，在早期汉语思想中被称为象。或者说，象意味着被感，尤其意味着时刻等待着被感[1]。形与始终向形发展的象彼此合作，以至于在成物（成事）的同时得以成味；对象深有所感不仅意味着以“一身皆感焉”的整个身心去感事（物）而思，更是感事（物）之味而思。《周易》因之而有言：“易无思也，无为也，寂然不动，感而遂通天下之故。”[2]易无思、无为、无动，却处处皆感。《世说新语》亦有大致相同的道说：“易何以为体？答曰：易以感为体。”[3]感、体都意味着入。易无思是感的前提——无思意味着专心致志地开放自己的所感功能；体则是通的条件——正所谓“往来不穷谓之通”[4]。而“圣人立象以尽意”[5]，就这样，味觉化汉语思想甫一出世，便以“我感到……”为其基本句式，立即将感、象、意统合在一起：感就是深有所感于生活世界之象（形自在象旁或象侧）；而意在味中，意始终是有生命的意、有机的意；象无形却可以被感，象因此能够极好地尽意——唯有通过感，象方可一尽其意。在味觉化汉语思想中，

① 参阅贡华南：《味与味道》，前揭，第215页。

②《易·系辞下》。

③《世说新语·文学》。

④《易·系辞上》。

⑤《易·系辞上》。

“我”只有调动全部身心以便真切而朦胧地“感到”象（“我”深有所“感”于象），“我”才能获知生活（或生活世界）之意、尽得万事之味。

气本体创造的生活世界在吁请有心人对它有所感、有所入。所谓有所感于生活，主要是感生活世界之象，却非生活世界之形。这是因为形实有、坚固、定型、执拗、轮廓分明，它似乎更倾向于视觉。事实上，“‘形’指与视觉（目）相对应的形状。”[①]象模糊、氤氲、朦胧、有蒸腾貌，它一片混沌，似乎更倾心于肌肤，更渴望着肉体的愉悦、肌肤的战栗。因此，将“现”而“未形”谓之象自有其深刻的内涵：象始终在蓄势迈向形、作势走向形，却始终不愿也不会成为形；象仅仅停留在蓄势、作势的状态，并不打算真的有所行动。因此，韩康伯说：“兆见曰象。”[②]象以几微之“兆”的方式被呈现。但这种性状和方式的呈现只可感，不可视，因为“兆”既小到难以被肉眼所分辨的地步，却又留下了让感可以有所感的恰当空间，既不多，也不少。生活之象（“兆”）暗含的趋势（蓄势、作势等），是富有包孕性的动作：势是行动的胚胎，势在孕育行动，但势本身还不是行动，却又有特定而具体的趋向——向形迈进。在这里，势乃矢量（vector）也，无所谓“白天的残余”（day residues）[③]。因此，感生活世界之象更深层、更具体的意思，是感生活世界之势，亦即感势。刘咸炘提出了感势的基本路径或者基本要义：“观事实之始末，入也；查风势的变迁，出也。”[④]生活之势需要感势者能够入乎势之内，还得出乎势之外。势乃蓄势待“发”却始终未

---

① 贡华南：《从无形、形名到形而上》，《学术月刊》2009年第6期。

② 韩康伯：《易·系辞上》注。

③ 彼得·伯克（Peter Burke）：《文化史的风景》，丰华琴等译，北京大学出版社，2013年，第27页。

④ 黄曙辉编校：《刘咸炘学术论集·文学讲义编》，广西师范大学出版社，2007年，第233页。

"发"并且最终不可能"发"的趋势、走势、态势和形势；它孕育行动却自身并非行动则自有其意味：势暗含着抑制不住的勃勃生机，它就像汩汩泉水，像熊熊地火，在地下暗自涌动或燃烧。势就是生机、生气和生意的微型仓库，或微型培养基。因此，感生活世界之势（感势）更深层、更精微的意思，是感生活世界之生机、生意和生气（感生）。这就是"生生之谓易"[①]最真实的含义。熊秉明说得好，达·芬奇的"宇宙论里没有神，只有神秘；没有恶魔，然而充满诱惑"[②]。对于被味觉化汉语高度掌握的中国人来说，宇宙的诱惑力主要来源于生，恰如《周易》之所说："夫乾，其静也专，其动也直，是以大生焉。夫坤，其静也翕，其动也辟，是以广生焉。"[③]数千年来，大生和广生一直在挑逗所有以味觉化汉语为母语的华夏子民。

弗洛伊德认为，"很多人成功地把他们的性本能力量的相当重要的一部分引向他们的专业活动。性本能特别适合做出这类贡献，因为性本能具有升华能力：就是说，它有权力用另一类有更高价值、却又不是性的目标来代替它的直接目标"[④]。在弗氏眼中，整个西洋文学不过是对性欲的升华；或者：是蓬勃、潮湿的性欲而非其他元素或东西，催生了整个西洋文学，甚至整个西方文明。与弗氏的观点相去甚远，在味觉化汉语思想里暗含着一个被隐藏多时的观点：感生才是古典汉语诗歌的核心之所在。"满眼不堪三月暮，举头已觉千山绿"（辛弃疾：《满江红》）、"春风春雨花经眼，江北江南水拍天"（黄庭坚：《次元明韵寄子由》）、"朝来新火起新烟，湖色春光净客船"（杜甫：《清明二首》之一）、"小楼一夜听春雨，深巷明朝卖杏花"（陆游：《临安春雨初霁》）、"啼莺舞燕，小桥流水飞红"（白

---

①《易·系辞上》

② 熊秉明：《熊秉明美术随笔》，人民文学出版社，2008年，第66页。

③《易·系辞上》。

④《弗洛伊德论美文选》，张唤民等译，知识出版社，1987年，第54页。

朴：《天净沙·春》）、“残雪暗随冰笋滴，新春偷向柳梢归”（张耒：《春日》）……这种以感生为务的诗句，这些极尽感生之能事的妙语，在古典汉语诗歌史上可谓在在皆是，其数量早已“多于”（而非“多如”）过江之鲫。即便是“千山鸟飞绝，万径人踪灭”那种看似无生可感的枯萎境地，在气本体的精心关照下，也大有生在，可供诗与诗人尽情地感之、快乐地入之：一叶孤舟上披着蓑衣独自钓雪的孤单老者，正以其大写意的方式，不动声色地把将“现”而“未形”的迫人的生机、生意、生气和盘托出。而“人生得意须尽欢，莫使金尊空对月”（李白：《将进酒》）、“偏坐金鞍调白羽，纷纷射杀五单于”（王维：《少年行》其四）、“但使龙城飞将在，不教胡马度阴山”（王昌龄：《出塞》其一）云云，则将人生的快意、豪迈、掩饰不住猛生巨动纳入诗中，让诗顿时有如牛的前腱、后腱那般，充满了力量[①]。即使是哀叹式的“万里悲秋常作客，百年多病独登台”（杜甫：《登高》）、“夕阳无限好，只是近黄昏”（李商隐：《乐游原》）、“白骨露于野，千里无鸡鸣”（曹操：《蒿里行》）、“眼枯即见骨，天地终无情”（杜甫：《新安吏》）……也必须从生意、生机和生气的反面看过去，才能更好、更深入地得到理解：正因为缺乏生，所以，以感生为务的古典汉语诗歌反而对这种状况更感兴趣，更有热情；缺乏生既要呼唤更多的生，也让诗更醒目地感知生之缺失，因而更能清晰地觉察到感生之宝贵[②]。一切委顿之物唯有在生意、生机和生气的映衬下，才更能显出枯萎中暗含的顽强的生意，尤其是对生意的渴望。“眼枯即见骨”的反面是渴望健康的生意；因此，味

---

① 一般来说，汉文化以主静而不主动为特色（参阅徐复观：《中国艺术精神》，华东师范大学出版社，2001年，第16–20页），但这并不意味着汉文化忽视动。事实上，它更强调静中之动，亦即被汉语的羞涩感有意掩藏起来的那种动，这在古典汉语诗歌中得到了极为完美的表现，比如王维的名句“雨中山果落，灯下草虫鸣”（王维：《秋夜独坐》）。

② 参阅钱锺书：《七缀集》，前揭，第115–132页。

觉化汉语诗歌始终和善紧靠在一起，与悲悯相依偎。

古典汉语诗歌[①]以感生为务，因此，感生是古典汉语诗歌的总主题和总任务；感生是气本体给出律令，律令之严格，几近于康德所谓的“绝对”（绝对律令），因此，感生具有本体化的功能。这就是说，感生是气本体通过创造将“现”而“未形”之象，进而创造汉语古典诗歌的桥梁；感生就像是气本体派出的钦差大臣，在味觉化汉语自身伦理的帮助下，接受气本体的委托，创生了古典汉语诗歌。在这个意义上，感生集受造物（器）和创造者（本体）于一体，宛如妓女融商品与售货员于一身[②]，还恰似光居然可以是水火不容之波和粒子组成的共同体。在此，和感生的受造物身份（器）相比，它的创造者身份（本体）也许更为重要。感生的创造者身份意味着：被感之象在功能论的角度——也仅仅是在功能论的角度——具有本体地位，而又不被视为僭越，因为它只是在功能上被委以重任，以至于被认为它可以代天（气本体）行事（创造以感生为表达对象的汉语古典诗歌）。朱良志说得很肯定：“真正能够体现中国独特的艺术精神的正在于由‘象’所展开的艺术论述中，正是它决定了中国的艺术起源论、审美体验论、艺术表达论、批评方法论，决定了中国审美意象体系的整体框架。正是在这个意义上，与其说中国艺术以‘情’为核心，毋宁说它以‘象’为核心。”[③]但仔细考察却不难获知，朱良志所论及的象，只相当于此处所说的形——有定形的那个可视之形。或者说，朱氏只是在“形”与“象”连言合称的层面上，去谈论有象定居其间的那个固定之形，那

---

① 龚鹏程认为，诗很早就跟歌分家了，因此，将“诗”说成“诗歌”仅仅是习惯使然（参阅龚鹏程：《中国文学史》，东方出版社，2015年，第60页），此处依然以尊重习惯为务。

② 参阅本雅明：《发达资本主义时代的抒情诗人》，张旭东等译，生活·读书·新知三联书店，1989年，第189页。

③ 朱良志：《中国艺术的生命精神》，安徽教育出版社，1995年，第171页。

个视觉的对象[①]。在气本体自成一体的疆域内，形不可能为自己认领到本体地位，它被梦蝶庄生毫不犹豫地认作“物之粗也”，只因为形属于“可以言论者”的范畴，将“现”而“未形”之象则属于“可以意致者”的领域[②]。正是在象可以代天行事这个看似不可思议的层面和角度，叶秀山先生才很机智地说：“一切艺术作品，作为艺术来说，都是通过‘形’来‘显示’（指示，zeigen、show、discover……）那个‘本体’性的‘象’。”[③]叶先生之所说意味着：通过定形之“形”，去显示、暗示、标识只可以“意致”的“象”，那个几微之“兆”，那个不可视只可感之“兆”。因此，拥有本体身份的感生创造了受造物身份的感生，亦即古典汉语诗歌；与此同时，受造物身份的感生则完好地体现了本体身份的感生的自由意志——此乃古典汉语诗歌被隐藏起来的大根本，或曰大本根。

有机生活，诗

在味觉化汉语自动形成的整一性语境之内，古典汉语诗歌原本就是至为有味之物。因此，它可以被赏诗者所舔舐，有望被读诗者

---

① 事实上，中国古典诗学上的象基本上只相当于本文的形；它更应该叫形论。今人所谓的具象，实际上就是可视的各种形状的物事等等。韩少功的《暗示》就是一部论形的大著，但他用的词却是具象，“具象在《暗示》中根据需要，有时也被称作具象符号或象符。据韩少功及其《暗示》不厌其烦的介绍，具象最常见的面孔有事象（比如张三打了李四一拳）、物象（比如一棵歪着脖子的枣树）、媒象（比如电视里或者报纸上的汽车广告）、环境或氛围（比如让人触景生情的故乡，比如公事公办的办公室和公事可以私办的酒局）。我们尽可以说，韩少功为具象寻找子孙辈的方法或许略有瑕疵，因为他的分类尺度确有不尽一致之处；但我们只要牢记具象在韩少功那里，始终是与‘言’‘文’相对照的东西，大体上也就差不多了”（敬文东：《具象能拯救知识危机吗？——重评韩少功的〈暗示〉》，《当代作家评论》2014年第5期）。

②《庄子·秋水》。

③ 叶秀山：《叶秀山学术文化随笔》，中国青年出版社，1999年，第38-39页。

们所“口味之也”。依麦克卢汉之见，诗乃人的知觉器官的延伸物[①]。因此，有望被“口味之也”和可以被舔舐的古典汉语诗歌，总是在饱含热情地舔舐着万物（万事）[②]。舔舐者，感也，入也；而感者，舔舐也，亦入也。在古典中国，诗始终在舔舐（感）万物之生机；诗必须以感生为务。“生生之谓易”当中那个“生生”，不仅意味着蓄势、作势，还在蓄势、作势的基础上，特意强调生出变化（生–变）、生出生本身（生–生）[③]。蓄势、作势意在行动的趋势（有行动的欲望、该欲望具有特定的方向性）；生–变意味着变趋势为行动而意在万物常新，正所谓“日新之谓盛德”[④]、“苟日新，日日新，又日新”[⑤]；生–生则同样意味着变趋势为行动，而意在万物拥有不竭的生之意志、万事拥有能够不断促成自身涌动的内驱力，不竭且绵长，绵长且强劲。味乃万物（亦即万事）之魂，万物总是处于生生（趋势、生–变、生–生）构成的大化之流当中。因此，在万物的最深处，生与味必定两相交织，不可分割，也根本无从分割。生（势）安居于味，则生（势）自有意味；味安居于生（势），则味自有生意（势）。正是在此紧要关头，生–味成焉，生–味出焉，生–味兴焉。感生活世界之生气、生机和生意（亦即感生）的真正实质，乃是感生–味或对生–味有所感。诗以感生为务的实质，是感生–味或者有所感于生–味。感生–味意味着：诗在感生、起兴、生情的同时，必须舔舐万物之味，必须入于万味之中。在味觉思维的统摄和要求下，古

---

① 参阅麦克卢汉：《理解媒介》，前揭，第63页。

② 巴赫金认为，在俄国，至少是陀思妥耶夫斯基式的小说应该是一种知觉器官，不过这跟俄语关系不大，它之得来仅仅归功于俄语的某种特殊用法（参阅卡特琳娜·克拉克、迈克尔·霍奎斯特：《米哈伊尔·巴赫金》，前揭，第319页），这和古代汉语诗歌的知觉器官功能直接来自味觉化汉语完全不同。

③ 参阅杨立华：《一本与生生》，生活·读书·新知三联书店，2018年，第3–18页。

④《易·系辞上》。

⑤《礼记·大学》。

典汉语诗歌暗含着一个被长久隐藏起来的自我循环：诗舔舐万物，并将万物之味（万味）纳于自身，让自身成为至为有味之物；作为有味之物，古典汉语诗歌可以被赏诗者和读诗者所舔舐；作为可以被舔舐之物，也作为人的知觉器官样态奇异的延伸物，诗拥有舔舐万物的强烈欲望。这个循环正处于“生生之谓易”的题中应有之义当中：自我循环自当永不止歇；自我循环每发生一次，其周长就会在原来的基础上有所扩大，有所增长[①]。

以感生-味为务的古典汉语诗歌植根于有机生活；有机生活不仅是古典汉语诗歌得以成就自身的优质土壤，还是不二之土壤。有机生活与古典汉语诗歌相辅相成，不可须臾分离。在所有可能的生活形式中，唯有有机生活现实性地成就了古典汉语诗歌；有机生活自身得以存在的前提（或曰枢机），乃在于人为自己谋得的关系主体之身份，但说成人被味觉化汉语赋予了关系主体之身份，也许更合乎实际情形。关系主体首先指涉的是人-人关系。在有机生活的场域，人和他人之间并不构成互为对象的单独主体（或曰单子式主体、对象主体），甚至不构成气色较为温和、不那么剑拔弩张，也不那么怒目金刚般的主体间性（intersubjectivity）。真实的情况是：“纲常之网用尽了千百年来的中国人，中国人千百年来却未曾用尽纲常之网。……在这张更多温馨与偶尔的残忍相交织的网络上，每个人的左右、上下、前后，都是同他关系亲密的人，尤其是血缘姻亲之中的人；农耕中国按亲疏、远近调配而成的‘关系网’，外加小康理想中健康、亲切的人伦，大体上能保证每个人都处于关系之中。在相对理想的状态下，处于关系之中意味着：每个人不一定以他人为目

---

① 闻一多认为，古典汉语诗歌到两宋之时，无论诗的主题或形式已经完备，此后在体式和主题方面再无发展，因此，从诗歌本身的角度看，宋以后的诗纯属多余（参阅闻一多：《神话与诗》，上海人民出版社，2005年，第165页）。闻氏之论至为精辟，却并不影响古典汉语诗歌自身在生生不已地循环这个结论，只不过宋以后汉语诗歌的循环有可能其周长不再扩展罢了。

的（但最好能以他人为目的），却必须以他人为条件。”[①]在古典中国，人从来就不是他人的对象；人作为主体，必定不见容于有机生活。或者：有机生活从来不承认人的单子式主体（对象主体）之地位。陈来因之而有言：“正如仁字本身已经包含着个体与他人的联结关系一样，承认他人并与他人结成关系，互相关爱，和谐共生。”[②]其次，关系主体还必然性地意味着人-物关系。在古典中国，物（事）从来不是人的对象，或者观照物；人对万物采用的态度，被认为全部寄放在我-你关系之中。我-你关系亲切地“意味着‘王者无外’、怀柔远人，意味着化‘你’为‘我’，最终，达到不分‘你’‘我’，甚至没有‘你’‘我’的境地”[③]。在味觉化汉语的疆域内，人从来不外在于物与事；物与事从来就不是人用于征服的对象。人总是交好于万物，邀请万物来到自己身边，就像所有的中国园林都在热情邀请园外的自然景色进入园中，成为园林的一部分，园外和园内得以打成一片，最好是打成一片[④]。

埃里希·弗罗姆（Erich Fromm）曾经比较过英国诗人丁尼生（Alfred Tennyson）和日本诗人松尾芭蕉的诗。他们各自都有一首诗作，用于描述野外散步遇见花朵时生发的感慨。丁尼生的诗这样写道：“在墙上的裂缝中有一朵花，/我把它连根一起拿下。/手中的这朵小花，/假如我能懂得你是什么，/根须和一切，一切中的一切，/那我也就知道了什么是上帝和人。”松尾芭蕉的俳句则是这样的：“凝神细细望，/篱笆墙下一簇花/悄然正开放！”[⑤]弗罗姆更赞赏松尾芭蕉面对花朵时的态度，因为后者不像丁尼生那样，以占用花朵为目

① 敬文东：《艺术与垃圾》，前揭，第12页。

② 陈来：《仁学本体论》，生活·读书·新知三联书店，2014年，第31页。

③ 敬文东：《皈依天下》，前揭，第22页。

④ 参阅陈从周：《说园》，山东画报出版社、同济大学出版社，2002年，第18-20页。

⑤ 参阅埃里希·弗罗姆：《占有还是生存》，关山译，生活·读书·新知三联书店，1989年，第20-21页。

的，松尾只停留于礼赞花朵自为自在地开放这个生机盎然的层面。殊为可惜的是，埃里希·弗罗姆没有机缘领略古典汉语诗歌之妙，否则，他很有可能就不会拿松尾芭蕉作比于丁尼生。松尾笔下的花朵的确在自我开放，却必须仰赖松尾的眼睛；和诗中有我的松尾芭蕉比起来，诗中无我的中国诗人比比皆是：

采菊东篱下，悠然见南山。
（陶渊明：《饮酒》其五）
寒波澹澹起，白鸟悠悠下。
（元好问：《颍亭留别》）[①]

“我”何之？“我”消融、散布，以至最终无形于万物。陶渊明、元好问没有像松尾芭蕉那般礼赞万物（花朵）的自在运行，而是干脆将自己无间于万物。因此，所谓有机生活，就是在人与人和睦相处、物与人和谐共生的状态中，方能出现的那种整体性的生活，那种整体性涌动着的事情的集合。在理想情况下，有机生活因预先排除了异己之物，排除了自我矛盾更兼自我冲突之物，更加有利于生生（趋势、生–变、生–生）毫无滞碍地运行自身、把控自身，直至生生无所驻心——无我或忘我——地工作。这种质地饱满的状况，让人的知觉器官以及知觉器官的延伸物更有利也更有力地敏感于生，更有效也更经济地醉心于味和贪心于味。有机生活意味着生–味汁液浓郁、醇厚；生–味无论是被欲望强劲的古典汉语诗歌精心舔舐，还是被古典汉语诗歌纳于自身而让自身终成有味之物，生–味都处于极为饱满、充盈的状态。有机生活是以感生–味为务的古典汉语诗歌的绝配；与其说古典汉语诗歌在舔舐万物、在感万物

① 在谈论诗词的无我之境时，静安先生很坚决地以这四句诗为例证（参阅王国维：《人间词话》，上海古籍出版社，1998年，第1页）。此处当然有拉大旗作虎皮的嫌疑。

之生而起兴与生情，远不如说它陶醉于有机生活浑身上下汩汩萌动着的生-味，并将之纳入自身而让自身有味、让自身怀揣勃勃生机。因此，王士禛才说："诗有正味焉。"[①]令人殊感遗憾的是，王氏居然忽略了与正味私相授受而可以被诗深有所感的生生（趋势、生-变、生-生），但尤其是充盈其间的生-味。

在味觉化汉语思想的稠密地带和腹心地带，有机生活只能出源于气本体，但有机生活也备受宠幸于气本体。对于这个看似隐蔽、难解的问题，张义宾有着极为妥帖并且善解"气"意——而非仅仅善解"人"意——之言："'生'即从无形到有形，由'象'转为'形'，是辟之功用。……'活'是指由无入有而'生'出的'形'具有定相定体，不致消解，保持相对稳定性，此乃阖之作用。故'生活'也即阴阳之'易'，它强调了'世界'的生-生本性，'世界'在生活着，'生活'就是'变易'。"[②]在气本体无微不至地观照下，有机生活（浓郁的生-味）成为这个世界的根本所在。围绕关系主体组建起来的所有事情之集合（生活），就是世界的本质；而关系主体仰仗味觉化汉语前赴后继地进行事情生产[③]，则让这个世界总是处于变动不居的生活状态之中（"'世界'在生活着"）；居于生活状态的世界充满了生-味，只因为气本体治下的生活永远是有机生活，有机生活则在呼唤古典汉语诗歌的诞生，或者：它在暗中为古典汉语诗歌默默地提供有机的养分，并期盼着它的诞生。更重要的是：味觉化汉语行经之处，不仅中国生活是有机的，连中国思想也是有机的。李约瑟（Joseph Needham）的观察很准确，也很有说服力："在希腊人和印度人发展机械原子论的时候，中国人则发展了有机宇

---

① 郎廷槐编：《师友诗传录》。

② 张义宾：《中国古代气论文学观》，前揭，第59页。

③ 人只能仰仗语言生产事情以改变世界，有关这一点请参阅敬文东：《随"贝格尔号"出游》，前揭，第37-42页。

宙哲学。”[①]这是因为气本体在创世-成物时，时时刻刻都无法离开人，这和希伯来的神有意创造了人迥然有别；气本体创世-成物原本就是为了人，尤其是为了给人提供有机生活。有机生活总是倾向于跟关系主体——但尤其是关系主体的生命——联系在一起，因此，关系主体迫切需要有机思想作为自己展开有机生活的行动指南，或者行为准则。关于这个至关重要的问题，牟宗三说得颇为诚恳，也颇为朴实：中西“两个哲学传统的领导概念，一个是生命，另一个是自然。中国文化之开端，哲学观念之呈现，着眼点在生命，故中国文化所关心的是‘生命’，而西方文化的重点，其所关心的是‘自然’或‘外在的对象’（nature or external object），这是领导线索”[②]。在气本体看来，有机思想和有机生活是配套的，而配套本身，就意味着有机；唯有有机思想，才能保证有机生活的安全，进而保障生-味不受到打扰，进而保证了古典汉语诗歌也必将是有机的。

有机的华夏文明向来被自己人和外人一致认定为主静的文明。鲁迅因此愤激地说：“我看中国书时，总觉得就沉静下去，与实人生离开，读外国书——但除了印度——时，往往就与人生接触，想做点事。”[③]鲁迅似乎不愿提及一个简单的事实：有机生活最为直白地意味着生-味汁液浓郁、醇厚。因此，主静很可能在动的层面有所减弱，甚或不足（至少动可以被认作没有受到足够的重视），却在生的层面呈现勃勃之态，大有升腾之象。有机的华夏思想之所以认定智者喜动，是因为智者更有可能从动中，体会到居于趋势之上的生-

① 李约瑟：《中国科学技术史》第三卷，《中国科学技术史》翻译小组译，科学出版社，1975年，第337页。

② 牟宗三：《中西哲学之会通十四讲》，上海古籍出版社，1997年，第11页。

③ 鲁迅：《华盖集·青年必读书》。

变，察觉到万物常新，所以，智者不惑①。仁者喜静，是因为仁者被认为更容易也更乐于从静中体会到生-生，察觉到“生生之谓易”这个命题自身具有不变性和不易性②，所以，仁者无忧③。在有机的华夏思想看来，动并不一定是生的最佳体现，或形式；生中之静或静中之生或许更有可能成为生的上佳形态，就像没人真的肉眼看见草木生长但草木时刻都在不停地生长。理由似乎很简单：生中之静和静中之生更有利于中国古人感生-味，生中之动或动中之生则像泥鳅一般滑腻，不那么容易被感生-味的中国古人所把握，更何况远超泥鳅之滑的那起子剧烈之动呢。动似乎更容易被目击，更适合视觉或者眼睛，不太适合感思，也不太适合零距离的应物原则。有理由认为：仁者比智者更能在静中感生-味；和智者相比，仁者更靠近感思一端④。

正是在生-味汁液浓郁、醇厚的前提下，美食研究者和美食家沈宏非的调侃才得以成为一道真值命题：“人体最性感的部分以及世上

---

① 徐子问于孟子，“徐子曰：‘仲尼亟称于水曰：“水哉！水哉！”何取于水也？’孟子曰：‘源泉混混，不舍昼夜；盈科而后进，放乎四海：有本者如是，是之取尔。苟为无本，七八月之间雨集，沟浍皆盈，其涸也，可立而待也！故声闻过情，君子耻之。’”（《孟子·离娄下》）这是对智者的生动解释。

② 钱锺书曾引《易纬乾凿度》等古典著述的言论：“易一名而含三义，所谓易也，变易也，不易也。”（钱锺书：《管锥编》卷一，生活·读书·新知三联书店，2007年，第8页）钱氏以此回应黑格尔对汉语的偏见，但也由此可以看出，仁者能从变动中找出不变、不动的恒常之理。

③《孔丛子》写道：“子张曰：‘仁者何乐于山？’孔子曰：‘夫山者，岿然高。’子张曰：‘高则何乐尔？’孔子曰：‘夫山，草木殖焉，鸟兽蕃焉，财用出焉，直而无私焉，四方皆伐焉。直而无私，兴吐风云，以通乎天地之间；阴阳和合，雨露之泽，万物以成，百姓咸饷。此仁者之所以乐乎山也。’”（《孔丛子·论书》）这当然是对仁者乐山的另一种解释。

④ 依照华夏思想道器不二的思维方式，仁者和智者必然同时被华夏思想所提倡，因此，仁者中必定有智者的成分，智者中必定有仁者的成分。正是这一点，保证了智者不会被视觉所完全掌控，味觉化仍然是主流。事实上，在中国从来没有绝对分离的思想，甚至连水火都可以兼容：“火，水妃也。”（《左传·昭公九年》）“水，火之牡也。”（《左传·昭公十七年》）

最好的春药，乃是想象。”[①]想象不仅像特里·伊格尔顿（Terry Eagleton）一口咬定的那样，乃是一种特殊的意识形态[②]；在味觉化汉语时期的古典中国，想象更是感生-味的极端形式，最起码也称得上更有力的形式。所谓想象，不过是人对自己头脑中储存的诸多表象进行加工、改造、打磨以形成新形象的心理过程。因此，无论在任何时刻，想象之“象”都将不等同于“在天成象”之“象”，它反倒等同于“在地成形”中的那个“形”；在头脑中加工以成“象”的过程，乃是不折不扣地成“形”的过程[③]。关于这个问题，庞德在《关于意象主义》一文中，有很好的道说：

意象可以有两种。意象可以在大脑中升起，那么意象就是“主观”的。或许外界的因素影响大脑；如果如此，他们被吸收进大脑融化，转化了，又以与它们不同的一个意象出现。其次，意象可以是“客观”的。攫住某些外部场景或行为的情感，事实上把意象带进了头脑；而那个旋涡（中心）又去掉枝叶，只剩那些本质的，或主要的，或戏剧性的特点，于是意象仿佛像外部的原物似的出现了[④]。

“在天成象”之“象”是气本体的产物；在味觉化汉语时期的中国，以“想象”而“成形”，就是人以其“一身皆感焉”去深切感受生-味的产物。因此，想象的核心在于：感浓郁、醇厚之生-味以成

① 沈宏非：《食相报告》，前揭，第256页。

② 参阅伊格尔顿：《二十世纪西方文学理论》，伍晓明译，陕西师范大学出版社，1986年，第23-24页。

③ 屈光先生在引用了李东阳的观点（“意象具卒，始为难得”），尤其是何景明的观点（“意象应曰合，意象乖曰离”）之后，下结论说，所谓“‘意之象’就是诗人之意所赖以寄托的物象，‘意象’就是意和象”（屈光：《中国古典诗歌意象论》，《中国社会科学》2002年第3期）。很显然，屈先生那里的“象”正是本文此处的“形”。

④ 转引自彼得·琼斯（P.Jones）：《〈意象派诗选〉·原编者导论》，彼得·琼斯编：《意象派诗选》，裘小龙译，漓江出版社，1986年，第44-45页。

形；想象乃是以感生为务的古典汉语诗歌成就自身的渠道之一。不用说，形（想象之“象”，亦即庞德所谓“意象”）乃古典汉语诗歌的根本。王廷相说得很动情：“夫诗贵意象透莹，不喜事实黏着，古谓水中之月，镜中之影，可以目睹，难以实求是也。……嗟乎！言征实则寡余味，情直致而难动物也。故示以意象，使人思而咀之，感而契之，邈哉深矣，此诗之大致也。”[①]这很可能就是古典汉语诗歌需要仰赖、依凭想象的终极原因，或根本理由。在仁者那里，静中之生-味（有机生活）更易于被感思，因此，中国古典诗歌在整体上更倾向于素静，陶渊明和王摩诘被认为是其中最为杰出的代表；钱锺书则从中西文学比较的角度，干净利索地下结论说：“和西洋诗相形之下，中国旧诗大体上显得情感不奔放，说话不唠叨，嗓门儿不提得那么高，力气不使得那么狠，颜色不着得那么浓。”[②]

《管子》倾向于用生-味厚重的语气，如此这般盛赞气本体：“凡物之精，此则为生。下生五谷，上为列星。流于天地之间，谓之鬼神；藏于胸中，谓之圣人。是故民气，杲乎如登于天，杳乎如入于渊，淖乎如在于海，卒（崒）乎如在于己。”紧接着，《管子》终于图穷匕见，很是笃定地道出了气与德之间的亲密关系：“是故此气也，不可止以力，而可安以德；不可呼以声，而可迎以音。敬守勿失，是谓成德，德成而智出，万物果得。”[③]在气本体治下，唯有成德者，方可成物。万物出源于气，而气必与德连。有德之气生万物，人则以德为方式纳气于自身并确保精气勿失，是为成德；气不仅生物，人还能因气而理解万物。对于《管子》在德与气之间构筑的亲密关系，道家几乎持完全赞同的态度：“子列子问关尹曰：‘至人潜行不窒，蹈火不热，行乎万物之上而不栗，请问何以至于此？’关尹曰：‘是纯气之守也，非知巧果敢之列……壹其性，养其气，合其

① 王廷相：《与郭价夫学士论诗书》。

② 钱锺书：《七缀集》，前揭，第16页。

③《管子·内业》。

德，以通乎物之所造。夫若是者，其天守全，其神无郤，物奚自入焉！’”[1]儒家不仅完全同意《管子》和道家对气、德关系的相同见解，还更进一步指出：诚不仅是德之内核，甚至是德的最高形式。周敦颐认为，诚意味着人伦道德之大成[2]。以周氏之见，连圣人也不过是唯诚而已矣[3]；甚至连圣人之教也依然不过是唯诚而已矣。阳明子目光如炬，在他的念想中，“子思括《大学》一书之义为《中庸》首章”，而“大抵中庸工夫只是诚身，诚身之极便是至诚；大学工夫只是诚意，诚意之极便是至善”[4]。周敦颐在论说诚为德之首时，来得尤为恳切、真挚，并且格外严肃：“圣，诚而已矣。诚，五常之本，百行之源也。静无而动有，至正而明达也。五常百行，非诚非也，邪暗塞也，故诚则无事矣。至易而行难，果而确，无难焉。故曰：一日克已复礼，天下归仁焉。”[5]味觉化汉语思想甫一出世，就乐于在气本体和德、诚之间，建立不可分割的联系；它们彼此交织，直至你中有我我中有你，以至于达到了牵一发而动全身的地步。

味觉化汉语思想从一开始就知道：想象的本质不仅是感浓郁、醇厚之生-味以成形。其所感还自有它特定的方向，只因为感自始至终都必然是矢量：它必须顺着诚给出的特定方向，深有所感于醇厚、浓郁之生-味。气本体、德和诚三者密不可分，因是之故，气本体治下的有机生活以及所有的关系主体，还有指导、规范有机生活与关系主体的那些有机思想，都必定以诚为最高德性；有机思想、有机生活、关系主体原本都是诚的承载体——味觉化汉语疆域中想象必须听命于诚的根本理由。虽然诚有能力给如何感思生-味指明路

---

①《庄子·达生》。

② 参阅吴凡明：《周敦颐对“诚”的理论重构》，《南通师范学院学报》2001年第3期。

③ 周敦颐：《通书·诚上》。

④ 王阳明：《传习录》卷上。

⑤ 周敦颐：《通书·诚下》。

径，但诚自身却听之弗能闻，视之弗能见，唯有用感这种以味觉为其思维原型的认知方式，才能获知诚的热切与体温。诚不但因其可感而在本质上更接近于静中之生，而且诚还是生生（趋势、生-变、生-生）的最高存在状态：生生被诚牢牢掌控因而也必然是矢量。顺着诚给予的特定方向，感生-味既可以起兴，还可以成形（想象）。起兴是为了生情，此情必为诚所规范、所感染；在理想情况下，情必定是“能以精诚致魂魄”的那种炽热、正派、健康之情，但本质上更倾向于深情。成形则是为了让兴之产物（情）得以定形，让情获得固定、恰切的轮廓，以至于让赏诗者可以更好地有感于兴带来的深情，这种性质的形也必定在诚的掌控之中，它是“天地有正气，杂然赋流形”（文天祥：《正气歌》）定义下的那种可以固定健康、正派、炽热之情的形，但它在本质上，必定是得正气而后获取的“正”形[①]。在味觉化汉语形成的诗学空间中，兴与想象乃一母所生（它们都得之于感生-味），却相互配合，一个生情，一个定情于形。更加重要的是：古典汉语诗歌始终处于气本体、德、诚构成的疆域内，它不仅因诚的静中之生特性因而显得颇为素静，也因诚乃生生的最高存在状态，而获取了它自身的有机特性。

想象的危机

视觉化汉语的意义极为重大，似乎可以被认作中国历史上空前未有之大变局；和王国维的著名论断——“中国政治与文化之变

---

① 英伽登认为，文学作品仅仅是靠近真理的准判断（quasi-judgment）而已（R.Ingarden, *Selected Papers in Aesthetics*, The Catholic University of America Press, 1985, p.161）。R.Fowler则说，“文本不是客体，它是行动或过程。”（R. Fowler, *Literature as Social Discourse: The Practice of Linguistic Criticism*, Indiana University Press, 1981, p.80）但古典汉语诗歌的根本在诚，唯诚为真，而不以真为诚，更何况较为纯正的以真为标准的“准判断”或“客体”“行动”和“过程”。

革，莫剧于殷、周之际”[1]——相比，此等判词来得更为准确，也更加沉重。视觉化汉语的影响力和它实际上所起到的作用，至今未能得到恰如其分的估量。正是视觉化汉语而非其他看似更为有力的东西，从根本上意味着现代中国的诞生。视觉化汉语不仅是古典中国的终结者，同时还是现代中国的开创者：它的左手边是死亡，它的右手边是新生。它同时集坟茔和产道于一体。马歇尔·麦克卢汉令人新奇甚或让人不解地认为："媒介即讯息。"紧接着，麦氏有些同义反复地争辩道："所谓媒介即讯息只不过是说：任何媒介（即人的任何延伸）对个人和社会的任何影响，都是由于新的尺度产生的；我们的任何一种延伸（或曰任何一种新的技术），都要在我们的事务中引进一种新的尺度。"[2]紧随着视觉化汉语而来的，是这种性质的语言随身携带的观物方式：一种远距离的应物原则。它迥然有异于味觉化汉语自带的零距离的应物原则（感思）[3]。爱默生（Ralph Waldo Emerson）乐于一口咬定："一切语言均为过渡性的媒介。它像渡船和驮马，起传送的作用，和附属于家园的农庄与房舍迥乎其异。"[4]和爱氏对语言的蔑视与悲观失望截然相反，麦克卢汉的看法是这样的："言语是人最早的技术，借此技术人可以用欲擒故纵的办法来把握环境。"[5]任何一种语言自诞生起，就一直在不断地变换姿势，不断地改变自身的样态。如果遵循麦氏发明的"新的尺度说"，倒不妨试做如下判断：有不同形态的应物原则，就必定有不同款式的世界图示，也一定会有不同样态的世界模式。语言哲学的ABC始终不曾变

① 王国维：《观堂集林·殷周制度论》。

② 麦克卢汉：《理解媒介》，前揭，第18页。

③ 关于视觉化汉语如何最大限度地取代味觉化汉语，以及远距离的应物原则如何最大限度地替换零距离的应物原则，请参阅敬文东：《李洱诗学问题》（上），《文艺争鸣》2019年第7期。

④ 参阅盛宁：《二十世纪美国文论》，前揭，第15页。

⑤ 麦克卢汉：《理解媒介》，前揭，第77页。

更其内涵：改变语言无异于改变世界[①]；世界总是在不同的句式中，变换它的身位，也在不同的句法中，改变它的形态和性质[②]。关于这个显而易见的问题，麦克卢汉早有先见之明："如果要问'言语的内容是什么'，那就需要这样回答：'是实际的思维过程，而这一过程本身却又是非言语（nonverbal）现象。'"[③]现代中国当然不是区区一个"非言语现象"就能打发或描摹之物（现代中国应该远远大于任何一种"言语现象"），但它确实是被视觉化汉语及其随身携带的应物原则所造就：它就是它们的"内容"。视觉化汉语造就的古今断裂，古今断裂给众多国人带来的陌生感，恰如钟鸣在其诗中咏诵过的那样——

> 我们得来谈谈那时一个金币等于多少
> 那时餐盘里冻僵的一条鱼是否还活着
> 像叶塞宁在绳扣里咽气，像珂丁诺夫
> 像你，像我，突然间好像一切都变了
> （钟鸣：《珂丁诺夫》）

从视觉化汉语给予的方向一眼望过去，人们最容易看见（而非感到）的基本事实是：气本体以成象、成形为途径构筑的有机生活永久性地结束了，它结束于视觉化汉语探出头来的一刹那——而佛

---

① 参阅耿占春：《改变语言与改变世界》，社会科学文献出版社，2000年，第38–69页。

② 如里尔克（Rainer Maria Rilke）把"艺术的呐喊（call of art）"当作了"对艺术的呐喊（call to art）"。本人对此有过解说："词序的如许挪移，或许仅为优秀、巧妙的文字游戏，却并非不足为训：因为词序挪移乐于对应的，刚好是艺术生活中实际存在的情形，也是西方现代艺术史随身携带的内部结构，以及近乎荒谬的激情。"（敬文东：《从心说起》，《天涯》2014年第5期）假如此说有些微道理，倒不妨放到这里证明此处的这个小结论。

③ 麦克卢汉：《理解媒介》，前揭，第18页。

说，“一弹指顷，有六十五刹那”[①]；与有机生活一同结束的，还有人的关系主体之身份：关系主体被单子式对象主体所取代。从此，人与人不仅彼此间互为对象、互为孤岛或刺猬，还处于彼此抛弃的状态：一个对象主体和除他之外的其他所有对象主体之间互为多余物；而多余物的另一个名称，就是不洁的垃圾，它冷眼、歪头，吊儿郎当地斜视着这个喧嚣的世界[②]，这种“过于喧嚣的孤独”[③]。无机生活的实质正在这里：打一开始，绝对的孤独就是单子式对象主体的内涵之所在。对于这等境地，赵汀阳有悲观到极致的解说：“现代人的孤独是无法解决的问题，孤独不是因为双方有着根本差异而无法理解，而是因为各自的自我都没有什么值得理解的，才形成了彻底的形而上的孤独。”[④]在味觉化汉语自动形成的整一性语境当中，古人的孤独更多和时间相关，空间大体上被克服、被消化或者被包容在时间当中；那是一种饱满、多汁、丰腴并且充沛异常的孤独，存乎其间的，甚至不乏隐隐约约的甜味。“前不见古人，后不见来者”蕴含的更加真实的意思是：此刻之前本该有古人，此刻之后本该有来者，只是他们竟然（或者居然）没被此刻之人所遇见。“夜中不能寐，起坐弹鸣琴”的真实意思是：只需弹琴长啸，就能一解夜中的寂寞与夜间的孤独。“我见青山多妩媚，料青山见我应如是”则极为明显地意味着：在有机生活构成的整一性语境当中，关系主体的孤独很容易得到消解，人与物总是倾向于彼此间互感其生-味。虽然辛稼轩和陈子昂一样，乐于使用的也是同一个“见”字，却依然意味着“我感到……”而非“我看见……”。寄居于“江畔何人初见月？

①《俱舍论》卷十二。

② 参阅敬文东：《艺术与垃圾》，前揭，第10-23页。

③ 此处引用了赫拉巴尔（Bohumil Hrabal）一部著名小说的题目——《过于喧嚣的孤独》（杨乐云译，北京十月文艺出版社，2011年）。

④ 赵汀阳：《第一哲学的支点》，生活·读书·新知三联书店，2013年，第133页。

江月何年初照人？”中那轻微、温柔、低婉的疑问，正好在同样低婉、温柔、轻微的口吻中，随风飘逝，只剩下无限接近地表的袅袅余音。很容易观察——而非感思——到：在无机生活构筑、堆砌的世界上，对象主体的孤独更愿意相关于空间，它是一种随时可以存在或出现的孤独，孤独因此反倒无关乎时间，“就像到处都是空气，空气近于不存在”（欧阳江河：《玻璃工厂》）。在视觉化汉语时期的中国，对象主体感到的，总是倾向于一种和空间相关的扁平性的孤独[①]：

静极——谁的叹嘘？

密西西比河此刻风雨，在那边攀缘而走。
地球这壁，一人无语独坐。
（昌耀：《斯人》）[②]

对象主体以及它不得不认领、接管的无机生活源于视觉化汉语；更加准确地说，无机生活与对象主体尽皆源于白话文运动为视觉化汉语赋予的分析性能。远距离的应物原则意味着看的客观性，还额外保证了看的纯正性，这让视觉化汉语拥有的分析性能力道十足；十足的力道则让视觉化汉语拥有了超强的拆分事物的能力[③]。拆

① 参阅敬文东：《感叹诗学》，前揭，第83–90页。

② 三十年前的1989年，我曾经反昌耀之意而写有《邻居》一诗：“当我收到你的信，秋雨下落了/在地球另一面我同样的位置/收到信的是位金发姑娘还是棕面小伙？/他们是在痛哭呢还是高兴得揪头发？/其实我们都是邻居，告诉我/你的屋离他的屋要近些/要不现在就打开你的门/让他进来吧，你们好生长谈/反正秋雨已经在下了/在另一间屋子里/我听得见你们的窃窃私语。”现在看来这种一厢情愿除了虚拟的美好祝愿外，更多是孤独的不可解。

③ 关于这个问题的详细论述，请参阅敬文东：《汉语与逻各斯》，《文艺争鸣》2019年第3期。

分事物的能力不仅让万物中的每一具体之物处于绝对孤单的状态，类似于单子式对象主体接管的局面，还能对每一具体之物进行内部的拆分，最终，让每一具体之物的各个器官处于孤单、分离的态势，像被“一榔头砸死”的猪的每一个零部件都被不同的事情所环绕。对此，欧阳江河有足够深刻、自觉的领悟：

手枪可以拆开
拆作两件不相关的东西
一件是手，一件是枪
枪变长可以成为一个党
手涂黑可以成为另外一个党

而东西本身可以再拆
直到成为相反的向度
世界在无穷的拆字法中分离
（欧阳江河：《手枪》）①

跟以感生-味为方式认识万物相比，拆分事物能在定量的层面，更为精确、更加深入地认识事物。不仅整体的某物难逃视觉化汉语在拆分的过程中投出的目光；单个之物被拆分出来的每一个零部件，更难逃这束光的照耀和辨析。面对如此这般因被拆分而处于孤独之境的万物以及万物的碎片，单子式对象主体所能拥有的经验，也必将是孤独的、碎片式的。在有机生活中，感物之生-味是一种可以被多次重复的有机经验，得时之甘蔗必定永远是甜的，月亮总是唤起相思之情，菊花总是让人联想到高洁之士。在无机生活

① 有一个很有趣的掌故。经钟鸣回忆，《手枪》这首诗是欧阳江河组诗《东西》中的一首，深受麦克卢汉的《理解媒介》的影响（参阅钟鸣、曹梦琰：《蜀山夜雨》[下]，《名作欣赏》2015年第4期）。

中，拆分事物唤起的经验是一次性的，因为对某个具体之物的拆分本身是一次性的，上一刻和下一瞬都必将不同于眼前这一秒。所以，新诗凝结现代经验——而非感生-味于农耕的古典经验——需要遵循的，必定是词语的一次性原则：在同一个诗人笔下，甘蔗不可能每次都一样甜，菊花不被允许两次代表高洁，月亮只可以表示一次相思[①]。

无论是由意寻象（比如李白《行路难》其一："欲渡黄河冰塞川，将登太行雪满山。"），还是由象生意（比如宋之问《度大庾岭》："度岭方辞国，停轺一望家。魂随南翥鸟，泪尽北枝花。"），意象都必将是想象的产物[②]。金岳霖先生认为，"想像底内容是像，即前此所说的意像；思议底内容是意念或概念。想像底对象是具体的个体的特殊的东西，思议底对象是普遍的抽象的对象"[③]。话虽如此，随着味觉化汉语被视觉化汉语所取代，生发想象的方式却生发了翻天覆地的变化。在味觉化汉语的念想中，想象意味着在诚给予的方向上，零距离地感物之生-味以成形（气本体治下的"形"，而非气本体所成之"象"）；它是"一身皆感焉"的关系主体对有机生活与有机经验进行的零距离感思，更是对感物之生-味而来的兴与情的定形化，主心不主脑。被感思凝结而成的意象鲜活无比，彼此间从不生分，有如焦不离孟。在马致远那里，枯藤、老树、昏鸦、小桥、流水、人家、古道、西风、瘦马，还有西下的夕阳、身在天涯的断肠人等等，这些看似八竿子都不可能打着的意象紧密地团结在一起，形成了无法被分割、无法被拆解的有机关系，有如天造地设

---

① 对此问题的详细论述请参阅敬文东：《从唯一之词到任意一词》（上篇），《东吴学术》2018年第3期。

② 参阅屈光：《中国古典诗歌意象论》，《中国社会科学》2002年第3期。

③ 金岳霖：《金岳霖全集》第三卷（上），前揭，第328页。

那般若合符契[1]。味觉化汉语的世俗特性和直观特性尽在感生-味之中；被味觉化汉语始终直观着的，是关系主体充满世俗特性的有机生活。这让味觉化汉语在凝结意象时必然以直观的描述居多，钟嵘更乐于称之为"直寻"："'思君如流水'，既是即目；'高台多悲风'，亦惟所见；'清晨登陇首'，羌无故实：'明月照积雪'，讵出经史？观古今胜语，多非补假，皆由直寻。"[2]虽然喜欢说理的宋诗倾向于也乐于被"理"所包围，而略有窒息、生涩之感，但毕竟其根底依然在感生-味于有机的农耕经验。作为诗句的"不识庐山真面目，只缘身在此山中"（苏轼：《题西林壁》）之所以成立，首先是因为有一座可以被感、被直观的庐山，否则，那个粗浅的道理根本无从说起。味觉化汉语因其直观特性，而更多直观式的想象，正所谓"遇景入咏，不拘奇抉异"[3]，亦即直接感物之生-味以成意象，又所谓

① 唐君毅对于这种有机之感的来历从肉体的角度说得极为生动："吾人之此身直立于天地间，手能举、能推、能抱、能取；五指能指；足能游、能有所至而止；有口能言；有耳能听；有目能见；有心与首，能思能感，即其一切生命心灵之活动之所首发。中国哲学中之基本名言之原始意义，亦正初为表此身体之生命心灵活动者。试思儒家何以喜言'推己及人'之'推'？庄子何以喜言'游于天地'之'游'？墨子何以喜言'取'？老子何以言'抱'？公孙龙何以言'指'？……故真知手之'推'，亦可知儒家之推己及人之'推'。真知足之'游'，亦可知庄子之游于天地之'游'。充手之'抱'，至于抱天地万物，而抱一、抱朴，即是老子。尽手之取，至于恒取义，不取不义，利之中恒取大，害之中恒取小，即是墨子。穷手之指，至于口说之名，一一当于所指，即公孙龙子也。"（唐君毅：《中国哲学原论》，中国社会科学出版社，2006年，第4-5页）

② 钟嵘：《诗品·序》。

③ 皮日休：《郢州孟亭记》，尤袤编：《全唐诗话》卷一。宇文所安（Stephen Owen）从另一个角度很精辟地指出："在中国文学传统中，诗歌通常被假定为非虚构；它的表述被当作绝对真实。意义不是通过文本词语指向另一种事物的隐喻活动来揭示。相反，经验世界呈现意义给诗人，诗使这一过程显明。"（宇文所安：《中国传统诗歌与诗学》，陈小亮译，中国社会科学出版社，2013年，第16页）古典汉语诗歌的非虚构特性正是皮日休所谓的"遇景入咏，不拘奇抉异"。

“池塘生春草，园柳变鸣禽”（谢灵运：《登池上楼》）是也[①]。因此，古典汉语诗歌的想象一如钱钟书早已断定过的那样，既单纯、素朴，又满是生机——它是有机的。

在此，叶秀山先生的解说来得可谓相当及时：“西方人比较重视‘地’上的‘器’（形），而中国人则比较重视‘天’上的‘象’；西方人趋向于从‘地’上的‘器’‘形’来推断其‘背后’的东西，而中国人则趋向于‘直接’从‘天’（上的‘象’）来‘观察’‘思考’‘地’上的‘形’‘器’。”[②]但叶氏此处所说的中国人，更应该理解为被味觉化汉语掌握的古代中国人；他此处所说的西方人，更应当理解为被视觉化汉语掌握的现代中国人——自白话文运动以来，味觉化汉语就委身相向，主动接受了逻各斯的深度感染。天上的“象”是气本体用于创世-成物的中介，是感生-味的实质所在，它在视觉化汉语中大规模地消失了。现代中国人受制于视觉化汉语，也许习惯于从“器”“形”来推断其“背后”的东西，但对于作诗者，也就是那些对象主体而言，他更乐于以远距离的沉思（金岳霖所谓的“思议”）为方式，要么将“意”投射到事物被拆分而来的碎片之“形”，以收获意象；要么面对碎片之“形”在沉思中生发感慨，以获取意象。这两种想象方式的实质，都不过是为无机经验和无机生活赋形而已，主脑不主心。这等性状的意象，让新诗有能力将目光投至事物的最深处（本质，或叶秀山所谓的“背后的东西”）；这等性状的意象在通常情况下，将令新诗较之于始终直观着的古典汉语

---

① 古人更愿意将这些直接感生-味而来的意象称为景语。王夫之说得好：“不能作景语，又何能作情语耶？古人绝唱多景语，如‘高台多悲风’，‘胡蝶飞南园’，‘池塘生春草’，‘亭皋木叶飞’，‘芙蓉露下落’，皆是也，而情寓其中矣。”（王夫之：《姜斋诗话》卷二）

② 叶秀山：《叶秀山学术文化随笔》，前揭，第291页。

诗歌深刻得多，也犀利得多[1]。

在视觉化汉语的境域内，万物和无机的现代经验有如对象主体一般，尽皆处于孤独之中。因此，两种想象方式获取的意象彼此间界限分明，不容混淆；新诗诗人像马致远那样去有机地驱遣意象、制造意象，是不可思议之事。如此这般的想象的危机，出源于视觉化汉语拆分事物的超强能力；视觉化汉语习惯于将某物从万物中孤立出来，将某个零部件从某物中抽取出来，以便更好，尤其是更准确地打量某物、算计某物，直至让某物吐露它的全部真相。视觉化汉语不是有意反对"感"生-味以成形的想象方式，而是它对这种顺着诚给予的方向进行想象的方式本身无"感"。但打一开始，想象的危机并不是负面的，它反倒是新诗得以成就自己的好机会：新诗以想象的危机为条件。张枣从汉语新诗自身的本质规定性——而不是简单可见的外部形式或者诗歌观念——出发，将鲁迅而非胡适认作"新诗之父"，将《野草》而非《尝试集》认作第一部新诗集，就自有非同寻常的道理[2]。无论是《秋夜》作为《野草》的第一首诗，还是"在我的后园，可以看见墙外有两株树，一株是枣树，还有一株也是枣树"作为《秋夜》的第一个诗句，都显得意味深长：新诗打一开始，其意象就是孤独的，是互不往来的。后园的两颗枣树就像《诗经》中那两棵分别生于道路两边的"有杕之杜"[3]，彼此间互不相识。它们宁愿沉浸于"独木不成林"的尴尬状态，也不相互联合以成和谐之林；它们凭借各自独享的孤独，却造就了一首伟大的新诗——但如果说成造就了有关新诗自身最早的隐喻，也许更为妥

---

① 达难达之情亦即对表达之难的追求和克服，是视觉化汉语对使用这种语言进行文学创作者的基本要求，是现代中国文学的技术性指标之一（参阅敬文东：《作为诗学问题与主题的表达之难》，《当代作家评论》2016年第5期）。这是一个事实判断而非价值判断，因此，不能据此认为新诗较之于古典汉语诗歌更高级。

② 参阅张枣：《张枣随笔选》，前揭，第120页。

③《诗经·有杕之杜》。

当。危机在一定的范围内，可以成为积极性的因素，就像配伍得当、用量得体的砒霜可以救命，就像偶尔适度的感冒可以增加人体的免疫力。但如果一任想象的危机自行发展、极端推演，主脑的沉思式想象就会自我沦陷于词生词一类的诗之癌[①]；诗之癌中互不统摄的意象将把互不统摄这种状况推到极致，毕竟危机归根到底首先是负面的，就像砒霜首先是毒药，感冒本来就是病——

庄子从太古那边打的过来，
中间穿越了佛的肺叶。

手机里的孔夫子
听见讲中文的尼采先生在咳嗽。
不朽，只剩一小时的锂电。
存入银联卡的马尔克斯
消磁之后，还剩半个马克。
（欧阳江河：《四环笔记》）

痒以为
史料被咬出了奇香，咬出了玉。
但被咬的不是你的今生，
是你的古代，是比童话还小的你。
痒就是公主与王子相对而痒，
两个痒在时间之外对秒，也不知
今夕何年
…………

① 关于词生词在汉语新诗中之由来的详尽讨论请参阅敬文东：《从唯一之词到任意一词》（下篇），《东吴学术》2018年第4期。

我们坐在痒的酒吧，听雨，听巴洛克。
巴赫坐在星空中，弹奏管风琴之痒。
但今夜痒怎么听都欠缺肉体感，
因为调音师不知道什么是痒。
（欧阳江河：《痒的平均律》）

不能轻易将这场微型诗学事故的责任，全部推给事故的制造者；欧阳江河不过是依据自身的诗学风格与诗歌方法论，将想象的危机极端化和扩大化了而已[①]。但无论从哪个角度观察，这场诗学事故都是极为深刻的：如果新诗的想象方式过于远离——就更不用说完全抛弃——感物之生-味以起兴、以生情、以成形，与诚无关的诗之癌就是必然的结局。诗之癌意味着：汉语新诗已经丧失了替对象主体有效表达无机生活的可能性，沦陷于不知所云的语词的泥淖，直至成为语词装置物，远离诚恳与诚意而没有温度。以此为基础，诗之癌还进一步意味着：想象的危机的极端化直接等同于新诗的死亡；或者说，新诗已经或正在沦为无可无不可之废物。

荷尔德林曾在某处说过，哪里有危险，哪里就有拯救。看起来，事情的转机正好寓于危机之中，就像北岛的吟诵："从星星般的弹孔中，将流出血红的黎明。"（北岛：《宣告》）爱德华·霍尔（Edward T.Hall）的观点极为精辟：文化的大部分成分是习得的（acquisition），不可能通过教学去传授，也就是不可能是学习的（learning）[②]。味觉化汉语和视觉化汉语固然有着本质的区别，但两者一定

① 对于这个问题的详细分析，可参阅敬文东：《从唯一之词到任意一词》（上篇），《东吴学术》2018年第3期；敬文东：《从唯一之词到任意一词》（下篇），《东吴学术》2018年第4期。

② 参阅爱德华·霍尔：《无声的语言》，何道宽译，北京大学出版社，2010年，第33页。

有共同的东西，否则，就不会被呼之为同一个名称（汉语）。在任何时候，这个共同的东西都是不可被撼动的，因此，它只能“习得”，不能经由学习以“获得”。作为汉语的本质内涵之一，气本体及其要求和呼吁的思维方式，亦即在诚指引的道路上感生-味以起兴、以生情、以成形，就不可能被视觉化汉语剔除殆尽[①]，更不用说汉语更为基本的内涵，亦即舔舐性能——舔舐不仅是感生-味的前提，更意味着感生-味本身。或许，正是有意无意间对此大有所悟，昌耀才如此写道：

一只刚从树上采摘的苹果摆在茶几。

我抱起脚掌横陈膝头，然后用一把刮削器刨除那层苔藓般包垫在脚底及其周围的老茧。我丝毫不觉疼痛，直到这段苍老如同阴沉木的脚跟透出红嫩而圆润的光泽。……然后我收集起掉落在地板的皮屑去室外抛向草丛。心里想着，觅食的母鸡会很快啄尽其中大部，余下的细碎皮屑也将成为微小生物或草根的养料。其实在长年累月中我身体的每一部分早已潜移默化地一点一滴变作他物了，而他物又已成为他物的他物。

…………

我想，我就是万物，死过了，但还活着。

奥妙的宇宙啊，你永远有理。

于是我不由兴致勃勃仰身承接阳光搓洗双手。想起阳光底下的苹果树也是这样捧起阳光搓手。想起了树的馈赠。于是取过红苹果操起小刀品尝甜美多汁的果肉，直到掌心只剩了一颗果核。我没有扔进火炉，而以手帕携往野地投进泥土。炉火将使苹果树疼痛。

其实又是我的疼痛。谁能模仿我的疼痛。

---

① 汉语的本质规定性当然不止于气本体，还有诸如感叹语气（可细分为悲悯语气和沧桑语气）、汉语的羞涩感、汉语的诚伦理等。它们都是不可被撼动与更改的（参阅敬文东：《李洱诗学问题》，未刊稿，北京，2019）。

山巅一只假肢开着苹果花。

（吕耀：《苹果树》）[①]

假如昌耀是在无意间触碰到气本体要求的思维方式，因而得到了如此有机的想象和有机之诗，那刚好能证明气本体自身的伟大。如果昌耀是有意识地启用气本体要求的思维方式，以解除内含于视觉化汉语腹心地带的想象的危机，那就能极好地证明：汉语中不可撼动的部分在无机生活的时代，在对象主体那里，仍然值得信任，仍然青春常在，以至于生生不已。

---

① 实际上，不仅味觉化的汉语在像昌耀这样进行诗歌工作，受到味觉化汉语侵染的现代英语也在像昌耀这样进行诗歌工作。加里·斯奈德（Gary Snyder）有一首短诗名曰《松树冠》（The Pine Top）："在蓝色的夜里/微霜，天空散着微光/月儿明/低垂的松冠雪蓝/融入天空，霜，星光/靴响戛然/兔的足迹，鹿的踪影/我们怎能知道。"有加里·斯奈德的中国研究者认为，《松树冠》就是以感生-味为想象方式成就了自身："该诗前六行为写景，叙述者隐而不见，景物完全按照自己的气韵律动自然呈现。蓝色的夜空笼罩着淡淡的雾气，月光泻下，星光满天，平添一层朦胧。松冠上盖着一层薄霜，在蓝天的映衬下，月辉呈现出一抹淡蓝色的弧线，融入背景之中。和谐静谧、朦胧虚幻的画面渲染了中国古典诗歌中虚、静的意境。第七行引入人的活动，但空山不见人，只闻'靴响戛然'，表现了自我在自然中的虚化，而这寂中之音更烘托出幽幽的虚静。且'靴响戛然'与'兔的足迹，鹿的踪影'并置呼应，暗示着人与自然中的其他生命之和谐共存，体现了与物齐的观念。在这种空灵玄静的禅家自然之境中，末句'我们怎能知道'点明抒情主体。但主体不用思虑、不落言筌，真有诗家所谓'无我之境'的韵味。"（毛明、罗琳会：《美国诗人加里·斯奈德与中国文学》，《当代文坛》2006年第5期）

味，心性与诗

心的概念

自然语义元语言理论（natural semantic metalanguage theory）颇为恳切也颇为笃定地认为，在任何一种人类语言的内部或其根基处，都存在着最简单、最基本的语义原词（semantic primitives）。一般而言，有如下特征者，即为语义原词："不能够被其他意义解释的最简单意义就是基本意义，复杂意义必须用基本意义解释才能够被理解。"[①]华夏文明极其善于以象尽意，倾向于以"近取诸身，远取诸物"[②]的方式感知世界。因此，心有理由成为这种样态的文明形式当中最为重要的语义原词之一。心字的本义，首先是指距离人最近的那颗属于人自己的心脏，它在噗噗跳动；心脏因此有望成为"近取

① 李德高等：《语义原词和"心"》，《中国石油大学学报》2019年第1期。
②《易·系辞下》。

诸身”的上佳材料[1]。许慎的言说来得十分素朴：“心，人心，土藏，在身之中，象形。”[2]常言说得好：“金木水火镇四方，土居中央掌阴阳。”以《尚书》之见，土之盛德曰稼穑，其义为滋润万有生长以成物，味甘[3]，美也[4]。从极为古远的时代开始，心就被华夏先民自觉而有意识地引申为胸部、思想、情感、中央等等[5]。

有鉴于此，葛瑞汉（Angus Charles Graham）才敢下结论说：“‘心’对古代中国人而言，是思维与好恶的器官。”[6]葛瑞汉之所言自有其确凿无疑的证据：“据统计，先秦金文中常见的从心字有六十余个，反映了这一时期人们希望理解自身精神活动的努力，以及这种努力逐渐扩大与深化的过程。但论者仍轻易便将这些从心字分为两类——描述心能自觉感思德性的字和描述心有独立认知真理能力的字。”[7]能够证明葛瑞汉之结论无比正确的这个确凿无疑的证据，还有着更为精确的统计学数据作为后盾，充任靠山：“在《易经》卦爻辞中，心字凡七见，其主要含义是指人的各种精神心理。……在今文《尚书》中，心字凡二十六见，其含义除表示人的内心情感、愿望等心理，还扩及人的道德精神，提出了善恶之心的观念。……在《诗经》中，心字凡一百六十二见，表达人的内心的

---

① 心在味觉化汉语语境中等同于魂魄。钱穆指出：“《左传》乐祈曰：心之精爽是谓魂魄。是魂魄亦指人心言。故曰心魂，又曰心魄。又曰惊魂断魂销魂伤魂，又曰诗魂游子魂。此诸魂字，亦皆指人生时之心。”（钱穆：《灵魂与心》，广西师范大学出版社，2004年，第94页）心因此是一个极为重要的字、观念和概念。

② 许慎：《说文解字》卷十。

③ 参阅《尚书·洪范》。

④ 许慎：《说文解字》卷五。

⑤ 谷衍奎：《汉字源流字典》，华夏出版社，2003年，第87页。

⑥ 葛瑞汉：《论道者：中国古代哲学论辩》，张海晏译，中国社会科学出版社，2003年，第115页。

⑦ 匡钊：《心灵与魂魄——古希腊哲学与中国先秦观念的形而上学共性》，《文史哲》2017年第5期。

各种思想情感。”[1]很容易获知：和其他文体相比，以《诗经》（作为著作）为代表的诗（作为文体）更倾向于同心相依偎——

园有桃，其实之肴。
心之忧矣，我歌且谣。
（《诗经·园有桃》）
蜉蝣之羽，衣裳楚楚。
心之忧矣，于我归处。
（《诗经·蜉蝣》）

对于心的思维能力，相信不会有人比孟子说得更好：“耳目之官不思而蔽于物。物交物，则引之而已矣。心之官则思，思则得之，不思则不得也。此天之所与我者。”[2]当然，刘熙说得也足够精彩：“心，纤也，所识纤微，无物不贯心也。”[3]虽然“美恶皆在其心，不见其色”[4]，但对于汉语之心拥有的好恶功能，在中国思想的轴心时代出现过太多精彩的议论：有从人道出发而来的“仁人之心”[5]“仁义之心”[6]，以及孟子著名的四心（亦即“恻隐之心”“羞恶之心”“辞让之心”“是非之心”）[7]；也有从天道出发获取的“帝心”[8]；还有从小国寡民、逍遥自在之道家出发而来的虚其心和无

① 张立文主编：《心》，中国人民大学出版社，1993年，第26-28页。
②《孟子·告子上》。
③ 刘熙：《释名·释形体》。
④《礼记·礼运》。
⑤ 参阅《左传·昭公元年》。
⑥ 参阅《论语·雍也》。
⑦ 参阅《孟子·公孙丑上》。
⑧ 参阅《国语·周语下》。

心，另有从杂家出发的心为智之舍[①]、从医家出发的心为神之舍[②]，更有从法家出发需要严加管教、镇压、打击和利用的那颗“奸伪躁心”[③]……

从最为宽泛的角度观察，外加以科学自命的解剖学压阵、助拳，好恶和思维依然可以被称为中国之心的隐喻。心是味觉化汉语中理所当然的语义原词，因此之故，心之隐喻有能力从基本意义的层面，对华夏文明中诸多复杂意义进行有效的解释，由此，复杂意义能够得到华夏古人亲切、浅显的理解——这当然正是语义原词之为语义原词的理由之所在。但更重要的，还是仔细考察这个隐喻（亦即好恶与思维）在怎样有染于、相关于华夏文明中最基本的价值，因为早已有人颇具先见之明地指出过：“一种文化最基本的价值，将同该文化中最基本概念的隐喻结构紧密关联。”[④]虽然“道家论‘心’更看重其与‘精’‘气’‘神’等的关系，而儒家论‘心’则更看重其与诸种‘德’以及‘性’的关系”[⑤]，但无论有多少种不同形貌的好恶之心、不同性质的思维之心，它们相互关联导致的最终结果，是将诚廓定、举荐为华夏文明中最为基本的价值之一。唯有意诚，才可心正；唯有心正，方能修齐治平[⑥]。道家故意不重视诚，甚至刻意反对诚，所谓“天地不仁，以万物为刍狗”[⑦]，也顶多是因为

---

①《管子·心术上》：“洁其宫，阙其门。宫者，谓心也。心也者，智之舍也，故曰宫。”

②《灵枢经·大惑论》：“心者，神之舍也。”《素问·灵兰秘典论》：“心者，君主之官也，神明出焉。”

③《商君书·垦令》。

④ George Lakoff, Mark Johnson: *Metaphor We Live By*, University of Chicago Press, 1980, p.136.

⑤ 匡钊：《心灵与魂魄——古希腊哲学与中国先秦观念的形而上学共性》，《文史哲》2017年第5期。

⑥ 参阅《大学》。

⑦《老子》第五章。

诚事实上居于汉语思想观念之金字塔的最顶端[①]。《中庸》因之而有言："自诚明，谓之性；自明诚，谓之教。诚则明矣，明则诚矣。"几乎出于完全相同的考虑，周濂溪不仅主张"诚者，圣人之本"[②]，还径直将诚视作"五常之本，百行之源"[③]。较之于周濂溪，作为后学的阳明子说得更加直白，更为"直撇"："大抵中庸工夫只是诚身，诚身之极便是至诚；大学工夫只是诚意，诚意之极便是至善。"[④]——诚不仅意味着善，还意味着善的发端、善的源起。在阳明子那里，"至善是心之本体"[⑤]。或许正是以此为基础，荀子才早于濂溪先生和阳明子如是放言："君子养心莫善于诚。"[⑥]

联合国教科文组织发布的《世界人类基因组与人权宣言》认为，人类的肤色容貌不分黑白黄褐美与丑，人类的地理分布不分东南西北七大洲，所有人都属于同一个物种，因为他们的基因的相同率超过了百分之九十九点九[⑦]。因此，作为人体的一个极为重要的器官，心不仅是距离中国人的最近之物，也是距离西方人的最近之物。它同样得到了白皮肤们的超级爱重，却因汉语和逻各斯之间的本质差别，中西之心竟然迥乎其异。有论者很敏锐但也很是直白地

---

① 事实上，道家不仅反对诚，还反对围绕诚组建起来的所有礼仪："上德不德，是以有德；下德不失德，是以无德。上德无为而无以为；下德无为而有以为。上仁为之而无以为；上义为之而有以为。上礼为之而莫之应，则攘臂而扔之。故失道而后德，失德而后仁，失仁而后义，失义而后礼。夫礼者，忠信之薄，而乱之首。前识者，道之华，而愚之始。是以大丈夫处其厚，不居其薄；处其实，不居其华。故去彼取此。"（《老子》第三十八章）

② 周敦颐：《通书·诚上》。

③ 周敦颐：《通书·诚下》。

④ 王阳明：《传习录》卷上。

⑤ 王阳明：《传习录》卷上。

⑥《荀子·不苟》。关于如何养心，已经有众多学者做出过探讨，本人也曾撰长文做过十分肤浅的论辩（参阅敬文东：《从心说起》，《天涯》2014年第5期）。

⑦ 参阅联合国教育、科学及文化组织：《世界人类基因组与人权宣言》，《中国医学伦理学》1998年第2期。

指出："康德试图以先验论证的方式向我们表明，空间、时间、因果关系和持续存在的物理对象是意识统一性的必要条件。他还认为，意识是，或者可以是纯粹的：也就是说，康德以一种典型的西方哲学的方式，把心智（mind）看作可以不掺杂情感的纯粹理性。但是在远东地区，人们不以这种方式来思考人类的心理状态（human psychology）。他们假定，理性（推理）与情感从根本上是不可分割的，汉语的 '心'（xin）、韩语的'心'（maum）、日语的'心'（kokoro）这些术语都反映出了后面的这种假定：这就是人们为何如此自然地把所有这些术语译为英语中的'heart-mind'而非'mind'的原因。'心智'这一术语至少意味着纯粹理性的和非情感性的心理机能是可能的，而这正是东方思想通常并不认可的地方。"[①]不用说，是mind而非heart-mind，让西方人得以坐拥两部完全可以被拆分的历史："一部历史由他的躯体内部发生的事件和他的躯体遇到的事件所构成，另一部历史由他的心灵内部发生的事件和他的心灵遇到的事件所构成。……物理性存在物的特性必然是，它处于时空之中；心理性存在物的特性必然是，它处于时间而不处于空间之中。物理性存在物由物质构成，或者是物质的一种功能；心理性存在物由意识构成，或者是意识的一种功能。"[②]艾瑞克·弗洛姆甚至毫不犹豫地说起他眼中——而非他心中——的弗洛伊德："就弗洛伊德看来，乐趣是紧张之解除，而不是喜悦之体验。人被看作智性与情感分裂的；人不是整个的人，而是启蒙哲学家们所言的智性自我。友爱是一种

① M. 斯洛特（Michael Slote）：《阴-阳与心》，牛纪凤译，《世界哲学》2017年第6期。事实上，早在柏拉图那里，真乃是一切理念（idea或eidos）作为其存在的根本，比如善有善的理念，美有美的理念。所以，逻各斯导致的"观照"（theoria thea theorrein）必须指向所谓的纯粹灵魂，而纯粹灵魂即灵魂的最真形态，不涉及情感（参阅林美茂：《哲人看到的是什么——关于柏拉图哲学中"观照"问题的辨析》，《哲学研究》2003年第1期）。

② 吉尔伯特·赖尔（Gilbert Ryle）：《心的概念》，徐大建译，商务印书馆，1992年，第5-6页。

不合理的要求，是同事实相反的；神秘体验是一种向婴儿期的自我迷恋之退化。”[①]诸如此类的言论不胜枚举；总之，在逻各斯治下，身心可以截然两分。对于这个看似难缠的问题，连对洋人几无正确认识的俞正燮也有几分不乏精到的看法：“洋人巧器，亦呼为鬼工，而罗刹安之，其自言知识在脑不在心。盖为人穷工极巧，而心窍不开。”[②]

或许是有感于此，韩少功才如是写道：“有些西方人曾经嘲笑中国的语言，用‘心’想而不是用‘脑’想，不符合解剖学的常识。……但细细一想，真正燃烧着情感和瞬间价值终决的想法，总是能激动人的血液、呼吸和心跳，关涉到大脑之外的更多体位，关涉到整个生命。……真理是寒冷的地狱，勇敢跳入者全凭正大的一念，甚至不需要太多的智识和技能。不科学也罢，不能与其他语言沟通也罢，我现在更愿意用这个古老而神秘的词——心想。”[③]事实上，在味觉化汉语治下，中国古人的身与心被认为绝对不可须臾分离。新儒家就此做出的论说值得信赖：在中国的古典时期，“人多从知觉感觉来说心；人的欲望、能力，多通过知觉感觉而始见，亦即须通过心而始见”[④]。“见”即思维；一定得用心去想，不惜冒犯解剖学的威严；一定不能用脑去思，味觉化汉语实在犯不着遵从被逻各斯宠幸的解剖学。面对康德等西洋思想家难以理解的这等难题，中国的古贤哲很早就有敏锐的感受，简洁而又恰切地给出了他们至为杰出的“心想”：“耳之情，欲声，心不乐，五音在前弗听；目之情，欲色，心弗乐，五色在前弗视；鼻之情，欲芬香，心弗乐，芬香在前弗嗅；口之情，欲滋味，心弗乐，五味在前弗食。欲之者，

① 铃木大拙、弗洛姆等：《禅与心理分析》，孟祥森译，海南出版社，2012年，第127页。

② 俞正燮：《癸巳类稿》卷十五。

③ 韩少功：《心想》，《读书》1995年第1期。

④ 徐复观：《中国人性论史》，华东师范大学出版社，2005年，第4页。

耳目鼻口也，乐之弗乐者，心也。心必和平然后乐，心必乐然后耳目鼻口有以欲之，故乐之务在于和心，和心在于行适。夫乐有适，心亦有适。”[①]单穆公则曰：“夫耳目，心之枢机也，故必听和而视正。听和则聪，视正则明。聪则言听，明则德昭。听言昭德，则能思虑纯固。”[②]连形名学家邓析也忍不住说：“目贵明，耳贵聪，心贵公。以天下之目视，则无不见。以天下之耳听，则无不闻。以天下之智虑，则无不知。”[③]作为中国之心两个极为重要的隐喻，好恶与思维就这样交织在一起，共同呵护诚以及诚的完整性：不但伦理有诚，思维本身就是诚产的卵，下的蛋（“通过心而始见”）。唯有至诚之心，才能或感“化”原本就冥顽不“化”的奸佞之辈——

圣君贤相安可欺，乾死穷山竟何俟。
呜呼余心诚岂弟，愿往教诲究终始。
（韩愈：《谁氏子》）

或真“心”“诚”意地思念“诚”“心”之士——

九重寤寐忆忠诚，故向长沙起贾生。
魏阙丝纶新借宠，秦淮草木旧知名。
（陈亮：《送文子转漕江东二首》其一）

“舌者，心之官也。”[④]心者，“在窍为舌”也[⑤]。和零摄氏度（不带任何情感）的mind截然相反，在古老的汉语思想中，身不仅不离不

①《吕氏春秋·适音》。
②《国语·周语下》。
③ 邓析：《邓子·转辞篇》。
④《灵枢·五阅五使》。
⑤《素问·阴阳应象大论》。

弃于心，还必得心与气连。“心气通于舌，心和则舌能知五味矣”[1]，进而达致邓析所谓的“无不知”之境。这等情形显而易见地意味着：好恶之心有能力通过人之舌而纳万物于思维之心，由此，万物才有可能被心所思维，拒绝零摄氏度的诚正是其间的主媒者、主事者。对于这个过于重大的问题，贡华南有极为精辟的论述：“‘舌’能辨识物之性味。以‘舌’主‘心’，一方面，此后说‘心’之动，我们即知：心大体以‘舌’之‘味’的方式在动；另一方面，当人们谈论体味、玩味，我们即知：这大体是在谈论‘心’的活动——心与对象之间的作用、通达方式，而不仅仅停留于口舌之尝味。当然，‘舌’占优居先并不意味着‘目’‘耳’等感官在中国人思想活动中淡出或隐退。事实上，‘目-知’与‘耳-圣（通）’亦被‘味-道’——与道为一、依道而在——这个味觉思想内在地要求。……具体到中国思想领域，耳目等感官由于受‘心’的主使，而不断‘心’化，亦即不断味觉化。”[2]正是在这个意义上，中国古人才可以十分笃定地说：“心也者，智之舍也”[3]、“心者，神之舍也”[4]、“心是神明之舍，为一身之主宰”[5]、“心者，生之本，神之变也”[6]。还可以毫不犹豫地如是放言：“耳目鼻口形，能各有接，而不相能也，夫是之谓天官。心居中虚，以治五官，夫是之谓天君。”[7]心统一提调人体的各个器官，让器官们得以充分地心化，心化即味觉化。因此，对于心（heart-mind）来说，绝不会是前因后果的“我思（心）‘故’我在（身）”（I think therefore I am），只能是同时并存的“我在‘和’我思”（I am and

①《灵枢经·脉度》。

② 贡华南：《中国早期思想史中的感官与认知》，《中国社会科学》2016年第3期。

③《管子·心术上》。

④《灵枢经·大惑论》。

⑤ 朱熹：《朱子语类》卷九十八。

⑥《素问·六节藏象论》。

⑦《荀子·天论》。

I think)。这让每个人坐拥两部互不相干之历史的情况，绝对不可能发生于、存在于古典中国。

心化（味觉化）意味着：味觉化汉语必须在诚的主使下舔舐万物，以便让心感知万物、思维万物、回应万物。邵康节对此而有言："吾所以谓之观物者，非以目视之也，非观之以目而观之以心也，非观之以心而观之以礼也。"[①]礼从一开始，就不仅是一整套复杂的仪式，它还必得与心相联[②]——礼乃有诚之礼也。不仅"不诚无物"[③]，而且还不诚无礼（但不是"非礼"）[④]。何为"祭如在，祭神如神在"[⑤]？诚使之然也[⑥]。打一开始，心化之思就是好恶味十足的

---

① 邵雍：《观物内篇》。

② 李泽厚先生在阐释德的过程中，已将仪式化给心化了："文献中，周初以'敬德''明德'著称。周金中多见'德'字。'德'作何解，众说不一……它大概最先与献身牺牲以祭祖先的巫术有关，是巫师所具有的神奇品质，继而转化成为各氏族的习惯法规。所谓习惯法规，也就是由来久远的原始巫术礼仪的系统规范。'德'是由巫的神奇魔力和循行'巫术礼仪'规范等含义，逐渐转化成君王行为、品格的含义，最终才变为个体心性道德的含义。"（李泽厚：《己卯五说》，中国电影出版社，1999年，第52页）

③《礼记·中庸》。

④ 荷兰学者提埃利曾指出，从自然宗教到伦理宗教是宗教发展史上的重要事件，具有普遍的意义，这似乎也关乎诚。提埃利的大致意思是："在自然宗教阶段，虽然出现了频繁的祭祀活动和整全的神灵系统，但人们所信奉的神灵不具有伦理的品格，虽然'全能'，但非'全善'，既可以降福，也可以作祟。面对顽固暴躁、变化莫测的神灵，人们只能通过祈祷、献祭等谄媚手段以求哄诱、安抚之。而到了伦理宗教阶段，情况则发生了根本性的变化，神灵具有了鲜明的伦理品格，关注于人间的正义和善，其所降祸福是根据人行为的善恶。与之相关，祭祀乃至信仰具有了新的内涵，伦理意义开始取代巫术意义，开启了人生全新的方向。凡完成或经历了这一宗教变革的文化，便为自己注入了新的动力，具有了广阔的发展空间，而因为种种原因，没有完成这一变革，仍停留在自然宗教的文化，只能蜕变为文明的余烬，在苟延残喘中逐渐退出历史的舞台。"（吕大吉主编：《宗教学通论》，中国社会科学出版社，1989年，第79–80页）面对这种伦理品格十足的神灵，虔诚的祈祷就是必需的礼仪。

⑤《论语·八佾》。

⑥ 参阅李泽厚：《中国古代思想史论》，生活·读书·新知三联书店，2008年，第25–35页。

思，它向来由诚驱动。因此，心化之思导致或凝结的后果必须用心（heart-mind而非mind）去体会和玩味，才终有所得。程颐说得好极了："读书者，当观圣人所以作经之意，与圣人所以用心，与圣人所以至圣人，而吾之所以未至者，所以未得者，句句而求之，昼诵而味之，中夜而思之，平其心，易其气，阙其疑，则圣人之意见矣。"[①]读圣人书，是为了用自家的至诚之心，去体会圣人之心（圣人之意）以洗自家之心、以革自家之面[②]。这就是司马迁在读到屈原的《离骚》《天问》《招魂》《哀郢》时，为什么会自然而然地"悲其志……想见其为人"[③]。贡华南特意将程颐以自家心味圣人心的做法，唤作解味。贡氏有睿智之言："语词、文本都是（意）义和（意）味之统一体。'义'乃客观的、普遍的、公共的义理结构，可呈现于某个共同体，为某个共同体普遍接受，可说是普遍有效，亦可说其有可信性。'味'是文本的整体所散发出来，能直接打动人者。"[④]不用说，意义更倾向于mind，意味则更倾向于heart-mind。和心的其他状态比起来，处于至诚状态的心更有可能知味（道），更有能力准确地知他人之心（意），只因为诚中之心更善解人意——有诚之心在忘我之境中，将解他人之意当作了首要任务，所谓心诚则灵。在贡华南看来，解义就是解开一个文本的客观之义，解味则是获取一个文本的浓烈之味。义无须读者而自在，就像甘蔗独立于人而自存；味则"需要读者亲自到来才呈现"[⑤]，正如没有舌头甘蔗之甜便无从被感知。味化即心化，因此，解味即解心。在味觉化汉语思想的疆域内，解味（解心）的重要性远远

---

① 《二程集》卷五。

② 刘埙给出了程颐为何要如此言说的原因："儒家所以讳言悟者，恶其近禅，且谓学有等级，不容一蹴而到圣处也，故必敬义夹持，必知行并进。"（刘埙：《隐居通议》卷一）

③ 司马迁：《史记·屈原贾生列传》。

④ 贡华南：《味觉思想》，前揭，第208页。

⑤ 贡华南：《味觉思想》，前揭，第209页。

大于解义；唯有思维之心正确地解义，好恶之心才有可能终得正味（解味），也才有可能“解”包括圣人在内的其他一切人之“心”。

《礼记》很是有味地说：“秋之为言愁也。”[①]多情而有会“心”的诗人则倾向于扪“心”自诉：“何处合成愁？离人心上秋。”（吴文英：《唐多令·惜别》）“旅馆寒灯独不眠，客心何事转凄然？”（高适：《除夜作》）“这次第，算人间没个并刀，剪断心上愁痕。”（黄孝迈：《湘春夜月·近清明》）用不着怀疑，用味觉化汉语写下的诗与文，是心化（味化）的产物，包括寒山、拾得、张某某的打油诗在内的所有诗文，均无不如此。刘勰谓之为“言之文也，天地之心哉”[②]，钟嵘则谓之为“动天地，感鬼神，莫近于诗”[③]。因此，古典汉语诗文有理由拒绝以意图谬误（intentional fallacy）为借口而出现的一切无心的诗学理论，有义务拒绝以感受谬误（affective fallacy）为口实而现身的一切缺心眼的高级言说，比如充满宿命口吻的英美新批评，比如像量子力学论文一般高深莫测的法国结构主义诗学。在古典中国，一切人造物都必然相关于心，都是有心之物，只因为万物都是君子以其至诚之心成己以成物的结果，无心便不解其味、不得其味[④]。东坡居士发出的诘问既简洁，又有力：

若言琴上有琴声，放在匣中何不鸣？

---

①《礼记·乡饮酒义》。

② 刘勰：《文心雕龙·原道》。

③ 钟嵘：《诗品·序》。钟嵘这几句话显然套用了《诗大序》，却又去掉了《诗大序》紧随这几句话后的“正得失”三字。这是意味深长的。

④ 在这里可以举画论为例。中国传统画论特别强调内心，强调心物之间的恰切关系：“画一也，而有以心以画之不同者，何哉？盖以心，则天地万物总吾一体，窗草不除，皆吾生意；元会运世，皆吾古今；伏羲周孔颜曾思孟，皆吾人物；易书诗礼春秋，皆吾六经；帝力何有，太平无象，皆吾化育。画一吾也，吾一画也。吾之于画，未尝有二，又岂可以差殊观哉！”（庄昶：《定山集》卷十）

若言声在指头上，何不于君指上听？

（苏轼：《琴诗》）

诗传道心

孟子云："心之官则思。"[①]在味觉化汉语的指引下，中国古人倾向于以心致思，是为心-思[②]。关于心-思（heart-mind）的特殊性，张横渠有妙解："世人之心，止于闻见之狭；圣人尽性，不以见闻梏其心，其视天下，无一物非我。孟子谓尽心则知性知天，以此。天下无外，故有外之心不足以合天心。见闻之知乃物交而知，非德性所知，德性所知不萌于见闻。"[③]朱熹有极为相似的看法："心大，则百物皆通；心小，则百物皆病。"[④]虽然先贤早已有言在先："见而知之，智也。闻而知之，圣也。"[⑤]但在横渠先生那里，仍然得以德性（诚）为根基的"天心"优先，"天心"即为"大心"；而唯有"大其心"，方可无外于万物，也才能够"体天下之物"而丝毫"不萌于见闻"[⑥]。恰如张子所言，中国古人向来以心"体"为方式致思，不以眼"见"、耳"闻"为途径获知[⑦]。不以眼"见"致思的理由，贡华

---

① 《孟子·告子上》。

② 参阅敬文东：《从心说起》，《天涯》2014年第5期。

③ 张载：《正蒙·大心篇》。

④ 朱熹：《近思录·为学》。

⑤ 《郭店楚墓竹简·五行》。

⑥ 张载：《正蒙·大心篇》。

⑦ 但事实上，见闻之知并非没有用处。比如，《春秋·僖公十六年》有"陨石于宋五""六鹢退飞过宋都"的记载。《公羊传·僖公十六年》对此的解释是："先言陨而后言五""先言六而后言鹢"是为了记闻记见的先后顺序。"陨石记闻，闻其磌然，视之则石，察之则五。""六鹢退飞，记见也，视之则六，察之则鹢，徐而察之则退飞。"闻见之知极为精确。这一方面说明味觉化汉语并非不能说清某个事物或某种状态，而是这种语言对此不感兴趣。它在诚的指引下，更强调德性之知——这才是问题的关键。

南的观点可以被依仗[①]；不以耳“闻”获知的原因，中医学的精彩看法可以被仰赖[②]。在味觉化汉语治下，体即感；所谓心-思，不过是在诚的护佑下，全身心地感知万物——是为感-思。感-思唯诚之马首是瞻，又是心-思最主要的致思途径——假如不说唯一途径的话。心-思以手足视感-思；感-思则乐于为心-思敬献犬马之劳。以贡华南之见，感-思必得以味觉思维为原型[③]，其句式是“我感到……”，这和以视觉为中心的逻各斯乐于遵从的句式——“我看见……”——迥然有别。“我感到……”意味着heart-mind乐于“解”万物之正“味”（“解味”），有足够的主观性，有强烈的现场

---

①《国语·周语下》载单子之言：“夫君子目以定体，足以从之，是以观其容而知其心矣。目以处义，足以步目，今晋侯视远而足高，目不在体，而足不步目，其心必异矣。目体不相从，何以能久？”贡华南对此给出的解释很精彩，很能说明此处意欲说明的问题：“理想的目体关系是目以定体，目体相从。‘目’的展开具有距离性，‘视远’则是指目之所视超出体之所及，也就是所视逸出了自身、脱离了自身。所视逸出了自身、脱离了自身，也就不再‘处义’。‘视远，日绝其义’表达了对视觉脱离自身的警惕，而要求‘目’一直‘在体’‘处义’。将‘目’拉近‘身’，将‘目’纳至‘义’之下，‘视远’成为负价值，从而阻止了‘目’对自身之外者的探索兴趣。”在同一篇文章中，贡氏还有更精彩、更有说服力的分析：“如我们所知，道乃事物之所以然与所当然的统一。对所以然可作客观的了解，但对所当然的把握则需要相应的同情、信奉与接受。‘道’之‘闻’不是对道作客观的了解，而首先表现在对道之先在的同情、信奉与接受。以此态度为前提，道入身而化为自己的生命，有限的生命契入完满的大道，生命由此超越有限而不再孤立、缺憾，视听言动、生生死死都能得其所哉，所谓‘夕死可矣’正表达出死得其所、不复欠缺与遗憾之样态。闻道之闻不仅表达理智的了解，更深深地指向人与道化意义上的情感与信念之自得。”（贡华南：《中国早期思想史中的感官与认知》，《中国社会科学》2016年第3期）

②“舌者心之官。……心气通于舌，舌非窍也，其通于窍者，寄在于耳。”（皇甫谧编集：《针灸甲乙经》，黄龙祥整理，人民卫生出版社，2006年，第6–7页）

③ 参阅贡华南：《味与味道》，前揭，第214页。

感，有说不尽的意味[①]，所谓言有尽而意无穷；“我看见……”则意味着mind乐于“解”万物之正“义”（“解义”），有极高的客观性，倾向于答案的唯一性、正解的单独性。“我感到……”和“我看见……”之间的差异，正合黑格尔的偏见：“凡是被称为不可言说的东西，不是别的，只不过是不真实的、无理性的、仅仅意味着的东西。”[②]维特根斯坦（Ludwig Wittgenstein）则认为，心-思仰仗的体（或感）不过是某种形态的感受性，“感受性并不能产生任何东西，它纯粹是一种接受。”[③]但向来以心思审慎著称的维特根斯坦这一回却令人意外地马失前蹄。感受性并非维特根斯坦认为的那样，仅仅是被动的行为。事实刚好相反：感受性意味着人将其全部身心主动投向万物，用全身心热情拥抱万物。人依靠感受性不出意外地获取了、品尝了万物之味（解味），又何来“不能产生任何东西”一说呢？

“知者，接也”[④]、“知，接也”[⑤]。所谓“接”即为“感”。因此，

---

① 其实，heart-mind也有客观计算的愿望。比如说，算筹就被认作中国最原始的计算工具，是用竹木或者兽骨制成的小棍子，长六寸、径一分（参阅《汉书·律历志》），上面刻有必不可少的干支和数字。华夏古人试图“拿人为的随机组合模拟天道人事的随机组合，再现‘机运’”（李零：《花间一壶酒》，同心出版社，2005年，第228页；另可参阅李零：《中国方术续考》，中华书局，2006年，第2-7页）。事情的吊诡之处正好在于：“出乎纯物质的、中性的算筹之所料，在欲望主体的心理作用的暗示和怂恿下，算筹必将认领它命中注定的神秘色彩；华夏古人依靠算筹身上从心理作用那里感染而来的神秘气息，试图驱动算筹张开腿脚，以破解机运的内在秘密、接管来自机运深处的消息，进而围绕这些神秘的消息，组建自己的‘生活世界’（die Lebenswelt）。”（敬文东：《牲人盈天下》，前揭，第106页）很容易看出来，尽管heart-mind心怀客观计算的愿望，却受制于中国之心的基本隐喻：思维之心乃是有好恶之心，计算的客观是不可能的。

② 黑格尔：《精神现象学》上，贺麟等译，商务印书馆，1979年，第72页。

③ 维特根斯坦：《文化和价值》，黄正东等译，译林出版社，2011年，第84页。

④《庄子·庚桑楚》。

⑤《墨子·经上》。

经由感-思，心-思之所获为知，或者：心-思的终端产品为知。《康熙字典》有妙言：知者，“知理之速，如矢之疾也”。知不仅建基于解义（知义），更意在解味（知味）。唯有解味能“如矢之疾也”，盖因为解味的直接性，以及解味对零距离的格外器重，对肌肤相接的超级渴望和仰慕。“知地者智，知天者圣。”[①]“知”固执地来源于和植根于“心”，宛若在画者的念想中，画作不源自眼，而源自区区方寸[②]；是心而非别的器官（比如脑）在统摄腕、笔和墨，正所谓“画受墨，墨受笔，笔受腕，腕受心”[③]。虽然中国古代的画师都倾向于将“心传目击之妙一写于毫端间”[④]，但唯有“目击道存”[⑤]，才是“心传目击”的旨归，因为画者的最终目的，是令画笔“含道映物”，更是为了让“山水以形媚道”[⑥]。这是一个“心”统“目”而“目”存“道”的奇妙过程。与此相反的情形是：“故昧于理者，心为绪使，性为物迁，汩于尘氛，扰于利役，徒为笔墨之所使耳，安足以语天地之真哉！”[⑦]在古老的汉语思想那里，心-思以感-思为途径，其终极目的不在义理之知，而在“天地之真”和有味之道。对此，贡华南说得既简练，又十分干脆和坚定：“在中国传统思想世界中，不仅有‘形’之物有‘味’，事有‘味’，而且无形之道、理、

①《周髀算经》。

② 朱良志说：“中国画学认为，画是心画，绘画是人心灵的艺术，是从人的灵府中流出的，有一等之心胸，方有一等之绘画，要成为一个有成就的画家，并不在于你手下笔法技巧的操持，而主要在于你内在心性的养炼。”（朱良志《论儒学对中国画学涵养心性理论的影响》，中国美术家网 http://sichuanmeiyuan.meishujia.cn/index.php? act=usite&usid=481&inview=appid-265-mid-523&said=480，2019年7月8日15：54访问）

③ 石涛：《画语录》。

④《宣和画谱》卷十八。

⑤ 参阅《庄子·田子方》。

⑥ 宗炳：《画山水序》。

⑦ 张怀：《〈山水纯全集〉·后序》。

意、性、情、象（范畴）亦皆有‘味’。”[①]范宽曰：“吾与其师于人者，未若师诸物也；吾与其师于物者，未若师诸心。”[②]范氏为何说得如此笃定到武断的程度？那仅仅是因为古老的汉语思想对其子民发出的指令不过是“味道守真”[③]、“心存道味”[④]。而汉语思想又何以有此指令？那仅仅是因为这个指令的前提，是心必为道心，而非普通之心：“人何以知道？曰：心。”[⑤]心之所知在道，是为知-道。心-思必须仰仗感-思以致知，而知的对象始终在道。有人因此很朴素地认为，“大凡我国的传统学者都会肯定，周公与孔子的区别在于，前者‘有德有位’，后者‘有德无位’。周秦之变的根本即在于从‘德位一致’沦落至‘德位分离’。是故三代以上圣人之道行于天地，百姓日用而不知；三代以下圣人之道隐没不彰，学者遂著书立说，载之文字，传于后世”[⑥]。这等情形很有可能意味着，“在味觉化的汉语思想中，‘德’总是乐于同‘道’联系在一起；所谓德位一致，指的就是德、道、位相一致——一种中国版的三位一体，世俗中有超越，超越中有世俗”[⑦]。中国的古贤者早已有言在先：士应当“朝受业，昼而讲贯，夕而习复，夜而计过无憾，而后即安”[⑧]。因此，孔子坚定地认为，就像至诚君子成己以成物那般，有道君子必须“修己以安百姓”[⑨]。王阳明对孔子之言做如是解味云：“‘修己’便是‘明明

---

① 贡华南：《味与味道》，前揭，第81页。

②《宣和画谱》卷十一引范宽语。

③《后汉书·申屠蟠传》。

④ 僧佑：《弘明集》卷十一。

⑤《荀子·解蔽》。

⑥ 傅正：《古今之变——蜀学今文学与近代革命》，华东师范大学出版社，2018年，第7–8页。

⑦ 敬文东：《李洱诗学问题》（下），《文艺争鸣》2019年第9期。

⑧《国语·鲁语下》。

⑨《论语·宪问》。

德’。‘安百姓’便是‘亲民’。”[①]正是在这个意义和层面上，有道君子完全可以像尼采那样自言自语道：“我会成为一个把事物变美的人。”[②]

诚乃心-思的护身符：唯有至诚，才能保证心-思的醇正；之所以必须以诚保证心-思之醇正，是因为心之所知始终在道。不醇无道，非正亦无道。在谈及道时，自称“游心于物之初”[③]的老子居然也有一丝难得的幽默感：“上士闻道，勤而行之；中士闻道，若存若亡；下士闻道，大笑之。不笑不足以为道。”[④]《管子》有言：“正道捐弃而邪事日长。”[⑤]任何一种处于零摄氏度的心性状态，都必将被下士“大笑之”的那个道所拒绝、所痛斥。这不仅是出于好恶与思维互不离弃的原因，也是道的本性所在：道因诚而为道，诚因道而为诚。但这等奇妙的境地，这等醇厚的疆域，归根结底出源于以诚为自身伦理的味觉化汉语，言因有诚而很早就获取了“三皇设言民不违”[⑥]的赞词。语言即宿命。是汉语自身的伦理，造就了汉语之心；是如此这般的汉语之心，导致了有诚之道。刘师培说得很有意思：“法家之文，发泄无余，乏言外之意，说理固其所长，但古质而无渊懿之光；儒家之文说理虽不能尽，而朴厚中自有渊懿之光。”[⑦]事情何

① 王阳明：《传习录》卷上。王阳明训“亲”为“亲”与朱熹训“亲”为“新”有巨大区别，此处没有必要讨论谁更有道理。

② 尼采：《快乐的科学》，黄明嘉译，漓江出版社，2007年，第171页。艾兰的观察很准确：“英语中就没有一个既包括植物又涵盖动物的字词。而在中文，人被包容于‘万物’这一概念之中——一个兼指动物与植物的范畴。这类范畴对人们的思维方式有着根本性的影响。”（艾兰：《水之道与德之端》，张海晏译，前揭，第6页）因此，尼采这句话中的“事物”一词就显而易见地包括了“百姓”，因为“百姓”就是汉语中“万物”的一部分。

③《庄子·田子方》。

④《老子》第四十一章。

⑤《管子·立政》。

⑥《春秋元命苞》。

⑦ 刘师培：《中国中古文学史讲义》，凤凰出版社，2011年，第176页。

以一至于此的原因，仅仅在于法家更倾向于务实而无味——“乏言外之意”——地大讲其法、术、势，顶多言及臣子的“奸伪躁心”[①]，只因为这种心需要帝王严加防范和看管，心正和意诚压根儿就不在法家的考虑之列——“无渊懿之光”，斯之谓也[②]。孟子云：“君子所以异于人者，以其存心也。君子以仁存心，以礼存心。”[③]心-思经由被其视为手足的感-思付出的犬马之劳，同时经由诚的精心滋养，方才培植出热气腾腾的道——尽管在不少时刻，道更愿意拥有一副不动声色的从容面相，将道的热气深埋心底，将道的热心肠掩藏起来。

打一开始，古典汉语诗歌就乐于与心相偎依。作为一种三重有味的特殊人造物[④]，古典汉语诗歌唯有委身于心，才可能拥有一条恰当的来路，才可能获取一个远大的前程。“诗，言其志也；歌，咏其声也；舞，动其容也。三者本于心。”[⑤]“在心为志，发言为诗。”[⑥]“心生而言立，言立而文明。”[⑦]“诗者，人心之感物而形于言之余也。”[⑧]诗与文“之作也，必得之于心，而成之于言”[⑨]。对于历史悠久、错综复杂的味觉化汉语诗歌，缪钺有近乎庖丁解牛之妙论：“昔之论诗者，谓吾国古人之诗，或出于《庄》，或出于《骚》，出于

---

①《商君书·垦令》。

② 一般来说，可以将先秦逻辑思想分为两派：辩者派和正名派。辩者派始于邓析，大成于战国晚期的墨辩学者；正名以孔子发其端，发展完成于荀子和韩非子。前者有纯逻辑的倾向，后者是以伦理政治为主，逻辑为辅（参阅温公颐：《先秦逻辑史》，上海人民出版社，1983年，第170-295页）。

③《孟子·离娄下》。

④ 关于汉语诗歌是三重有味之人造物的论述，参阅敬文东：《味与诗》，《南方文坛》2018年第5期。

⑤《礼记·乐记》。

⑥《毛诗序》。

⑦《文心雕龙·原道》。

⑧ 朱熹：《诗集传序》。

⑨ 孙复：《答张洞书》。

《骚》者为正，出于《庄》者为变。……盖诗以情为主，故诗人皆深于哀乐，然同为深于哀乐，又有两种殊异之方式，一为入而能出，一为往而不返，入而能出者超旷，往而不返者缠绵，庄子与屈原恰好为此两种诗人之代表。庄子持论，虽忘物我，齐是非，然其心并非入槁木死灰……庄子虽深于哀乐，而不滞于哀乐，虽善感而又能自遣。屈原则不然，其用情专一，沉绵深曲。……盖庄子之用情，如蜻蜓点水，旋点旋飞；屈原之用情，则如春蚕作茧，愈缚愈紧。自汉魏以降之诗人，率不出此两种典型，或偏近于庄，或偏近于屈，或兼具庄、屈两种成分，而其分配之比例又因人而异，遂有种种不同之方式，而以近于屈者为多。……古论者谓吾国诗以出于《骚》者为正。"[①]有诸多迹象表明，在所有状态的心性当中，儒家的"仁人之心""仁义之心"是味觉化汉语诗歌最为宠幸的对象[②]，屈原是它的上佳体现；中国古典时期的造型艺术主要受惠于逍遥庄子[③]，诗文则更主要是孔门的天下，王维以降的神韵派从来就不是汉语诗文的正宗[④]。

赵奎英认为，味觉化汉语始终围绕两个问题以展开自身之本质：语言与名分的关系问题（"名与分"）、语言与实在的关系问题（"名与实"）。但归根到底只有一个问题：辨"名实"，最终还是为

① 缪钺：《古典文学论丛》，浙江大学出版社，2009年，第80–81页。

② 参阅李泽厚：《华夏美学》，前揭，第44–81页。

③ 刘若愚（James J.Y.Liu）认为，《庄子》可能比"任何一本书更深刻地影响了中国文人的艺术感觉"（James J.Y.Liu，*Chinese Theories of Literature*，University of Chicago Press，1975，p.31）。徐复观说得更明白："庄子之所谓道，落实于人生之上，乃是崇高的艺术精神；而他由心斋的功夫把握到的心，实际乃是艺术精神的主体。"（徐复观：《中国艺术精神》，华东师范大学出版社，2001年，第2页）前两人是从精神的层面谈庄子与绘画的关系，陈传席则从技法上谈到了绘画与庄子的关系："'三远'的境界又不期然而然的和庄子的精神境界混同起来了。"（陈传席：《中国山水画史》，江苏美术出版社，1998年，第230页）

④ 参阅钱锺书：《七缀集》，前揭，第17–28页。

了正“名分”，以至于君君臣臣、父父子子各安其位。正是在此基础上，赵氏进而指出：“儒家崇尚‘名’，是因为在儒家看来‘名与道’是合一的，道家反对‘名’，是因为在道家看来，‘名与道’是悖立的。”[①]赵奎英的精辟洞见，很有可能在暗中呼应了缪钺的庖丁解牛之论：古典汉语诗歌“出于《骚》者为正，出于《庄》者为变”。这是因为古典汉语诗歌更倾向于从名道合一（“人道”）的角度，展开自身；却不愿意从名道悖立（“天道”）的层面，获取诗意。而“道者，非天之道，非地之道，人之所以道也，君子之所道也”[②]。因此，味觉化汉语诗歌有理由更加看重人世间的悲欢离合，更乐于从日常人伦中，感叹人道的入身入世和即身即世，它对天道一类迂远而阔于世情的境界持敬而远之的态度[③]，这就是东坡居士获取的正觉：“起舞弄清影，何似在人间。”视觉化汉语的早期诗人穆木天依然有此觉悟：“感情、情绪，是不能从生活的现实分离开的，那是由客观的现实唤起的。”[④]杜甫因此大声疾呼：

安得广厦千万间，
大庇天下寒士俱欢颜，
风雨不动安如山！

① 赵奎英：《中西语言诗学基本问题比较研究》，中国社会科学出版社，2009年，第17–18页。

②《荀子·儒效》。

③ 流沙河对此有很数字化的议论，他说：《诗经》“三百八十九个兴象，取材于自然界的有三百四十九个，取材于人事的只有四十个，反映出农耕社会的吟唱诗人着眼之所在。就是那四十个人事类的兴象，说的也是人作用于自然界，如钓鱼啦采薪啦，而不纯是人事。……那些取材于自然界的兴象都象在自然，征在人事，一象一征，前呼后应，联成一组象征，出现于一篇之首或一章之首。”（《流沙河诗话》，四川文艺出版社，1995年，第223页）这显然是人道而非天道的体现。

④ 穆木天：《平凡集》，新钟书局，1936年，第78页。

呜呼，

何时眼前突兀见此屋，

吾庐独破受冻死亦足！

（杜甫：《茅屋为秋风所破歌》）

“呜呼”之所以“走上了它有史以来最正确、最富有同情心的道路”①，“呜呼”之所以称得上中国历史上的“创世原音”②，就是因为杜甫把那颗“仁人之心”和“仁义之心”演绎到了极致。作为味觉化汉语中一个常见的叹词，“呜呼”在此取道“仁人之心”“仁义之心”而上通于诚，因而获取了空前绝后的力量；因此，杜甫有理由在千百年之后获取视觉化汉语诗人的真心赞美：

你的深仁大爱容纳下了

那么多的太阳和雨水；那么多的悲苦

被你最终转化为歌吟

…………

美丽的山河必须信赖

你的清瘦，这易于毁灭的文明

必须经过你的触摸然后得以保存

你有几乎愚蠢的勇气

倾听内心倾斜的烛火

你甚至从未听说过济慈和叶芝

…………

千万间广厦遮住了地平线

是你建造了它们，以便怀念那些

① 敬文东：《牲人盈天下》，前揭，第342页。

② 参阅徐达斯：《上帝的基因》，重庆出版社，2008年，第5页。

流浪途中的妇女和男人……

(西川:《杜甫》)

作为一个典型的视觉化汉语诗人,西川在咏诵“土气”的杜甫时当然有权提到“洋气”的济慈(John Keats)和叶芝(William Yeats);西川之所以能够在新诗中土洋并置,可以将济慈、叶芝和杜甫有意叠加在一起,排开其他种种因素(比如修辞学的因素),更主要的原因很有可能是:无论汉语如何被视觉化,来自汉语基因层面的某些因素绝对不可被撼动[①]。在所有不可被撼动的因素当中,从人道出发的“仁人之心”“仁义之心”——而不是“游心于物之初”的那颗漠然之心——极有可能是当“仁”不让之首选[②],因此,西川能在心的层面上,像是“感”同“身”受那般,再次理解杜甫,并将杜甫的“仁人之心”“仁义之心”反向投射到叶芝、济慈以及他们的诗歌写作。即使是视觉化汉语因《圣经》的汉译而拥有诉说超验事物的才能[③],但也终因汉语中存在着不可被撼动的因素而显得孱弱无力[④],汉语的世俗特性、汉语的肉体特征、汉语以诚为自身之伦理等等,都不会得到根本性的改变。因此,西川更有可能从人道而非神

---

① 关于这个问题,本人曾经有过详细论述(参阅敬文东:《李洱诗学问题》(中),《文艺争鸣》2019年第8期),此处不赘。

② 众所周知,雷锋和雷锋精神作为一种精神现象,是在反对儒家和孔子的视觉化汉语氛围中形成的,贺照田则从儒学传统和革命传统的双重变奏中重新解释了雷锋和雷锋现象(参阅贺照田:《如果从儒学传统和现代革命传统同时看雷锋》,贺照田等:《人文知识思想再出发是否必要?如何可能?》,唐山出版社,2019年,第255-304页)。而儒学传统正是以“仁人之心”和“仁义之心”为主线,毕竟一说到孔子,传统读书人首先想到的就是孔门的仁学。(参阅李泽厚:《中国古代思想史论》,前揭,第5-28页)

③ 参阅刘意青:《〈圣经〉的文学阐释》,北京大学出版社,2004年,第15-32页;朱一凡:《翻译与现代汉语的变迁》,外语教育与研究出版社,2011年,第49-98页。

④ 对这个问题的详细论述可以参阅敬文东:《从超验语气到与诗无关》,《中国现代文学研究丛刊》2018年第10期。

道的角度理解杜甫，并将叶芝和济慈同时人道化。

扬雄曰："言，心声也；书，心画也。"[①]《毛诗》则认为，"在心为志，发言为诗"[②]。《白虎通德论》有云："声者何谓？声，鸣也，闻其声即知其所生。音者，饮也，言其刚柔清浊，和而相饮也。"[③]诗因此不仅是一般的言，更是精粹之言；诗也因此不是一般的心声，更是心的精粹之声，是从所有心声中萃取出来的那种精纯之心声。在拥有舔舐能力的味觉化汉语那里，到底哪种心可以发出如此这般的精粹之声呢？荀子愿意告诉你：道心。也就是心-思经由感-思而所知始终在道（知-道）的那颗"大心"，或者"天心"。子产云："天道远，人道迩。"[④]孔子曰："人能弘道，非道弘人。"[⑤]在这里，作为距离人最"近"（"迩"）的人道，作为能被人大加弘扬的"近"人之道，"仁人之心""仁者之心"不是一般的心，它只可能是道心。而在味觉化汉语的疆域内，诗要表达的，是赤诚之道心，杜甫是其间最伟大的代表；诗之所达，乃是由诚心而至人道。诗是道的仆人和工具。

阳明子说得好："良知者，心之本体。"[⑥]"良知是造化的精灵，这些精灵，生天生地，成鬼成帝，皆从此出，真是与物无对。"[⑦]道心意味着良知；修心则是为了致良知，但更主要是为了保证道心时时刻刻处于良知状态[⑧]。因此，在古典汉语诗歌阔大的境域内，诗的最

---

① 扬雄：《法言·问神》。

②《毛诗序》。

③《白虎通德论·礼乐》。

④《左传·昭公十八年》。

⑤《论语·卫灵公》。

⑥《传习录》中。

⑦《传习录》下。

⑧ 熊十力对阳明学说有精辟的议论："阳明廓然返诸良知，无所拘滞，以致良知于事事物物，释《大学》之格物，于是学者多有独用之虑。"（熊十力：《中国现代学术经典·熊十力卷》，河北教育出版社，1996年，第482页）本文此处正可以参考此论。

终所达，是良知保证下的善，并不是通常所说的美，因为唯有善，才是“心之本体”（心的本来面目而非ontology［本体］）；但又能由此至少获得一个极为重要的推论：味觉化汉语始终在倡导美出源于善。善不仅与诚相毗邻，以阳明子之高见，还是诚的产物[①]。因此，沿波讨源地说，美归根到底出源于诚，亦即心作为语义原词的两个隐喻（思维与好恶）为汉语思想举荐的基本价值。苏珊·桑塔格说：“我宁可认为，艺术与道德相关。它之所以与道德如此相关，是因为艺术可以带来道德愉悦，但艺术特有的那种道德愉悦并不是赞同或不赞同某些行为的愉悦。艺术中的道德愉悦以及艺术所起的道德功用，在于意识的智性满足。”[②]在味觉化汉语的念想中，尤其是在那颗味觉化汉语之心的念想中，苏珊·桑塔格刚好很不幸地颠倒了因果关系；画家关晶晶所说的话，才更合中国之“心”那原初的“心”意，那个早已心化（味觉化）的境地：“我们觉得作品好是因为受到感动。感动由心起而非物起。”[③]

抒情传统

在人类文明的诸多形式中，若要谈到人类地位之崇高，能超越汉文明者虽不敢说绝无仅有，却肯定极为鲜见[④]。在这种形式的文明中，要么“天地与我并生，而万物与我为一”[⑤]；要么君子以其至诚之心，“可以赞天地之化育”，最后达致“可以与天地参”[⑥]的极高境

---

① 王阳明：《传习录》卷上。

② 苏珊·桑塔格：《反对阐释》，程巍译，上海译文出版社，2011年，第25–26页。

③ 关晶晶：《答胡赳赳问》，未刊稿，2013年，北京。

④ 参阅李泽厚：《由巫到礼 释礼归仁》，前揭，第83–116页。

⑤《庄子·齐物论》。

⑥《礼记·中庸》。

地。这是因为天地“惟人参之，性灵所钟，是谓三才”[1]。“三才说”意味着：人必须参与到天地的运行当中，才算完成了人之为人的任务和义务。因此，汉文明和人生而有罪的希伯来文明不可同日而语，跟贬低肉体的古希腊文明截然两样。在所有意欲拔高人类地位的汉语言说中，《礼记》因其放言“人者，天地之心也”[2]显得尤为亲切、尤为动人，只因为《礼记》在务实地以心喻人。在汉语思想中，诸如此类敬畏天地却不贬抑凡人的表述可谓比比皆是，但荀子的言论肯定不在此列：“大天而思之，孰与物畜而制之？从天而颂之，孰与制天命而用之？”[3]以心为学的阳明子说得十分恳切：“夫人者，天地之心，天地万物，本吾一体者也。”[4]即便如此，依然要数张正蒙的言说来得豪迈、大气和率性：人生而为人的首要任务，便是“为天地立心”[5]；接下来，才是“为生民立命，为往圣继绝学，为万世开太平”等其他诸多也许更为重要的任务。刘勰虽然讲得也很另类，但比起横渠先生到底要谦虚得多。刘氏在《文心雕龙》的一开篇即说：人“为五行之秀，实天地之心”[6]。如果把《礼记》、刘勰、张载和阳明子的言说串联在一起，就会发现一个有趣的循环：人始而为天地之心所生，继而自己把自己即位、加冕为天地之心，最终，还会主动为天地立心。这有点类似于圣父取道圣母玛利亚的处女之身以生圣子，圣子始而率众使徒传圣父之教，继而三位一体于圣父，最终与圣父合一。果不若是，中世纪

---

① 刘勰：《文心雕龙·原道》。

②《礼记·礼运》。

③《荀子·天论》。

④ 王阳明：《王文成公全书》卷二《答聂文蔚》。

⑤ 明人归有光对此做出了解释：“人主为天地立心，一念之善，喜见于天，而和气应之；一念之恶，谪见于天，而沴气应之。故欲观己之善恶，当观天之所以为应者以验之。”（归有光：《震川先生集》，上海古籍出版社，1981年，第10页）

⑥《文心雕龙·原道》。

的信徒便不得心安。

在任何情况下，都不可以说诗人是人中精粹，更不能像某些自恋的诗人那般，称自己所在的这个群体为高贵族群，但尤其不能像法国人兰波（Jean Rimbaud）那样，将诗人看成通灵者："我认为诗人应该是一个通灵者，使自己成为一个通灵者。必使各种感觉经历长期的、广泛的、有意识的错轨，各种形式的情爱、痛苦和疯狂，诗人才能成为一个通灵者，他寻找自我，并为保存自己的精华而饮尽毒药。"[①]这种沾染了世纪末颓废气质的西洋通灵者（"世纪末"［fin-de-siecle］一词正好是兰波的同胞所发明），至少有违味觉化汉语随身自带的伦理：诚反对各种型号的"错轨"，视各种性质的"疯狂"为邪恶之举，拒绝所有种类的"毒药"加诸诚身。但在味觉化汉语的心心念念中，诗人肯定可以——而且必须——被认作语言的敏感者、语言的钟情者。既然人乃天地之心，和语言天然亲近的诗人似乎更有理由成为天地之心。与兰波的不自量力比起来，刘勰为此早已给出了充足并且素朴的理由："言之文也，天地之心哉。"[②]有人对这句话做了浅显、简洁的解释，给出了朴素、易懂的理解："语言之所以有文采，乃是天地之心的表现。"[③]诗人不仅钟情、敏感于语言，他还必须首先是语言的操持者和工作者。因此，作为一个特殊——仅仅是特殊——的群体，诗人比其他群体更有理由接管作为"天地之心哉"的"言之文也"；或者："言之文也"原本就该成为诗人的专职——如果不说成天职的话。"作者之谓圣，述者之谓明。"[④]据此，龚鹏程不同意叶舒宪诗有雅（《雅》《颂》）、俗（《风》）两个源头的主张[⑤]，转而认定唯有颂歌才是诗的源头，亦即汉语古典诗歌

---

① 兰波：《兰波作品全集》，王以培译，作家出版社，2011年，第305页。

② 刘勰：《文心雕龙·原道》。

③ 王志彬：《文心雕龙译注》，中华书局，2012年，第9页。

④《礼记·乐记》。

⑤ 参阅叶舒宪：《诗经的文化阐释》，湖北人民出版社，1997年，第32-38页。

以《雅》《颂》为正，以十五《国风》为变[①]。果如是言，则在最为原初的层面上，所谓诗人（作者），不过是被诚附体的天地之心（这与缪钺的庖丁解牛之论并不矛盾）；诗人的首要任务，是“代”赤诚之道立“言”，是为代言。作为圣者的诗人代道立言和举子们代圣贤立言，顶多只有表面上的相似性；代道立言必须以诚打底，来不得半点伪饰之心——诚原本就是伪饰的天敌。以钱锺书之见，代圣贤立言的实质和真意，不过是“以俳优之道，抉圣贤之心”[②]，它只需做到“未作破题，文章由我；既作破题，我由文章”[③]就足够了。举子们的目的，原本就不在圣贤之意或成圣成贤，只在功名而已矣。龚鹏程说得很准确、很深刻：正因为八股文的操持者满心眼都是功名和利禄，代圣贤立言就“跟情动于中而形于外、若有郁结不得不吐的言志形态迥然异趣”[④]。

出土文献往往能颠覆人们的既有观念[⑤]。作为味觉化汉语文明中至高无上的概念，道极有可能并不是学者通常想象的那样的坚不可摧，难以被撼动。1993年秋，湖北省荆门市郭店村出土了近千枚楚简，其中就有骇人听闻的如下字样：“性自命出，命自天降。道始于情，情生于性。始者近情，终者尽性。”[⑥]这等带有刘师培所谓“渊懿之光”的表述，颠倒了数千年来存留于中国读书人方寸之中的固有观念；道竟然不可思议地滑落到观念金字塔的最底端：天—命—性—情—道，吓傻了不少迂腐的读书人。

对于古典汉语诗歌来说，很有几分神秘性的天与命，在此可以暂且无论；但至关重要的性、情、道，却不可不察。朱熹有言：“盖

---

① 参阅龚鹏程：《汉代思潮》，商务印书馆，2005年，第84页。

② 钱锺书：《谈艺录》，中华书局，1984年，第32页。

③ 刘熙载：《艺概·制义概》。

④ 龚鹏程：《中国诗歌史论》，北京大学出版社，2008年，第93页。

⑤ 为了说明这个问题，李零写了一部卷帙浩大的《简帛古书与学术源流》（生活·读书·新知三联书店，2008年）可资参考。

⑥《郭店楚简·性自命出》。

心之未动则为性，已动则为情，所谓心统性情也。”[①]王阳明的观点更简洁：“心即性，性即理。”[②]郭店楚简认为，情出于性，道始于情，道因此经由情而与性相连——道是性的产物。在朱熹那里，性与情只是心的不同状态：心统性、情。但郭店楚简之所言和朱子之道说也许并不矛盾，因为朱熹对此还有更加详细的申说：“性便是许多道理，得之于天而具于心者，发于智识念虑处皆是情，故曰心统性情。”[③]在朱熹那里，性终归是“得之于天”同时又“具于心者”，情则从心而来。因此，朱子之言似乎可以被笼统地理解为对郭店楚简的暗中呼应。

既然“道始于情”，道就不过是心的产物，因为情乃心之动。这很自然地意味着：心的状态决定道的成色，道的模样取决于心的状态。心动之谓情，情为道之始。因此，有理由认为，道以心为根基。就这样，郭店村出土的文献将道与心紧紧捆绑在一起：道不仅不外在于心，还必须听命于心、取决于心。郭店楚简对道所做的这番不同寻常的理解，可能导致中国古代思想史在许多方面被改写，对此暂且姑置不论。单就理解古典汉语诗歌来说，郭店楚简对道的另类看法就不失为一条有效的思想进路，却必须在此得到申说：古典汉语诗歌所要传达的赤诚之道心，乃是作为天地之心的诗人们在其自身之心的统摄下，以同样作为天地之心的“言之文也”为工具，而进行的心自身的活动。也就是在众多天地之心们的诸多自身之心的活动中，“道”被众多的诗作所“‘道’及”，被众多的诗人所“‘道’白”。被“‘道’及”、被“‘道’白”的质量有可能或好或坏，却不影响天地之心们的心自身的活动，更不必担心其性质会有丝毫改变。

宇文所安颇为动情地引述过《文心雕龙·原道》开篇不久，便

① 朱熹：《朱子语类》卷五。

② 王阳明：《传习录》上。

③ 朱熹：《朱子语类》卷九十八。

急匆匆涌现的那几句话："惟人参之，性灵所钟，是谓三才。为五行之秀，实天地之心，心生而言立，言立而文明，自然之道也。"紧接着，宇文所安给出了他对这几句话的理解：在味觉化汉语思想中，"作为'天地之心'，人是唯一有自我反思能力的生物，但这个词仍暗示人在宇宙这个'身体'里发挥'心'的功能"[①]。但诗人作为天地之心自身必须拥有的那颗跳动的心（道心），被宇文所安令人遗憾地有意放弃了。据柯汉琳考证，"诗心"一词，大约最早见于宋代王令的一首五言律诗——《庭草》。这首诗的最后两句是："独有诗心在，时时一自哦。"柯汉琳认为，"诗心"一词意指"诗人之心"，或者"诗人创作之心"[②]。柯氏做这样的理解也许并无问题；但如果从解味而非解义的角度，将以感–思为途径心–思着的"诗心"理解为诗人之心的诗性状态，而且是饱满的状态或状态的饱满，可能更有道理。和柯汉琳对"诗心"一词的考释大不相同，宗白华将"诗心"的原始出处推给了更早出现的文献《诗纬》："《诗纬》云：'诗者，天地之心。'"据宗白华推测，《诗纬》的意思很可能是："艺术家禀赋的诗心，射映着天地的诗心。"[③]虽然柯汉琳反对宗白华的观点，他的反对也有较为充足的阐释学证据打底，但归根结底，还是宗氏的看法更有可能最迹近于真相。这在柯汉琳先生自己的文章

① 宇文所安：《中国传统诗歌与诗学》，陈小亮译，中国社会科学出版社，2013年，第7页。和宇文所安之所说恰成比照的是武田雅哉。他很有趣地说："总而言之，宇宙即是葫芦，即是馄饨。无论文学作品、地理学、建筑、器物或者食品，只要经过中国人之手，这个宇宙蛋Kun–lun便会一边哄着'混沌'的基因入睡，一边不断改变形貌潜藏。正因为中国人在'吃'一事发展出独特的哲学，馄饨里才包入了他们的宇宙论。这个轻飘飘、难以捉摸、名叫'馄饨'的宇宙，中国人把它吃进肚里，让它到体内的小宇宙去还原。"（武田雅哉：《构造另一个宇宙：中国人的传统时空思维》，任钧华译，中华书局，2017年，第13页）这正反两个方面（说高下两个方面也许更准确）相加，可能就是中国文化的真相，即心即物，人不以心而贵，也不以物而贱。

② 参阅柯汉琳：《论"诗心"》，《中国文学批评》2019年第2期。

③ 宗白华：《美学散步》，上海人民出版社，1981年，第62页。

中，就可以找到较为扎实的内（部）证（据）。柯汉琳先引述据说是孔子说过的话："《诗》者，天地之心，君德之祖，百福之宗，万物之户也。"[①]紧接着，柯先生对此给出了极为精辟和极为独到的解说："在孔子那里，'诗者，天地之心也'，说的是：《诗经》凝结着天地的精魄，汇聚着万物的灵气，下究万物之情状，上推天人之理，通'天地之心'，而《诗经》的'诗人之心'就是一种体现了'天道'之'心'。"[②]柯先生在此是正确的：天道实为人道；而孔子之言的重点，必须落实在"诗人之心"是道心的显现上，这似乎刚好是在为宗白华先生的观点做证。

一般而言，常人作为天地之心，其自身之凡心时时处于默然或漠然的状态；诗人作为天地之心，其自身之道心必定时时处于充沛、饱满的诗性状态。唯有如此这般以解味（而非解义）的方式理解诗心（亦即heart-mind而非mind），也许才更符合味觉化汉语的本性，才更能让诗人之心时时处于有味之境地，也才可以保证作为天地之心的诗人因有感于"'天道'之'心'"随时起兴，兴则是诗的别名，或另一个名号[③]。或许正是出于如此这般的考虑，顾随才高度评价王维的诗歌及其诗歌创作："在表现一点上，李、杜皆不及王（维）高超。杜太沉着，非高超；李太飘逸，亦非高超，过犹不及……说明、描写皆不及表现，诗法之表现是人格之表现，人格之活跃，要在字句中表现出作者人格。……诗是表现（expression），不是重现（re-expression），事的'真'不是文学的'真'，作品不是事的重现，是表现。"[④]诗法等价于诗人之人格，但人格必然出自对心性的磨砺，是为修心。以阳明子之见，修心是为了致良知，良知即至

① 安居香山、中村璋八辑：《纬书集成》，河北人民出版社，1994年，第464页。

② 柯汉琳：《论"诗心"》，《中国文学批评》2019年第2期。

③ 参阅傅道彬：《诗可以观》，中华书局，2010年，第161页。

④ 顾随：《中国古典诗词感发》，北京大学出版社，2012年，第28–29页、第215页。

善，至善来自至诚。在此，修心不仅让诗人人格高尚，也让诗人之心时时处于萌动着的诗性状态；诗人之心的饱满的诗性状态，更有可能支持汉语之心以感-思为途径完成心-思。既然诗心随时处于枕戈待旦的诗性状态，也就意味着随时可以应物起兴而实施感-思；实在没有必要怀疑：感-思更靠近或者更倾向于表现而非说明，亦非描写。感-思首先意味着直接性，意味着跟各种物、事、情、人构成的各种状态短兵相接，一触即发。表现就是直接把各种状态呈现出来，它与各种状态之间构成了一种面对面的我-你关系；描写和说明则充满了间接性，它（们）和各种状态之间构成了一种背靠背的我-它关系。面对面意味着我跟你直接对话（呈现），不需要中介；背靠背则意味着：你不是想知道它的情况吗？那就必得取道于我对它的诉说（说明、描述），类似于叙事学中一种特殊的叙事模式：我对你（你们）诉说他（他们）的情况[①]。

“道始于情”和“味道守真”从根子上保证了道不但必须有味，还必须有情：道是情与味的统一体。在这里，情是有味的情，味是有情的味。在味觉化汉语治下的古典中国从来道器不分，不存在视觉中心主义支持下的抽象之道和纯粹之道；道无法像逻各斯唆使的那样，可以离器而独存。这很可能就是中国可以成为诗之王国[②]，中国人却不可以成为科学王国之人只能成为部落之人的重大原因[③]。如前所述，古典汉语诗歌意欲表达的，乃是赤诚之道心。因此，古典汉语诗歌只能被定义和界定为：它就是时时处于饱满诗性状态的诗

① 参阅敬文东：《李洱诗学问题》（下），《文艺争鸣》2019年第9期。

② 参阅费诺洛萨：《作为诗歌手段的中国文字》，赵毅衡译，庞德：《庞德诗选：比萨诗章》，黄运特译，漓江出版社，1998年，第234页。

③ 麦克卢汉对这种部落人有精辟的猜测：“部落人认为，宇宙秩序和仪式在他们是身体器官及其社会延伸中要循环往复地出现。然而，对宇宙的冷漠却可以培养对细枝末节和专门任务的强烈关注，这正是西方人独特的力量所在。专门化的人绝不犯小错，然而他走向的目标却是绝大的谬误。”（麦克卢汉：《理解媒介》，何道宽译，前揭，第146页）

心对既有味又有情的“仁人之心”“仁义之心”的直接表现，而非对“仁人之心”和“仁义之心”的说明或描写。“道始于情”，因此，道的根基在情，无情便无道；“味道守真”，因此，道的本质在味，无味亦无道。在味觉化汉语思想的幽深之处或腹心地带，情与味乃道的一体之两面，缺一不可。龙子游因之而有言：“天地若无情，不生一切物；一切物无情，不能相环生。”在同一个文献中，此人还意犹未尽并且颇具会心地指出：“《六经》皆以情教也……《易》尊夫妇，《诗》首《关雎》，《书》序嫔虞之文，《礼》谨聘奔之别，《春秋》于姬姜之际详然言之。”[①]面对如此这般既有情又有味却十分不入流的“小说家言”[②]，众多的儒士经生早就发出了痛斥之声：“人之所以为圣人者，性也；人之所以惑于性者，情也。喜怒哀惧爱恶欲七者，皆情之所为也。情既昏，性斯匿矣。”[③]但或许小说家言反倒更能切中出土文献的高贵之言。李泽厚则因发出高贵之言的出土文献，提出中国传统文化必得以情为本，必得以情而非神道设教——是为情本体[④]。就这样，古典汉语诗歌总是乐于以感-思为方式，去感有味之道和有情之道——是为感-道。

在古典中国，以心感-道事实上是以心“感”物之“道”，因为在味觉化汉语的念想中，道只可能存乎物（人是万物之一，但有其特殊性：他是天地之心），甚至存乎物的极端品：屎溺[⑤]；道物一

---

① 冯梦龙：《〈情史〉叙》。

② 郑燮：《潍县署中寄舍弟墨第一书》。

③ 李翱：《复性书》上。

④ 参阅李泽厚：《历史本体论》，生活·读书·新知三联书店，第108-123页。

⑤ 参阅《庄子·知北游》。看看西方人对屎溺的看法也许可以成为一个很有趣的参照。西方人绝对不可能将之与道（逻各斯）联系在一起：“不能肯定唯物主义已经排除了粪便中属于神明的东西。无神论的唯物主义排斥米什莱式的历史，将粪便与物质强制等同起来，唯物主义最终对于污物所表现出来的才智，与关于粪便的唯灵论所表现出的智慧相比，是彻底平庸的。”（多米尼克·拉波特：《屎的历史》，周莽译，前揭，第35-36页）

体，道不离器[1]。因此，作为诗人的天地之心实施的以心感-道，终将遵从味觉化汉语的指令，务实地落实于以心感-物。高友工认为，感-道（感-物）的基本方式无外乎二：内化和符号化。所谓内化，就是将外在的物象化作内在的心象，是为内在的形构；所谓符号化，就是更上一层楼，将内在的心象转化为外在的艺术性的物象，是为外向的流转。高友工说得很对仗："前者是'我'因'境'生'感'，由'感'生'情'，终于'情境'可以交融无间。这是一种自我因'延续'（extension）而导致的'同一'，创造一个无间隔距离的绵延（continuity）世界。后者是'我'以'心'体'物'，以'物'喻'我'，因此'物我'的界限泯灭。这是一种自我因'转位'（transposition）而形成的'同一'，由于物物'相等'（equivalence），因而有一个心游无碍的世界。"[2]感-道（感-物）的初始形态是心物交融无间；可供心游的无碍世界则是感-物（感-道）高级状态，其间的中介是始终是情。事实上，高友工道及的诗之生成机制的重点，正在于情。心、道、情（性）紧密相连。徐祯卿说得极为精简，也极为准确："情者，心之精也。"[3]遍照金刚则将徐祯卿之所言落到了

① 中国人将物与道连在一起的观念是西方人很难理解的。海德格尔就这样分析过物："器具既是物，因为它被有用性所规定，但又不只是物；器具同时又是艺术品，但又要逊色于艺术品，因为它没有艺术作品的自足性。假如允许作一种计算性的排列的话，我们可以说，器具在物与作品之间有一种独特的中间地位。"（海德格尔：《林中路》，孙周兴译，上海译文出版社，1997年，第13页）物在西方不可能同高级的道直接相连。

② 高友工：《中国美典与文学研究论集》，台湾大学出版社，2004年，第14-15页。关于高友工谈论的这个问题，程抱一有另外的理解，此处一并列出以为参照："（古典汉语诗歌）这种尽量避免使用三种语法人称的意愿，显示为一种自觉选择；它造就了这样一种语言，这种语言使人称主语（主体）与人和事物处于一种特殊的关系中。通过主体的隐没，或者更确切地说通过使其到场'不言而喻'，主体将外部现象内在化。"（程抱一：《中国诗画语言研究》，涂卫群译，江苏人民出版社，2006年，第31页）

③ 徐祯卿：《谈艺录》。

实处，直接跟诗相连：“夫诗工创心，以情为地。”[①]如前所说，诗之所达，乃是由诚心而至“仁义之道”“仁人之道”（名道合一之人道）。作为天地之心的诗人始终有一颗充沛、饱满的诗心，诗心则随时处于诗性状态；“夫诗工创心”之“心”是道心，其精华为“情”（而不仅仅“始于情”）。因此，在古典中国，诗之所达，最终为有味之道-情。其流风所及，凝结而为陈世骧极力称道的抒情传统[②]。

新诗可否言心

作为一种修辞格，反讽的含义乃是言在此而意在彼[③]。克尔凯郭尔（S. A. Kierkegaard）的表述很明确：“在公共演说中就经常出现一个名为反讽的修辞格，它的特点是嘴所说的和意所指的正好相反，这里我们看到一个贯穿所有反讽的规定，即现象不是本质，而是和本质相反。”[④]视觉化语言（逻各斯）几乎是宿命性地强调纯粹之看；虽然冷静、客观的纯粹之看为西方世界孕育了灿烂无比的伟大文明，但也成就了西方人自我毁灭的巨大潜力。“作为逻各斯最为辉煌的成果之一，原子能既可以温暖人间，也可以将人间沦为废墟和瓦砾。就这样，逻各斯不仅自带求真伦理，由求真伦理导致的反讽

---

① 遍照金刚：《文镜秘府论·论文意》。

② 关于抒情传统可参阅陈世骧：《中国文学的抒情传统》，生活·读书·新知三联书店，2015年，第3–9页。这里需要说明的是，本文此处得出古典汉语诗歌的抒情传统一说的论证思路完全不同于陈世骧先生，陈氏是在中西文学的比较中得出这一结论的，此处更多是从汉语自身的本性出发逐步得出这一结论。事实上，笔者反对中西比较基础上获得的抒情传统这一结论。关于这个问题笔者写有不少文字比如《感叹诗学》（作家出版社，2017年），比如《李洱诗学问题》（《文艺争鸣》2019年第7、8、9期）。

③ D.C.米克：《论反讽》，周发祥译，昆仑出版社，1992年，第10–14页。

④ 克尔凯郭尔：《论反讽概念》，汤晨溪译，中国社会科学出版社，2005年，第212页。

特征，也是它的基本秉性和天赋。”[①]按惯例，黑格尔之言说来得极为独断：“哲学的对象与宗教的对象诚然大体上是相同的。两者皆以真理为对象——就真理的最高意义而言，上帝即真理，而且唯有上帝才是真理。”[②]很具反讽意味的是：以真理为对象的逻各斯（视觉性语言）本身就是反讽的策源地和故乡。韦恩·C.布斯（Wayne C. Booth）如是放言：只要逻各斯存在一天，反讽就必将是世界之本质，就是宇宙运行之规律；反讽是逻各斯的内在规定性之一，凡受其感染者，均遁无可遁[③]，不存在可以被“逃向”的“苍天”[④]。孙周兴认为，尼采深知其中的奥秘，因此尼采心心念念的未来哲学，“首先是一种科学批判，这是尼采从《悲剧的诞生》就已经开始的工作，在当时叫‘苏格拉底主义’‘科学乐观主义’或‘理论文化’批判，即反对以‘因果说明’为主体的科学－理论方式对人类生活的日益侵占和对人文科学的全面挤压”[⑤]。尼采离世一个多世纪了，他要批判的东西反讽性地愈演愈烈。

因此，反讽有可能像蝮蛇蜕皮以便不断超越自己的身材那般，从修辞学的狭窄空间，转而进入历史反讽的宏大境域。对此，赵毅衡曾经有过十分清楚、简洁的解说：“‘历史反讽’（historical irony）……规模巨大，进入历史。例如第一次世界大战时英美的动员口号‘这是一场结束所有战争的战争’（the war that ends all wars），结果这场战争直接导致第二次世界大战。还有，工业化为人类谋

① 敬文东：《李洱诗学问题》（上），《文艺争鸣》2019年第7期。

② 黑格尔：《小逻辑》，贺麟译，商务印书馆，1980年，第37页。

③ 韦恩·C.布斯：《修辞的复兴：韦恩·布斯精粹》，穆雷等译，译林出版社，2009年，第80页。

④ 此处化用了茨威格（Stefan Zweig）的一篇文章的题目——“逃向苍天”（参阅茨威格：《人类群星闪耀时》，李杰译，华中科技大学出版社，2013年，第243页）。

⑤ 孙周兴：《未来才是哲思的准星》，《社会科学报》第1561期第6版（2017年10月12日）。

利，结果引发大规模污染；抗生素提高了人类对抗病毒的能力，结果引发病毒变异。如此大范围的历史反讽，有时被称为'世界性反讽'（cosmic irony）。"[①]赵毅衡由此出发，提炼出反讽时代这个极具解释力的概念；反讽时代中的每个人都必将以反讽主体的角色现身，以反讽主义者的身份亮相，就是理固当然之事。"所谓反讽时代，就是虽然苦心追逐目标而最终获取的，却总是，甚至只可以是目标之反面（或背面）的那种搞笑的时代。"[②]以此类推，所谓反讽主体（反讽主义者），就是受制于反讽时代每每走向自身意图之反面的那种搞笑的主体；作为一种滑稽的角色，反讽主体原本就是在逻各斯之本质内涵的指引下，主体为主体自身量身定制的反讽。在这里，反讽是双倍的，斯德哥尔摩综合征（Stockholm syndrome）则是反讽主体必须随身持有的症候。巴赫金总是慧眼独具：同一性自打娘胎开始，就"不是'和……同一'，而是'与……并存'"[③]；"与……并存"可以替换为另一个表达式：A（可以造福人类的原子能）与-A（可以毁灭人类的原子能）同时存在、同时为真；或者A恒等于-A（A≡-A）。这正是反讽时代和反讽主体的本质内涵之所在。

汉文明很早就强调修辞立其诚，强调讷于言，强调文质彬彬。其间暗含的道理正是一是一，二是二，容不得半点虚假、虚浮和虚伪；因此，味觉化汉语中虽然也有言在此意在彼的情形出现，但反

---

① 赵毅衡：《反讽时代：形式论与文化批评》，复旦大学出版社，2011年，第8页。

② 敬文东：《李洱诗学问题》（上），《文艺争鸣》2019年第7期。

③ 卡特琳娜·克拉克、迈克尔·霍奎斯特：《米哈伊尔·巴赫金》，语冰译，中国人民大学出版社，2000年，第17页。

讽终究不可能盛行其间，不可能大成气候[①]。子曰："《志》有之：'言以足志，文以足言。'不言，谁知其志？言之无文，行而不远。"[②]虽然孔子强调和提倡文质互匹，但最重要的依然是"辞达而已矣"[③]，因为"巧言令色鲜矣仁"[④]，言在此意在彼更容易被置诸"巧言令色鲜矣仁"之列。反语也许堪称反讽的变通形式，但它主要用于或自辩（比如李斯），或劝诫（比如秦人优旃，见《史记·滑稽列传》），仍然处于修辞立其诚的范畴之内。味觉化汉语的含蓄、内敛被弗朗索瓦·于连（François Jullien）认作语言表达上的"迂回与进入"[⑤]，但无论如何，"迂回与进入"都不可以被认为与反讽相等同；清人施补华评价王翰《凉州词》时说，"后一句佳，作悲伤语便浅，作谐谑语读便妙"[⑥]，但那只是施某作为战争旁观者的一家之言，不能认为王翰真的在行自我反讽之实。汉语中大量出现反讽，应当在白话文运动以后；白话文运动的实质被汪晖一语道破："不是白话，而是对白话的科学化和技术化洗礼，才是现代白话文的更为鲜明的特征。"[⑦]味觉化汉语被高度——而非彻底——视觉化后（汪晖所谓的"科学化和技术化洗礼"），反讽很自然地过渡到视觉化汉语（现代汉

① 一般来说，言在此而意在彼的话语方式是任何一种成熟语言通常的表达方式，其目的一般认为有四：表现幽默感、具有警示性、流露亲切感、避免会错意（参阅沈谦：《语言修辞艺术》，中国友谊出版公司，1998年，第152-156页）。因此，在味觉化汉语中有反讽存在而又规模较小，是可以理解的状况。

②《左传·襄公二十五年》。

③《论语·卫灵公》。

④《论语·学而》。

⑤ 弗朗索瓦·于连为此主题写有专书《迂回与进入》（杜小真译，生活·读书·新知三联书店，1998年）。

⑥ 施补华：《岘佣说诗》，王夫之等撰，丁福保辑录：《清诗话》，中华书局，1963年，第55页。

⑦ 汪晖：《现代中国思想的兴起》下卷第二部，生活·读书·新知三联书店，2004年，第1139页。

语）之中[①]。在此背景下，古典汉语诗歌的实质更有可能是：由诚心而至“仁义之道”“仁人之道”（名道合一之人道），其出发点在心；因此，古典汉语诗歌更倾向于也更乐于心（诗心）自身的活动（心-思），它不知反讽为何物。汉语新诗的实质更有可能是：它建基于作为修辞性的反讽，是反讽主体（而非天地之心）沉思反讽时代的肠肠肚肚，其出发点在脑，新诗更主要是脑自身的活动（沉思）；为反讽时代中的变态情感或经验寻找客观对应物（objective correlative）乃其关键，与道和心（或道心）关系不大——假如不说毫无关系的话。

归根到底，是视觉化汉语彻底改造了味觉化汉语的中国；与古典中国完全异质的器物、观念，紧随着视觉化汉语的到来而到来。农耕经验全线崩溃，习惯于农耕经验之柔软的赤诚之心，必将不适于现代经验之坚硬与冷漠；视觉化汉语精心造就的现代经验，始终在呼应视觉化汉语本身：它在呼唤冷静的脑，以及脑的沉思功能。感-思被认为大面积地失效了（如果不说成彻底失效的话），脑之所知在物不在道，王国维对此深有所感：“古人所谓学，兼知行言之，

① 陈嘉映对此说得更为细致。在他看来，现代汉语里有一种特殊的外来词，“它们是汉语里原有的词但用它来翻译某个外文词后，我们逐渐不再在它们原有的意义上使用它们，而主要在它们用来对译的外文词的意义使用它们，这些词原有的意义反而被掩盖了。”比如经济（汉语原义是经邦济世）、经验（汉语原义是验证或灵验）。这些都被陈嘉映称为移植词：“移植词指的是这样一些词，它们虽然是外文词的意译而非音译，但它们主要是作为译名起作用的。移植词对应于某个外文词，它的意义基本上是这个外文词的意义。……移植词对现代汉语的影响比外来词更为深远，不仅由于移植词数量更大，更由于流行的外来词多半是自然品类和器物的名称，而不是论理词。在论理的场合，大部分语汇都是移植词。物理学、经济学等等专门学科就不去说它了，一般的论理文章里面也尽是移植词。现在杂志上发表论文，前头都要求列出关键词，查一查就可看到，这些关键词几乎无例外地是移植词。就是平常老百姓说话，只要涉及论理，所用的也有很大一部分是移植词，例如民主、专制、事实、理论、主观、客观、作用、影响、原因、效果等等。……现代汉语所受的外来影响远为更加深广地体现在移植词中。”（陈嘉映：《从移植词看当代中国哲学》，《同济大学学报》2005年第4期）

今专以知言。”[①]脑甚至有望上升为视觉化汉语当中的语义原词，用以解释反讽时代治下的诸多复杂意义。和视觉化汉语一样，新诗也是舶来品。舶来品在此有两个意思：诗的观念是全然西方而非传统中国的；诗建基于现代汉语（高度视觉化的汉语），它必将以视觉化汉语为前提。在反讽时代，现代经验显得坚硬、冷漠、琐碎，因此，作为诗人的反讽主体必将使用反讽语气去沉思如此这般的现代经验。新诗作为舶来品的两个意思相互叠加，造就了如下事实：首先，像兰色姆（John Crowe Ransom）宣称的那样，在反讽时代，诗乃“有罪的成人”之诗[②]。其次，它又像苏珊·桑塔格宣称的那样，唯有心性上的“倒错”而非中正，“才是现代文学的缪斯”[③]。但有罪的成人之诗也好，心性的倒错也罢，它们终归是同一个意思：心性上的圆融和完整要么消失不见，要么已成神话。不仅新诗如此，以现代汉语为媒介的中国现代小说也不例外。陈平原早已有言在先：中国现代小说甫一开始，就不以表现“正经”的生活为务[④]。埃·吉尔伯特（K.E.Gilbert）等人为西方艺术下了判决书：“‘为艺术而艺术’这个思潮中的大部分成员，都把美奉为神，因此，他们都犯了过分崇拜的罪过。”[⑤]这话可以被一丝不落地看作对视觉化汉语诗人的棒喝。

作为一种舶来品，新诗似乎不再将心以及心的产物诚视为根本，也不愿意将诚导致的善、美真当一回事。它更乐于传达现代经

---

① 王国维：《王国维全集》第十四卷，浙江教育出版社、广州教育出版社，2009年，第129页。

② 转引自赵毅衡：《重访新批评》，百花文艺出版社，2009年，第10页。

③ 苏珊·桑塔格：《反对阐释》，程巍译，上海译文出版社，2003年，第60页。

④ 参阅陈平原：《中国小说叙事模式的转变》，上海人民出版社，1988年，第26–27页。

⑤ 埃·吉尔伯特等：《美学史》，夏乾丰译，上海译文出版社，1997年，第660页。

验，视传达上的准确性为更重要的诗学问题。作为新诗人中的杰出代表，欧阳江河就很明确地说过："单纯的美文意义上的'好诗'对我是没有意义的，假如它没有和存在、和不存在发生一种深刻联系的话，单纯写得好没有意义，因为那很可能是'词生词'的修辞结果。"[①]无论是"存在"还是"不存在"，都不是用心去感的某种状态，而是跟思的准确性有关的某种行为（行动）——海德格尔对此有很精到但稍显唠叨的分析。新诗对待物的态度更多与看（思）接壤，而不是用心去尝、舔舐或感。因此，屈原之所以"称物芳"，是因为"其志洁"[②]；汉语新诗在大多数时刻之所以"称物恶"，是因为其心脏甚或无心。对看的过分强调，对经验的过于依赖，让新诗渐渐失去温度，离心越来越远。但事情的另一面是：汉语中不可被撼动的部分始终存在，心作为语义原词所举荐的诚就是其中极其珍贵的一部分。这暗示了一个很简单却十分重要的结论：只要用汉语写诗（无论新旧），心与诚事实上一直是在场的；用汉语写诗（但不仅限于写诗）意味着一场迈向诚的艰苦却欢快之旅，意味着修行。写诗也许起始于经验，但它不能以准确传达经验为归宿；它不指向晦暗不清的经验，甚至不指向由晦暗不清的经验带来的启示，它指向以心为中心组建起来的道、智慧和悲悯。这是从汉语内部发出的严正指令，具有无从躲避的宿命性。

和倾向于取消时间的永恒比起来，味觉化汉语更愿意支持、提倡和赞美不朽，不朽意味着对时间的无限拖延和延长："太上有立德，其次有立功，其次有立言，虽久不废，此之谓不朽。"[③]魏文帝有意识地抛弃立德、立功，专拿文说事："盖文章，经国之大业，不朽之盛事。年寿有时而尽，荣乐止乎其身，二者必至之常期，未若

① 欧阳江河、王辰龙：《电子碎片时代的诗歌写作》，《新文学评论》2013年第3期。

②《史记·屈原贾生列传》。

③《左传·襄公二十四年》。

文章之无穷。是以古之作者，寄身于翰墨，见意于篇籍，不假良史之辞，不托飞驰之势，而声名自传于后。”[1]老太史公临终时训诫小太史公曰：“扬名于后世，以显父母，此孝之大者。”[2]——不朽是对被遗忘的抗拒，是另一种形式的再生。拜汉语的本性所赐，即使是用视觉化汉语进行书写，几乎每一个写作者多多少少都有一点对于不朽的念想、对于不朽的渴望。但古往今来，写作（比如新诗写作）都是一件至为残酷、惨烈的事体，这对于使用反讽语气的反讽时代的反讽主体，尤其如此；从不朽的角度看过去，一个诗人除了伟大毫无意义，因为唯有伟大才能达致不朽的境地。但如果听从来自汉语内部的指令，仅仅将写作（比如新诗写作）当成一种修养心性的工作，一种修炼的过程，一种跟心有关的行为艺术，就可以超越不朽，甚至无视直至蔑视不朽。唯有以诚修心，才能如孟子所说那般：虽然浩然之气“难言也”，但“其为气也，至大至刚，以直养而无害，则塞于天地之间”[3]。朱子则曰：“尊德性，所以存心而极乎道体之大也；道问学，所以致知而尽乎道体之细也。二者，修德凝道之大端也。”[4]其间的关键将一决于心，唯有不可被撼动其性质的汉语之心能予赤诚之人以快乐。

汉语新诗迟早会重新来到返家的路口，它将在见山不是山之后，再次见山是山。

---

① 曹丕：《典论·论文》。

②《史记·太史公自序》。

③《孟子·公孙丑上》。

④ 朱熹：《朱文公文集》卷五十四。

结 语

行文至此，提出味觉诗学这个概念，也许算得上水到渠成，至少不应该被判作牵强附会，故弄玄虚。所谓味觉诗学者，就是汉语诗歌必须以味觉为根本；汉语诗歌——无论现代还是古典——一切有可能出现或存在的其他特性，或多或少都建立在、应该建立在或有可能回归式地建立在味觉的基础之上。

陈世骧从中西文学比较的角度，得出了一个结论：在漫长而绵延不绝的中国文学中，存在着一个绵延不绝而漫长的抒情传统。这个结论或许是恰当的，尽管并非没有人反对①，但即便如此，陈世骧的工作也仅止于简洁地描述了一个事实，却没有给出造就这个事实的根本原因。现在，似乎可以给出答案了：让抒情传统成为抒情传

---

① 龚鹏程对抒情传统的反对很激烈："陆机《文赋》专论辞条与文律，不谈作者道德修养及作者如何抒情言志的问题；陆云论文，先词后情……近人讲文学史，拿一套抒情史观瞎糊弄，在陆机说'诗缘情而绮靡'的缘情上做文章，大谈缘情的魏晋如何跟言志的汉朝势不两立，魏晋之缘情又如何显示了人的自觉，此等自觉又如何建构了审美主体。不知缘情而绮靡者，重点在绮靡而不在情，情甚且还可因绮靡之文造出……讲魏晋玄学的人，又喜欢从其论名理、说玄言去看，认为是哲学史上重要一章，不知其论理只是作文，而无所谓理"（龚鹏程：《中国文学史》，东方出版社，2015年，第167页）。不妨将龚说一并列出，以供考辨。

统的，正是古老的汉语——语言才是所有形式的宿命中最大、最普遍的宿命。在汉语造就的思想氛围中，有一个坚定不移的信念一直坚定不移地存在着：是以诚为自身伦理的汉语伙同至诚君子造就了天地，成就了万物。能够“成己以成物”的至诚之人，一定是成年人，因此，汉语甫一出世，就自带成年式的沧桑语气，不会是清脆得令人心碎的童声。当苏格拉底用满是惊讶、好奇的大眼睛到处发问的时候，老子、孔子随时随地给出的，却是让人遵从的结论，充满了弗莱（Northrop Frye）所谓的老年智慧。既然至诚之人必须“成己以成物”，至诚之人对物就必然充满怜惜与悲悯，因此，汉语打一出生，就自带成人式的悲悯语气。以“仁人之心”“仁义之心”为核心的名道合一之人道，就这样，被彻底地声音化了。作为汉语的基因或DNA，沧桑语气和悲悯语气将感叹落到了实处；或者：感叹被具体化为悲悯语气和沧桑语气，赞颂式、惊讶性的“啊……”（悲悯语气）和惋惜复兼哀悼性的“唉……”（沧桑语气），是感叹的基本形式[①]。但更为关键的是：感叹首先将抒情传统落到了实处，毕竟抒情传统的“抒情”二字要是没有具体化为声音性的感叹，就势必抽象而无所附丽。以上两项相加可以得知：归根到底，唯有汉语才是抒情传统的根基之所在。

和视觉定义下的逻各斯相比，汉语是一种至为特殊也迥乎其异的语言：它不仅自己有味，还因舔舐万物而饱有万味。这就是说，汉语乃味上加味之物，是为双重有味。因此，感叹（沧桑语气与悲悯语气）必将是有味之感叹，抒情也必将是有味之抒情，感叹诗学的根基乃是味觉诗学。抒情传统要想有所附丽，就必须以感叹为外

① 参阅郭攀：《叹词、语气词共现所标示的混分性情绪结构及其基本类型》，《语言研究》2014年第3期。虽然“啊”等叹词历史不长，却不影响此处对古人之语气的定性描述，闻一多早已说过：“古书往往用‘猗’或‘我’代替兮字，可知三字声音原来相同，其实只是啊的若干不同的写法而已。”（闻一多：《神话与诗》，上海人民出版社，2005年，第149页）

显，因此，抒情传统唯有植根于味觉诗学，方为有根之传统。

自新诗诞生起，诟病新诗的声音可谓多矣。和中国现代小说迅速获得认可大不一样，“新诗的地位却一直很尴尬，处境不阴不阳，晦暗不明是其生存际遇的准确判词。尽管新诗的某些认领者酷爱吹嘘自己因认领新诗而成为通灵者，并以现代巫师自居，但在很多人看来，新诗不过是绕开媒妁之言跟人私奔的主，喜欢从窗口爬进的情人，不喜欢自正门迈入的丈夫；它在‘僭越’了古典汉诗后，虽阵痛不断，虽仍在言志、抒情，却至少因它表面上的形式纵欲得不到人们的一致认可。上到“党国元首”，下至一般公众及读者，甚至不乏骨灰级别的个中人士，莫不纷纷予以质疑，其回响至今未绝”[①]。当此之际，凝视传统、重温汉语自身的本质，并适度听从汉语之本质的召唤，进行李泽厚先生所谓的“转换性创造”而不仅是杜维明先生所谓的“创造性转换”，也许不失为一条可行的进路。

---

① 敬文东：《说诗形》，《汉诗》2016年春季号。

参考文献

《白虎通德论》。

《管子》。

《国语》。

《淮南子》。

《老子》。

《礼记》。

《列子》。

《论语》。

《吕氏春秋》。

《孟子》。

《墨子》。

《尚书》。

《诗经》。

《文子》。

《荀子》。

《逸周书》。

《周易》。

《庄子》。

《左传》。

白居易：《白氏长庆集》。

陈澧：《东塾读书记》。

程颢等：《二程集》。

程树德：《论语集释》。

董仲舒：《春秋繁露》。

范晔：《后汉书》。

胡应麟：《诗薮》。

黄子云：《野鸿诗的》。

黄宗羲：《明儒学案》。

贾谊：《新书》。

李时珍：《本草纲目》。

刘勰：《文心雕龙》。

陆机：《文赋》。

陆贾：《新语》。

罗大经：《鹤林玉露》。

吕坤：《呻吟语》。

欧阳修：《六一诗话》。

钱谦益：《牧斋有学集》。

僧佑：《弘明集》。

司空图：《与李生论诗书》。

屠隆：《由拳集》。

王夫之：《姜斋诗话》。

王夫之：《尚书引义》。

王鸣盛：《十七史商榷》。

王世贞：《艺苑卮言》。

许慎：《说文解字》。

荀悦：《申鉴》。

颜之推：《颜氏家训》。

扬雄：《法言》。

扬雄：《太玄经》。

杨慎：《升庵诗话》。

俞正燮：《癸巳类稿》。

真德秀：《真西山文集》。

钟嵘：《诗品》。

朱熹：《朱子语类》。

庄元臣：《叔苴子》。

蔡英俊：《语言与意义》，华中师范大学出版社，2011年。

陈从周：《说园》，山东画报出版社、同济大学出版社，2002年。

陈鼓应：《老子今注今译》，商务印书馆，2003年。

陈国球：《结构中国文学传统》，华中师范大学出版社，2011年。

陈嘉映：《思远道》，福建教育出版社，2000年。

陈嘉映：《语言哲学》，北京大学出版社，2003年。

陈来：《仁学本体论》，生活·读书·新知三联书店，2014年。

陈平原：《中国现代小说的起点》，北京大学出版社，2010年。

陈平原：《中国小说叙事模式的转变》，上海人民出版社，1988年。

陈世骧：《中国文学的抒情传统：陈世骧古典文学论集》，生活·读书·新知三联书店，2015年。

陈应鸾：《诗味论》，巴蜀书社，1996年。

杜小真等主编：《理解梅洛-庞蒂：梅洛-庞蒂在当代》，北京大学出版社，2011年。

废名：《废名集》，北京大学出版社，2009年。

冯梦龙：《古今谭概》，刘德权校点，海峡文艺出版社，1985年。

傅道彬：《诗可以观》，中华书局，2010年。

傅庚生：《中国文学欣赏举隅》，生活·读书·新知三联书店，

2018年。

傅修延：《先秦叙事研究》，东方出版社，1999年。

高秉江：《现象学视域下的视觉中心主义》，华中师范大学出版社，2013年。

高尔太：《论美》，甘肃人民出版社，1982年。

高亨：《周易大传今注》，齐鲁书社，2009年。

高友工：《中国美典与文学研究论集》，台湾大学出版社，2004年。

耿占春：《改变世界与改变语言》，社会科学文献出版社，2000年。

龚鹏程：《汉代思潮》，商务印书馆，2005年。

龚鹏程：《饮馔丛谈》，东方出版社，2015年。

龚鹏程：《中国传统文化十五讲》，北京大学出版社，2006年。

龚鹏程：《中国诗歌史论》，北京大学出版社，2008年。

龚鹏程：《中国文学史》，东方出版社，2015年。

贡华南：《汉语思想中的忙与闲》，生活·读书·新知三联书店，2016年。

贡华南：《味觉思想》，生活·读书·新知三联书店，2018年。

贡华南：《味与味道》，广西师范大学出版社，2015年。

顾随：《驼庵诗话》，生活·读书·新知三联书店，2018年。

顾随：《中国古典诗词感发》，北京大学出版社，2012年。

顾随：《中国古典文心》，北京大学出版社，2014年。

郭沫若、周扬主编：《红旗歌谣》，红旗杂志社，1959年。

郭沫若：《卜辞通纂》第375片，科学出版社，1982年。

韩少功：《暗示》，人民文学出版社，2002年。

何炳棣：《黄土与中国农业的起源》，中华书局，2017年。

何孝荣：《清史十五讲》，凤凰出版社，2010年。

贺照田等：《人文知识思想再出发是否必要？如何可能？》，唐山出版社，2019年。

胡适：《中国哲学史大纲》，中华书局，2013年。

江弱水：《诗的八堂课》，商务印书馆，2017年。
姜亮夫：《古文字学》，浙江人民出版社，1984年。
金岳霖：《道、自然与人》，生活·读书·新知三联书店，2005年。
金岳霖：《金岳霖全集》，人民出版社，2013年。
金岳霖：《论道》，商务印书馆，2015年。
敬文东：《感叹诗学》，作家出版社，2017年。
敬文东：《皈依天下》，天地出版社，2017年。
敬文东：《牲人盈天下》，广西师范大学出版社，2011年。
敬文东：《失败的偶像》，花城出版社，2003年。
敬文东：《诗歌在解构的日子里》，北京大学出版社，2008年。
敬文东：《随“贝格尔号”出游》，河南大学出版社，2010年。
敬文东：《艺术与垃圾》，作家出版社，2016年。
李春阳：《白话文运动的危机》，生活·读书·新知三联书店，2017年。
李零：《简帛古书与学术源流》，生活·读书·新知三联书店，2008年。
李延青主编：《文学立场：当代作家海外、港台演讲录》，河北教育出版社，2003年。
李泽厚、刘纲纪：《中国美学史》第一卷，中国社会科学出版社，1984年。
李泽厚：《华夏美学》，生活·读书·新知三联书店，2008年。
李泽厚：《己卯五说》，中国电影出版社，1999年。
李泽厚：《历史本体论》，生活·读书·新知三联书店。
李泽厚：《实用理性与乐感文化》，生活·读书·新知三联书店，2005年。
李泽厚：《由巫到礼 释礼归仁》，生活·读书·新知三联书店，2015年。
李泽厚：《中国古代思想史论》，生活·读书·新知三联书店，

2008年。

梁漱溟：《中国文化要义》，学林出版社，1987年。

刘进才：《语言运动与中国现代文学》，中华书局，2007年。

刘宁：《汉语思想的文体形式》，华东师范大学出版社，2012年。

流沙河：《流沙河诗话》，四川文艺出版社，1995年。

吕大吉主编：《宗教学通论》，中国社会科学出版社，1989年。

吕叔湘、朱德熙：《语法修辞讲话》，中国青年出版社，1952年。

吕正惠：《抒情传统与政治现实》，华中师范大学出版社，2011年。

缪钺：《古典文学论丛》，浙江大出版社，2009年。

牟宗三：《中国哲学的特质》，上海古籍出版社，1997年。

牟宗三：《中西哲学之会通十四讲》，上海古籍出版社，1997年。

倪培耕：《印度味论诗学》，漓江出版社，1997年。

庞朴：《一分为三》，海天出版社，1995年。

彭锋：《诗可以兴》，安徽教育出版社，2003年。

钱穆：《论语新解》，生活·读书·新知三联书店，2002年。

钱锺书：《管锥编》，生活·读书·新知三联书店，2007年。

钱锺书：《谈艺录》，中华书局，1984年。

钱锺书：《写在人生边上》，生活·读书·新知三联书店，2002年。

瞿秋白：《瞿秋白文集》，人民文学出版社，1989年。

饶宗颐：《西南文化创世纪》，上海古籍出版社，2010年。

商承祚：《殷契佚存》，金陵大学中国文学研究所，1933年。

沈宏非：《食相报告》，四川人民出版社，2003年。

沈谦：《语言修辞艺术》，中国友谊出版公司，1998年。

盛宁：《二十世纪美国文论》，北京大学出版社，1994年。

石声汉：《氾胜之书今释》，科学出版社，1956年。

宋琳、柏桦编：《亲爱的张枣》，中信出版社，2015年。

孙中山：《建国方略》，中华书局，2011年。

唐晓渡、王家新编选：《中国当代实验诗选》，春风文艺出版社，1987年。

陶礼天：《艺味说》，百花洲文艺出版社，2017年。

涂光社：《原创在气》，百花洲文艺出版社，2012年。

汪晖：《现代中国思想的兴起》，生活·读书·新知三联书店，2004年。

王夫之等撰，丁福保辑录：《清诗话》，中华书局，1963年。

王国维：《人间词话》，上海古籍出版社，1998年。

王国维：《王国维全集》，浙江教育出版社、广州教育出版社，2009年。

王力：《古代汉语》，中华书局，1962年。

王力：《汉语史稿》，中华书局，1980年。

王仁湘：《饮食与中国文化》，人民出版社，1994年。

王树人：《回归原创之思："象思维"视野下的中国智慧》，江苏人民出版社，2012年。

王文生：《中国美学史：情味论的历史发展》上卷，上海文艺出版社，2008年。

王小盾：《经典之前的中国智慧》，北京大学出版社，2016年。

闻一多：《神话与诗》，上海人民出版社，2005年。

吴其尧：《庞德与中国文化——兼论外国文学在中国文化现代化中的作用》，上海外语教育出版社，2006年。

伍蠡甫主编：《西方文论选》，上海译文出版社，1979年。

夏静：《文气话语形态研究》，商务印书馆，2014年。

夏可君：《平淡的哲学》，中国社会出版社，2009年。

夏可君：《虚薄：杜尚与庄子》，江苏美术出版社，2012年。

夏仁虎：《枝巢四述·旧京琐记》，辽宁教育出版社，1998年。

熊秉明：《熊秉明美术随笔》，人民文学出版社，2008年。

熊十力：《中国现代学术经典·熊十力卷》，河北教育出版社，

1996年。

熊逸：《春秋大义：隐公元年》，广西师范大学出版社，2009年。

徐达斯：《上帝的基因》，重庆出版社，2008年。

杨立华：《一本与生生》，生活·读书·新知三联书店，2018年。

杨树达：《论语疏证》，江西人民出版社，2007年。

杨星映等：《中国古代文论元范畴论析》，上海古籍出版社，2015年。

叶嘉莹：《叶嘉莹说诗讲稿》，中华书局，2008年。

叶舒宪：《诗经的文化阐释》，湖北人民出版社，1994年。

叶秀山：《叶秀山学术文化随笔》，中国青年出版社，1999年。

袁济喜：《和：审美理想之维》，百花洲文艺出版社，2001年。

张立文主编：《心》，中国人民大学出版社，1993年。

张利群：《辨味批评论》，广西师范大学出版社，2000年。

张隆溪：《道与逻各斯》，冯川译，江苏教育出版社，2006年。

张枏等主编：《辛亥革命前十年间时论选集》，生活·读书·新知三联书店，1977年。

张汝伦编选：《理性与良知——张东荪文选》，上海远东出版社，1995年。

张祥龙：《拒秦兴汉和应对佛教的儒家哲学》，广西师范大学出版社，2012年。

赵奎英：《中西语言诗学基本问题比较研究》，中国社会科学出版社，2009年。

赵沛霖：《兴的源起》，中国社会科学出版社，1987年。

赵汀阳：《第一哲学的支点》，生活·读书·新知三联书店，2013年。

赵汀阳：《思维迷宫》，中国人民大学出版社，2010年。

赵汀阳：《二十二个方案》，辽宁大学出版社，1999年。

赵毅衡：《反讽时代：形式论与文化批评》，复旦大学出版社，

2011年。

赵毅衡：《重访新批评》，百花文艺出版社，2009年。

中国科学院考古研究所、陕西省西安半坡博物馆：《西安半坡》，文物出版社，1963年。

周策纵：《古巫医与六诗考》，上海古籍出版社，2009年。

周策纵：《经典训诂》，世界图书出版公司，2014年。

周英雄：《结构主义与中国文学》，东大图书公司，1983年。

朱德熙等：《写作论文选》，吉林人民出版社，1980年。

朱良志：《中国艺术的生命精神》，安徽教育出版社，1995年。

朱自清：《朱自清全集》，江苏教育出版社，1988年。

宗白华：《美学散步》，上海人民出版社，1981年。

柏拉图：《柏拉图全集》，王晓朝译，人民出版社，2012年。

庞德：《庞德诗选：比萨诗章》，黄运特译，漓江出版社，1998年。

弗洛伊德：《弗洛伊德论美文选》，张唤民等译，知识出版社，1987年。

马克思、恩格斯：《马克思恩格斯全集》，中共中央马克思恩格斯列宁斯大林著作编译局编，人民出版社，1972年。

D.C.米克：《论反讽》，周发祥译，昆仑出版社，1992年。

M. 斯洛特：《阴－阳与心》，牛纪凤译，《世界哲学》2017年第6期。

埃·吉尔伯特等：《美学史》，夏乾丰译，上海译文出版社，1997年。

埃里克·麦克卢汉等编：《麦克卢汉精粹》，何道宽等译，南京大学出版社，2000年。

埃里希·弗罗姆：《占有还是生存》，关山译，生活·读书·新知三联书店，1989年。

艾兰：《水之道与德之端》，张海晏译，上海人民出版社，2002年。

艾略特：《艾略特文学论文集》，李赋宁译，百花洲文艺出版社，1994年。

安迪·梅里菲尔德：《居伊·德波》，赵柔柔等译，北京大学出版社，2011年。

安居香山、中村璋八辑：《纬书集成》，河北人民出版社，1994年。

奥古斯汀：《忏悔录》，周士良译，商务印书馆，1996年。

巴赫金：《弗朗索瓦·拉伯雷的创作与中世纪和文艺复兴时期的民间文化》，巴赫金：《巴赫金全集》，李兆林等译，河北教育出版社，1998年。

白川静：《中国古代民俗》，何乃英译，陕西人民美术出版社，1988年。

龚刚、保尔·阿利耶斯：《味》，郭强等译，上海文化出版社，2000年。

本雅明：《发达资本主义时代的抒情诗人》，张旭东等译，生活·读书·新知三联书店，1989年。

彼得·伯克：《文化史的风景》，丰华琴等译，北京大学出版社，2013年。

布希亚：《物体系》，林志明译，上海人民出版社，2001年。

卜寿珊：《心画——中国文人画五百年》，皮佳佳译，北京大学出版社，2017年。

程抱一：《中国诗画语言研究》，涂卫群译，江苏人民出版社，2006年。

戴维·哈维：《后现代的状况》，阎嘉译，商务印书馆，2003年。

黛安·艾克曼：《感官之旅》，庄安祺译，时报文化出版事业有限公司，1993年。

第欧根尼·拉尔修：《名哲言行录》，马永翔等译，吉林人民出版社，2003年。

蒂费娜·萨莫瓦约：《罗兰·巴特传》，怀宇译，华东师范大学出版社，2018年。

多米尼克·拉波特：《屎的历史》，周莽译，商务印书馆，2016年。

菲立普·费尔南多-阿梅斯托：《文明的口味》，韩良忆译，新世纪出版社，2013年。

弗兰西斯·培根：《培根随笔》，中国华侨出版社，2013年。

弗朗索瓦·于连：《迂回与进入》，杜小真译，生活·读书·新知三联书店，1998年。

铃木大拙、弗洛姆等：《禅与心理分析》，孟祥森译，海南出版社，2012年。

高罗佩：《中国古代房内考》，李零等译，商务印书馆，2007年。

伊格尔顿：《二十世纪西方文学理论》，伍晓明译，陕西师范大学出版社，1986年。

格雷琴·亨德森：《美妙的丑陋》，白鸽译，中信出版集团，2018年。

葛瑞汉：《论道者：中国古代哲学论辩》，张海晏译，中国社会科学出版社，2003年。

海德格尔：《存在与时间》，陈嘉映、王庆节译，生活·读书·新知三联书店，1999年。

海德格尔：《林中路》，孙周兴译，上海译文出版社，1997年。

海德格尔：《在通向语言的途中》，孙周兴译，商务印书馆，1997年。

汉娜·阿伦特：《人的境况》，王寅丽译，上海人民出版社，2017年。

汉娜·阿伦特：《人的条件》，竺乾威等译，上海人民出版社，1999年。

赫尔曼·施密茨：《身体与情感》，庞学铨等译，浙江大学出版社，2012年。

赫塔·米勒：《国王鞠躬，国王杀人》，李贻琼译，江苏人民出版社，2010年。

黑格尔：《小逻辑》，贺麟译，商务印书馆，1980年。

胡塞尔：《现象学的观念》，倪梁康译，上海译文出版社，1986年。

吉尔·德勒兹：《哲学与权力的谈判》，刘汉全译，译林出版社，2012年。

吉尔伯特·赖尔：《心的概念》，徐大建译，商务印书馆，1992年。

杰拉尔德·克雷夫茨：《犹太人和钱——神话与现实》，顾骏译，上海三联书店，1992年。

卡尔·波普尔：《猜想与反驳》，傅季重等译，上海译文出版社，2005年。

卡罗琳·考斯梅尔：《味觉：食物与哲学》，吴琼等译，中国友谊出版公司，2001年。

卡特琳娜·克拉克等：《米哈伊尔·巴赫金》，语冰译，中国人民大学出版社，2000年。

卡西尔：《语言与神话》，于晓等译，生活·读书·新知三联书店，1988年。

克尔凯郭尔：《论反讽概念》，汤晨溪译，中国社会科学出版社2005年版。

李约瑟：《中国科学技术史》，《中国科学技术史》翻译小组译，科学出版社，1975年。

理查德·舒斯特曼：《身体意识与身体美学》，程相占译，商务印书馆，2011年。

笠原仲二：《古代中国人的美意识》，杨若薇译，生活·读书·新知三联书店，1988年。

列维纳斯：《从存在到存在者》，吴蕙仪译，江苏教育出版社，2006年。

鲁道夫·阿恩海姆：《视觉思维》，滕守尧译，光明日报出版社，1986年。

路易·加迪等：《文化与时间》，郑乐平等译，浙江人民出版社，1988年。

罗素：《西方的智慧》，马家驹等译，世界知识出版社，1992年。

罗歇-亨利·盖朗：《何处解急：厕所的历史》，黄艳红译，中国人民大学出版社，2015年。

马丁·贝尔纳：《黑色雅典娜》，郝田虎等译，吉林出版集团有限责任公司，2011年。

马丁·布伯：《我与你》，陈维纲译，生活·读书·新知三联书店，2002年。

马尔克斯：《霍乱时期的爱情》，杨玲译，南海出版公司，2012年。

马克斯·舍勒：《舍勒选集》，刘小枫选编，上海三联书店，1999年。

马泰·卡林内斯库：《现代性的五副面孔》，顾爱彬等译，商务印书馆，2002年。

麦克卢汉：《理解媒介》，何道宽译，译林出版社，2011年。

梅芙·恩尼斯等：《梦》，李长山译，生活·读书·新知三联书店，2003年。

米什莱：《山》，李玉民译，上海人民出版社，2011年。

莫里斯·梅洛-庞蒂：《眼与心》，杨大春译，商务印书馆，2007年。

尼采：《苏鲁支语录》，徐梵澄译，商务印书馆，2002年。

诺思洛普·弗莱：《批评之路》，王逢振、秦明利译，北京大学出版社，1998年。

齐泽克：《斜目而视》，季广茂译，浙江大学出版社，2011年。

乔吉奥·阿甘本：《潜能》，王立秋等译，漓江出版社，2014年。

乔治·斯坦纳：《语言与沉默》，李小均译，上海人民出版社，2013年。

让·波德里亚：《象征交换与死亡》，车槿山译，译林出版社，2006年。

舍斯托夫：《雅典与耶路撒冷：宗教哲学论》，张冰译，云南人民出版社，2000年。

舍斯托夫：《在约伯的天平上》，董友等译，生活·读书·新知三联书店，1989年。

石江山：《虚无诗学》，姚本标译，中国社会科学出版社，2013年。

斯拉沃热·齐泽克：《弗洛伊德—拉康》，何伊译，张一兵主编：《社会批判理论纪事》第三辑，江苏人民出版社，2009年。

苏珊·桑塔格：《反对阐释》，程巍译，上海译文出版社，2011年。

特里林：《诚与真》，刘佳林译，江苏教育出版社，2006年。

威廉·拉什杰等：《垃圾之歌》，周文萍等译，中国社会科学出版社，1999年。

韦恩·C.布斯：《修辞的复兴：韦恩·布斯精粹》，穆雷等译，译林出版社，2009年。

维柯：《新科学》，朱光潜译，人民文学出版社，1986年。

维克多·雨果：《巴黎圣母院》，潘丽珍译，浙江文艺出版社，1994年。

维特根斯坦：《逻辑哲学论》，郭英译，商务印书馆，1985年。

沃尔夫冈·韦尔施：《重构美学》，陆扬等译，上海世纪出版集团，2006年。

武田雅哉：《构造另一个宇宙：中国人的传统时空思维》，任钧华译，中华书局，2017年。

夏含夷主编：《远方的时习：〈古代中国〉精选集》，朱大国等译，上海古籍出版社，2011年。

许倬云：《汉代农业》，王勇译，广西师范大学出版社，2005年。

雅克·巴尔赞：《艺术的用途和滥用》，严忠志译，浙江大学出版社，2009年。

亚里士多德：《形而上学》，吴寿彭译，商务印书馆，1995年。

亚历山德拉·W. 洛格：《吃与喝的心理学》，曾迪译，华东师范大学出版社，2010年。

宇文所安：《中国传统诗歌与诗学》，陈小亮译，中国社会科学出版社，2013年。

约翰·伯格：《观看之道》，戴行钺译，广西师范大学出版社，2005年。

约翰·杜威：《艺术即经验》，高建平译，商务印书馆，2010年。

詹姆斯·伍德：《小说机杼》，黄远帆译，河南大学出版社，2015年。

朱利安：《功效：在中国与西方思维之间》，林志明译，北京大学出版社，2013年。

戴维·洛奇编：《二十世纪文学评论》，葛林等译，上海译文出版社，1987年。

黑格尔：《美学》第1卷，朱光潜译，商务印书馆，1979年。

艾兰：《饕餮纹及其含义》，《中国史研究》1990年第1期。

陈东东：《张枣："我要衔接过去一个人的梦"》，《收获》2015年第3期。

陈嘉映：《从移植词看当代中国哲学》，《同济大学学报》2005年第4期。

陈望衡等：《味觉与中国传统美学》，《武汉大学学报》2004年第1期。

陈元等：《论“和”之源考》，《中医药导报》2018年第17期。

冯时：《山东丁公龙山时代文字解读》，《考古》1994年第1期。

高燕：《论海德格尔对视觉中心主义的消解》，《上海大学学报》2010年第4期。

贡华南：《从见、闻到味：中国思想史演变的感觉逻辑》，《四川大学学报》2018年第6期。

贡华南：《从无形、形名到形而上》，《学术月刊》2009年第6期。

贡华南：《感思与沉思》，《中国哲学史》2004年第3期。

贡华南：《味觉思想与中国味道》，《河北学刊》2017年第6期。

贡华南：《中国早期思想史中的感官与认知》，《中国社会科学》2016年第3期。

韩少功：《心想》，《读书》1995年第1期。

敬文东：《词语：百年新诗的基本问题——以欧阳江河为中心》，《中国现代文学研究丛刊》2017年第10期。

敬文东：《从超验语气到与诗无关——西川与新诗的语气问题研究》，《中国现代文学研究丛刊》2018年第10期。

敬文东：《从唯一之词到任意一词》（上、下），《东吴学术》2018年第3–4期。

敬文东：《从心开始》，《天涯》2014年第5期。

敬文东：《感叹与诗》，《诗刊》2017年第4期。

敬文东：《和〈采花盗〉有关的七条不连贯的注记》，《诗探索》2006年第3期。

敬文东：《论垃圾》，《西部》2015年第4期。

敬文东：《诗歌：在生活与虚构之间》，《文艺评论》2000年第2期。

敬文东：《说诗话》，《汉诗》2016年冬季卷。

敬文东：《兴与感叹》，《首都师范大学学报》2016年第3期。

敬文东：《作为诗学问题与主题的表达之难》，《当代作家评论》

2016年第5期。

柯汉琳：《论“诗心”》，《中国文学批评》2019年第2期。

匡钊：《心灵与魂魄——古希腊哲学与中国先秦观念的形而上学共性》，《文史哲》2017年第5期。

李德高等：《语义原词和“心”》，《中国石油大学学报》2019年第1期。

李友云：《饮馔之美：二十世纪中国饮食文学研究》，浙江大学博士学位论文，2014年。

林美茂：《哲人看到的是什么——关于柏拉图哲学中“观照”问题的辨析》，《哲学研究》2003年第1期。

刘传新：《兴：中国诗歌之本》，《东岳论丛》1989年第2期。

刘梁剑：《有“思”有“想”的语言——金岳霖的语言哲学及其当代意义》，《哲学动态》2018年第4期。

吕叔湘：《文言和白话》，《国文杂志》1944年第三卷第1号。

欧阳江河、王辰龙：《电子碎片时代的诗歌写作》，《新文学评论》2013年第3期。

彭小球：《从〈论语〉看孔子的语言伦理思想》，《现代语文（语言研究）》2013年第8期。

钱玄同：《中国今后之文字问题》，《新青年》第4卷第4号（1918年4月15日）。

屈光：《中国古典诗歌意象论》，《中国社会科学》2002年第3期。

孙超：《释“兴味”》，《文艺理论研究》2018年第3期。

孙坤等：《当代国外标点符号研究》，《当代语言学》2010年第2期。

孙文波：《修辞的胜利》，民刊《现代汉诗》第13、14合卷（1994年，北京）。

孙周兴：《未来才是哲思的准星》，《社会科学报》第1561期第6版（2017年10月12日）。

孙周兴：《我们可以通过汉语做何种哲学》，《学术月刊》2018年第7期。

汪民安等：《身体转向》，《外国文学》2004年第1期。

王一川：《从古典诗学中活移——兼谈诗言兴的现代性意义》，《文化与诗学》（第一辑），上海人民出版社，2004年。

王泽龙、钱韧韧：《现代汉语虚词与胡适的新诗体“尝试”》，《中国现代文学研究丛刊》2014年第3期。

杨杰：《儒、道论“和”之两系三义及其当代意义》，《首都师范大学学报》2016年第2期。

杨立华：《获麟绝笔以后》，《读书》2004年第8期。

杨星映：《试论以气、象、味为核心的中国古代文论元范畴》，《西南大学学报》2011年第6期。

臧棣：《假如我们真的不知道我们在写些什么》，《中国诗歌评论》第二辑，人民文学出版社，2000年。

张法：《“和”的观念在中国远古的起源和特点》，《甘肃社会科学》2016年第3期。

张家梅：《味“和”之内涵及“味”论之美学意蕴》，《南昌大学学报》2005年第2期。

张维迎：《语言腐败的危害》，《杂文月刊（文摘版）》2012年第7期。

张文：《和，儒学的最高境界》，《中国哲学史》1997年第4期。

张枣、白倩：《绿色意识：环保的同情，诗歌的赞美——张枣、白倩对话录》，《绿叶》2008年第5期。

张枣：《危险旅行——当代中国诗歌的元诗结构和写者姿态》，《上海文学》2001年第1期。

张枣：《诗人与母语》，《今天》1992年第1期。

章士钊：《评新文化运动》，《新闻报》1925年8月21–22日。

赵荣光：《箸与中华民族饮食文化》，《农业考古》1997年第1期。

赵汀阳：《继续生长，经典才能不死》，《中华读书报》2015年1月21日第9版。

钟鸣、曹梦琰：《蜀山夜雨（下）》，《名作欣赏》2015年第4期。

钟鸣：《当代英雄》，《当代作家评论》2016年第5期。

朱清华：《海德格尔早期对logos的存在论诠释》，《江淮论坛》2009年第6期。

后　记

2015年底完成《感叹诗学》[①]之后，我隐隐约约觉得，这个问题还有深度挖掘之必要，但一时不知如何下手。直到有一天碰巧重读神农尝百草的故事，才突然意识到：汉语有可能是围绕味觉组建起来的一种特殊语言。在我其后读到的所有相关资料中，贡华南的诸多著作对我启发最大，这从我对他的著述的多方引证中即可见出。就我所见，贡先生应该是从哲学角度研究味觉思维、味觉思想的第一人，但贡氏似乎没有将汉语视为富有舔舐能力的语言。这恰好是本书立论的根基。从常识的角度看，任何一个研究汉语文学的人都应该明了汉语的根本，否则，便不可能真的懂得汉语文学为何如。当我顿悟到汉语的味觉性质时，便认为自己可以从《感叹诗学》出发，继续往前推进。

四川乡贤蒙文通曾致信另一位四川乡贤刘咸炘："今日与东西学者共见者，乃不在中国之精华，而在于糟粕。"[②]据王汎森观察，刘咸炘对此持赞同态度：刘氏"认为近代新思想家往往为求符合近代西

① 敬文东：《感叹诗学》，作家出版社，2017年。

② 转引自刘咸炘：《推十书》第三册，第2208页。

方，而把中国历史中不是主体的部分拿来与之相呼应，并宣示那就是中国历史文化的主体”[①]。放大来看，这个问题不为中国所独有，它也存在于伟大的西方世界。海德格尔就说过：“在字面上看起来具有保存作用的翻译背后，隐藏着希腊经验向另一种思维方式的转渡。罗马思想接受了希腊的词语，却没有继承相应的同样原始的由这些词语道说出来的经验，即没有继承希腊人的话。西方思想的无根基状态即始于这种转渡。”[②]这个问题在此姑置不论。在蒙文通、刘咸炘作古多年后，陈嘉映为蒙、刘二氏的言说找到了原因：“哲学工作从两个方面牵涉到论理概念：哲学家用来论理的概念，哲学家加以考察的概念。比我们加以诠释的概念更加重要的是那些我们用以进行诠释的概念，因为后者才是我们正在用来思考的概念。中国传统概念无论多么重要、多么意蕴丰厚，它们主要都是被解释的概念而不是用来进行解释的概念，它们主要是被研究的对象，而不是正在被用来进行思考的活话语。理、气、器、色、仁，它们曾经充满哲学内涵，也就是说，古人曾经对他们自己所使用的概念进行‘概念的自身考察’，而今天，它们却不再是我们使用的概念了。”[③]

本书特别希望“用来论理的概念”和“加以考察的概念”都是中国古人留下来的概念，因为中西交流以来它们无法比附或呼应于西方文明，而被长久遗忘。事实上，本书的目的，原本就是为了挖掘中国古代文明中某些重要的传统概念以为当下的诗学所用，却与任何型号的文化民族主义无关。写作实在是一个悲欣交集的过程，欣在思之愉悦和痛快，悲在总是达不到事先给出的写作目标。事实上，悲原本就配不上欣，欣最好离弃悲。但世间情事向来矛盾如此以至于如此矛盾，奈何？

本书从2018年5月动笔，至是年7月初，完成了前两篇。中途因

① 王汎森：《执拗的低音》，生活·读书·新知三联书店，2014年，第199页。
② 海德格尔：《林中路》，孙周兴译，上海译文出版社，1997年，第7页。
③ 陈嘉映：《从移植词看当代中国哲学》，《同济大学学报》2005年第4期。

守约撰写《李洱诗学问题》，中断的时间长达七个多月之久，2019年4月开始接续写作。生孩子是二胎易于头胎；凡有写作经验的人，都不难获知：接续写作的艰难程度要远远大于不曾中断的写作，但最终好歹勉强成篇。虽悲欣交集，却仍然是值得庆幸的事情。

本书在写作过程中，得到过很多人的支持和帮助。其中，我的学生崔耕、张皓涵、张梦瑶对我帮助最大。他们或为我代购书籍，或为我下载资料，或为我查阅文献出处。没有他们的支持，此书能顺利写成便是一件难以想象的事情。

是为记。

2019年7月22日，大暑中的北京魏公村